Alexia Deafly

MUTINE

BLANCHE
Fyctia

La bouche garde le silence
pour écouter parler le cœur.

Alfred de Musset

Prologue

Notre carnet

Suspendue aux anneaux que nous avons fait fixer dans notre dressing, j'attends. Une attente douce et excitante. J'ai beau y être habituée, mon corps s'éveille comme si c'était la première fois.

Le silence de la pièce n'est troublé que par le son de nos respirations et de tes pas. Tu me tournes autour comme un vautour attendant le moment propice pour attaquer sa proie.

Les yeux bandés d'un masque de nuit rouge bordé de dentelles et de perles (celui que tu m'as offert pour notre dixième anniversaire de mariage et que j'aime tant), je ne peux pas voir ton regard. Mais j'en sens la chaleur, sur chaque partie de mon corps qu'il admire, qu'il couve.

Nous ne parlons pas... Jamais dans ces moments-là... Nous avons fait du silence notre meilleur allié. Le maîtriser nous demande tant de contrôle que cela peut nous faire souffrir parfois... souvent... Mais le contrôler nous apporte un pouvoir grisant.

Je ne peux empêcher mes lèvres de s'étirer lorsque je sens, contre ma nuque, la fraîcheur d'une autre de mes alliées. J'avais perçu son odeur, mélange de bouleau fumé et d'iris. J'aime le cuir : son odeur, sa texture, mais aussi la façon qu'il a de rendre tout plus sauvage, plus fort. Tu sais exactement comment utiliser cet outil de plaisir pour m'emmener au bord du précipice. Jamais plus loin...

Tu traces de fins sillons le long de mes omoplates, descendant ensuite le long de ma colonne vertébrale. Mon corps se couvre de frissons. Anticipant ce qui va suivre, j'écarte les jambes lorsque la claquette effleure mes fesses. Je sais que tu souris (sadique, va), tu ne m'offriras pas ce que je demande par ce geste... Pas tout de suite...

Tu effleures juste mon intimité, déjà humide et chaude de désir, et continues ta lente descente le long de ma jambe gauche. Tu atteins ma cheville, je lève le pied, offrant ma plante au premier coup. Léger.

Un deuxième choc contre ma fesse droite. Je me mords la lèvre inférieure, non pas de douleur mais pour contrôler la plainte qui menace de passer le bord de mes lèvres.

Tu entames ta descente le long de ma jambe droite... Même réflexe... même coup... même onde de chaleur et même plainte bloquée dans ma gorge.

Comme à chaque fois, le bout de la cravache humide me fait le même effet quand elle frôle mon cou... tu l'as goûtée... tu m'as goûtée.

Mes tétons érigés se tendent vers cette caresse que tu ne tardes pas à m'offrir. D'abord doucement, me faisant languir. Je me cabre et me dresse sur la pointe des pieds. Les liens de soie rouge me cisaillent les poignets, mais la douleur n'est rien comparée à la volupté dans laquelle je suis en train de plonger.

Je sais que tu es aussi excité que moi, ma bouche s'assèche lorsque j'imagine et visualise ta virilité tendue.

Je connais ton corps par cœur tout comme tu connais le mien. Tu me le prouves encore en cet instant, quand la claquette vient frapper mon entrejambe. Mes dents pénètrent davantage dans la pulpe de ma lèvre. J'aurai des marques, encore, mais je sais parfaitement les dissimuler, le maquillage étant, lui aussi, un très bon allié après nos jeux.

Tu glisses la tige de la cravache le long de mes lèvres humides et gonflées avec une douceur et une lenteur qui sont une bien plus grande torture que la douleur qui me vrille la lèvre et les poignets. Mes jambes tremblent.

D'une main tu encercles ma taille et de l'autre tu me libères de mes liens. Je tombe dans tes bras, mon amour. Tu me serres en me caressant les cheveux. Nos bouches se cherchent, se trouvent.

Je passe mes doigts sur mes lèvres avec l'impression de retrouver la sensation ressentie à ce moment-là, mon corps entier réclame tes caresses, à tel point que cela en est douloureux. Je saute quelques lignes pour finir de lire les derniers mots que nous avons écrits dans notre carnet ce soir-là.

«Ma tête posée contre ton épaule, après nous être parlé longuement, je ferme les yeux prête à me laisser glisser dans le sommeil. Tu me chuchotes :

– Je t'aimerai toujours... quoi qu'il advienne, mon bonheur.

– Moi aussi, à jamais.»

Puis viennent tes mots, les derniers que tu as couchés sur notre carnet secret :

«Te lire me donne envie de recommencer, mais cette fois-ci, ce sera à mon tour d'être attaché. Je te vois me sourire, les yeux brillants, pendant que j'écris ces quelques mots. Tu viens te placer derrière moi, tu m'enlaces pour essayer de lire au-dessus de mon épaule. Je t'en empêche et tu râles :

– Je les lirai de toute façon.

Ce à quoi je te réponds :

– Oui, mais pas ce soir.

Tu lèves les yeux au ciel, même ça, je trouve cela excitant, et t'enfouis sous les couvertures. Ma petite râleuse, ma vie. Dans vingt jours, cela fera quinze ans que nous sommes mariés. À nous l'Islande. J'ai tellement hâte. Toi, tu angoisses comme toujours, mais, vu que tu liras ces lignes dès que j'aurai le dos tourné, tout ira bien. À nous deux, rien ne peut nous arriver. Si ce n'est peut-être de se faire surprendre à l'arrière de la voiture de location... Tu te souviens... Bien évidemment, et si ce n'est pas le cas, il suffit de te plonger dans notre carnet de voyage irlandais. »

J'ai mal, mais je souris, tant de souvenirs, tant de liens entre nous. Je suis obligée de continuer pour eux, pour les faire vivre.

Avais-tu senti que c'était notre dernier moment ?

Avais-tu senti que ce serait les dernières paroles qui me resteraient de toi ?

La boule dans ma gorge grossit à nouveau, les yeux me piquent.

Je n'ai pas entendu ton réveil ce matin-là, ni ton « Bonne journée, mon bonheur » habituel, ni senti ton baiser.

Je lutte avec force contre mes larmes et ferme avec hargne notre carnet. Le destin avait décidé ce jour-là de t'arracher à moi, de me faire perdre l'homme de ma vie, le seul que j'avais jamais aimé.

Mon premier, mon unique, mon tout.

Il m'avait privée de la moitié de mon corps et de mon âme et il avait été jusqu'à m'ôter la dernière chance que j'aurai eue de te dire à quel point je t'aimais, de voir une toute dernière fois ton visage, ton sourire ce matin-là.

Je serre de toutes mes forces ce recueil de souvenirs. J'ai arrêté depuis longtemps de compter le nombre de fois que je m'y suis plongée. Il m'avait fallu plus de six mois pour arriver à le prendre en main, un mois de plus pour l'ouvrir et essayer de lire quelques lignes à travers mes larmes et encore un mois pour pouvoir le parcourir avec reconnaissance. Il me restait au moins cela. Ton écriture mêlée à la mienne... à jamais...

Je remercie mentalement Luisa de l'avoir sauvé quand, dans un moment de désespoir et de colère, j'avais rassemblé toutes tes affaires pour les jeter.

Luisa, que ferais-je sans elle ?

Elle travaille pour nous depuis un peu plus de huit ans et m'épaule depuis ta disparition il y a quarante-deux mois, dix jours et... je jette un coup d'œil à ma montre : environ douze heures... À chaque moment de la journée, je me surprends à faire ce décompte. Je ne sais pas pourquoi. J'en ai besoin pour ne pas sombrer dans la folie. Car, certains matins, je me réveille en sursaut, t'appelant, te cherchant comme dans un rêve alors que je sais très bien que tu n'es plus là.

Je regarde ensuite l'heure qui, telle un juge, m'annonce la sentence :

Bientôt deux ans...

Oh ! Paul, pourquoi cela nous est-il arrivé, est-ce que cela fera toujours aussi mal ?

1
The Silence

Vingt et une heures.

Je donne mes dernières instructions à Luisa. Elle m'a aidée comme quatre soirs par semaine à m'habiller. Si je pouvais, je le ferais seule. C'était Paul qui me nouait mes corsets en cuir noir ou rouge, selon la soirée. Il terminait toujours en me posant un baiser sur chaque épaule dénudée et en passant ses doigts sur mon tatouage en haut de ma nuque, juste à la base de mes cheveux : un masque rouge avec les initiales MP... Elles avaient tant de sens. Aujourd'hui, je remercie encore ma position professionnelle de m'avoir obligée à le placer là. Je n'ai, ainsi, pas à l'avoir sous les yeux en permanence et à y songer trop souvent. Même s'il ne me faut pas cela pour penser à lui...

Ma gouvernante me tire de mes pensées en me demandant :

– Vous rentrez à l'heure habituelle, Madame ?

Nous avions essayé pendant de longs mois qu'elle nous appelle par nos prénoms, mais c'était inconcevable à ses yeux. Nous avions abandonné, nous habituant à ses Madame, Monsieur.

– Un peu plus tard ce soir, je vous préviendrai. Cela vous pose un problème ?

– Non, non, bien sûr que non, m'assure-t-elle.

– Luisa, vous devez me le dire si c'est le cas, vous faites déjà tant pour moi, pour nous.

– Madame me le rend au centuple. Si vous voyez comme Jésus et Lara sont heureux. Paolo et moi sommes si fiers. Et tout cela, c'est grâce à vous.

– Je n'y suis pour rien, c'est leur travail qui leur apporte tout cela.

– Taratata, ne dites plus rien. Regardez-vous, m'ordonne-t-elle.

Je m'admire en souriant. Je tourne sur moi-même, faisant voltiger ma lourde et ample jupe rouge qui dissimule des porte-jarretelles noirs et des bas noirs rehaussés d'une couture rouge partant de l'arrière de mes cuisses jusqu'à mes chevilles, les encerclant.

– *Hermosa*... Oh ! ne perdez pas votre sourire.

J'essaie, mais les mots de Paul reviennent me hanter :

« Sublime Mutine, vous allez encore les faire plonger dans la folie ce soir. »

Ce à quoi je répondais :

« Peu m'importe les yeux qui se posent sur moi, seul votre regard m'importe, et moi je ne verrai que vous. »

– Je l'espère bien ma douce. Si ce n'est pas le cas, vous savez ce que cela vous coûtera... »

Je penche la tête en arrière et bats des cils pour faire refluer les larmes qui menacent de ruiner mon maquillage.

– Monsieur Paul voudrait que vous soyez heureuse, tente Luisa pour me sortir de la tristesse dans laquelle je plonge trop souvent.

– Ces mots, je ne veux pas les entendre ! Jamais ! Vous entendez Luisa, ne les prononcez plus jamais !

Je me rends compte trop tard que j'ai crié.

Ses yeux se remplissent de larmes.

La colère me quitte à l'instant.

– Je suis désolée, Luisa, je ne voulais pas crier, mais vous comprenez... C'est si... Je ne suis pas encore prête.

– Je comprends, Madame, vraiment je vous comprends.

Je sais que ce ne sont pas des mots lancés en l'air. J'ai eu l'occasion de la voir avec Paolo et les regards qu'ils échangeaient, leur manière de se parler montrait à quel point ils s'aiment. J'espère de tout cœur qu'ils n'aient jamais à traverser ce que je vis depuis presque deux ans. Jamais. Je ne le souhaite à personne. Pas même à ma pire ennemie.

Je lisse ma jupe et remonte un peu mon bustier.

– Je suis prête, s'il y a quoi que ce soit, vous m'appelez sur la ligne privée du bar et si je ne réponds pas, vous...

– Je téléphone à Manu, je sais, vous me le dites chaque fois. Tout ira bien, comme toujours.

C'est ce que Paul disait aussi...

Et c'est avec cette même angoisse que je traverse l'étage, descends les escaliers, telle Scarlett O'Hara, et me dirige vers l'entrée. Je garde la poignée de la porte un moment entre mes doigts gantés, essayant de maîtriser leur tremblement. Mutine, à toi d'entrer en scène.

Je referme la porte derrière moi et grimpe tant bien que mal dans notre Land Rover. Je n'ai pas assez confiance en mon personnel pour permettre à une des hôtesses de me transformer. Je ne veux pas qu'ils puissent voir à quoi je ressemble dans la vie de tous les jours. Et puis, ce serait perdre l'autorité et la distance que j'ai mis des mois à mettre en place après la disparition de Paul. Je noue mon masque: ce soir, il est tout de dentelle noire et ne laisse entrevoir que le bas de mon visage. Mes lèvres teintées de rouge vif et la mouche que je place toujours au même endroit – juste sous ma lèvre du côté droit – sont les seules choses que je permette aux autres de voir de mon visage la nuit.

Mes yeux, grâce à mes lentilles de contact, sont d'un vert émeraude éclatant, bien trop éclatant pour être naturel. Mais les hommes et les femmes que je côtoie savent, eux aussi, jouer de subterfuges et font toujours semblant de ne pas voir ceux des autres pour qu'on ne relève pas les leurs. La demi-heure de trajet se fait dans le silence. À l'aller, je coupe toujours la radio pour m'imprégner de mon rôle. Je me gare sur mon emplacement, seules les voitures de mon personnel sont alignées à cette heure-ci sur le parking. Le staf du club compte seize personnes. Je les connais tous, bien plus qu'ils ne le pensent. Eux ne savent de moi que ce je veux bien leur montrer. S'ils en savaient plus, je serais perdue.

D'où ils m'attendent, ils ne peuvent heureusement pas me voir descendre de voiture. Je perdrais toute crédibilité. J'écrase ma jupe en appuyant de toutes mes forces pour qu'elle passe sous le volant, et me laisse glisser. Les talons de mes bottillons claquent sur le gravier. Je saisis ma pochette dans la portière et en tire la clef. Je prends une grande inspiration et, d'un pas décidé, me dirige vers l'entrée. Ils se tournent tous vers moi d'un même mouvement, et au fur et à mesure que j'approche, je peux voir les regards envieux du personnel féminin et de Manu. J'évite de regarder les hommes, ce que j'y vois me dégoûte et me fait peur aussi. Je m'arrête face à eux et les salue d'un mouvement de tête.

Je signe[1] :

---

1. Désigne une parole gestuelle dans le langage des signes. Les dialogues en langage des signes seront indiqués en italique dans le texte. (NdÉ, ainsi que pour les notes suivantes)

– *Bonjour.*

Et ils me répondent. Seul Manu s'approche et passe son bras sous le mien. Je lui pose un baiser léger sur la joue pour ne pas laisser de trace et je lui tends la clef. Il ouvre la porte de sa main libre et nous poussons chacun une porte. Nous pénétrons dans notre club : « The Silence ».

2
Mon rêve

Je fais un pas puis un autre. Mon cœur s'emballe dans ma poitrine. Je m'accroche au bras de mon meilleur ami qui pose sa main sur la mienne pour m'apaiser. Il sait exactement ce qui se passe dans ma tête. Avec Luisa, il est le seul à tout connaître de moi. Enfin presque... Il est le seul homme que j'autorise à m'aimer.

Nous traversons le hall d'entrée où se trouvent les vestiaires. Phil, un des videurs, nous devance pour écarter le lourd rideau de velours pourpre.

Cela fait presque six ans que Paul et moi avons ouvert le club (nous avions choisi notre date d'anniversaire pour l'inauguration), et j'en suis toujours aussi amoureuse. Comment ne pas l'être ?

Je lève les yeux vers le plafond. Les bandes de voilages blancs dissimulent parfaitement l'Alcôve, ne laissant passer que ses lumières et une chaîne dorée se terminant par un lustre en cristal aux dimensions démesurées.

Manu me lâche pour gérer l'équipe. Je m'assieds sur un des tabourets du bar. John, un des barmans, me tend un verre de muscat. Je le remercie d'un signe de tête et bois une gorgée. Je pivote pour vérifier si tout se met en place.

Lilas est déjà en tenue : bustier pourpre et minishort de cuir noir. Je dirai à Manu de la féliciter pour son choix. Lilas est une des hôtesses que nous avons engagée en premier. Nous l'avions choisie, Paul et moi, pour son talent indéniable de danseuse, sa beauté asiatique ne t'avait pas laissé indifférent, mon amour.

« Elle est superbe.

– Oui, mais n'y pense même pas. On ne mélange pas le plaisir et le travail, lui avais-je objecté.

– On ne l'engage pas, alors.

– C'est la meilleure qu'on ait vue, et en plus elle est sourde.

– OK, tu as gagné, mais c'est un fantasme de plus à notre liste.

– Si tu ajoutes un fantasme à chaque entretien, il nous faudra des années pour les satisfaire tous.

– Mais on a toute la vie, ma Mutine. »

Le destin en avait décidé autrement.Je reprends une gorgée. Je lutte contre le flot d'images et de souvenirs qui menacent de m'entraîner dans les ténèbres. Il faut que je m'occupe, je dépose ma boisson sur le comptoir de verre. Nous avons choisi de mélanger le moderne et l'ancien. Le bar tout en verre contraste avec le mur de briques derrière lui où sont fixées des coupes de champagne rouges formant les lettres MP.

Je passe mes doigts sur mon tatouage, mon cœur se serre. Tout me ramène à toi. Toujours, partout. Je ne connais pas les phases de deuil, car pour moi tu n'es pas mort, tu vis en moi. Je te parle comme si tu étais là, je continue à tenir nos cahiers.

Jason, le nouveau barman du bar « speaker », s'approche. Il essaie de me signer son problème, mais il maîtrise mal ce langage.

– *Plus d'alcool. W. Oublié le signe.* Je me retiens de rire. Je prends mon petit livre à la couverture dorée, sculpté d'un masque de Venise, et l'ouvre. Je décroche mon stylo de ma ceinture, j'écris et lui montre : « Tu n'as plus de whisky ? »

Il me signe :

– *Non.*

Le soulagement se lit sur son visage. Il sait que je ne tolère aucune erreur.

– *Tu es censé prévoir. Vous avez un carnet de commandes à remplir après chaque service. Pourquoi tu ne l'as pas fait ?*

Il écarquille les yeux, hésite et me signe qu'il n'a pas compris. Il va devoir prendre des cours intensifs avec Manu ou Lilas s'il veut rester ici. Je ne vais pas user toutes les pages de mon livre pour discuter avec lui.

Manu s'approche, je lui signe rapidement en essayant de montrer la colère, qui ne m'habite aucunement :

– *Tu as intérêt à ce que ce pauvre petit apprenne vite à communiquer avec nous, sinon, peu m'importe que son petit cul t'intéresse, il faudra le remplacer. Je lui donne un mois maximum. Je suppose que tu voudras lui donner des cours toi-même.*

Manu se retient de rire et prend un air horrifié. Quel comédien !

– *J'ai le droit de le punir ? Mhhh, il a un cul fait pour la fessée.*

– *Non, enfin sauf s'il te le demande, mais ça m'étonnerait qu'il ait les moyens de devenir membre, alors ce sera en dehors du club.*

– *Pourquoi il n'y a que toi qui as le droit de mélanger plaisir et travail ? C'est trop injuste.*

Plaisir... Je n'en prends plus vraiment sauf celui de voir mes clients satisfaits. Mais je continue à donner le change et lui réponds :

– Parce que je suis la patronne, Calimero. Règle ce problème, et vite, et rejoins-moi dans mon bureau.

Jason suit notre échange avec un air idiot, celui-là ne fera pas long feu ici. À moins que... Quand Manu a une idée en tête, il ne l'a pas ailleurs... Enfin là, l'idée est en train de descendre vers sa queue et c'est encore pire !

Je me retiens d'éclater de rire et saisis ma jupe, je fais demi-tour et, d'un pas que je veux hargneux, me dirige vers mon bureau dont je claque la porte. Je peux enfin me laisser aller à mon hilarité. J'adore jouer le rôle de la vilaine patronne, mais Manu ne me rend pas la tâche facile. Quand il me sert de traducteur, j'ai toujours envie de rire. Il a l'art de tout tourner en dérision ou de tout ramener au sexe. J'ai de la chance de l'avoir. Il m'a sauvée en quelque sorte.

Je me libère de ma jupe et l'enjambe. Je m'assieds en indienne sur le siège Louis XV qui me sert de chaise de bureau. J'ai oublié ma pochette sur le bar, je vais devoir attendre que Manu me la rapporte pour pouvoir ouvrir les tiroirs. Tant pis, je détache le livre de mon collier et je prends un crayon. J'ai besoin de t'écrire.

Les mots que je couche chaque jour sur mes cahiers remplacent ceux que j'aimerais tant pouvoir encore te dire. C'est une des choses qui me manquent le plus : te parler.

Notre carnet depuis ta disparition, ma vie est faite de rituels, elle est programmée à la minute près. C'est la seule manière que j'ai trouvée pour essayer de continuer à vivre normalement.

Mes journées ne sont pas si opposées que cela à mes nuits. Le jour : je dois faire preuve d'autorité, de sang-froid et ne jamais laisser transparaître mes émotions. La nuit... aussi.

Mais une fois sortie de chez nous pour rejoindre notre refuge. Je dirai toujours NOTRE. Je ne pourrai jamais me l'attribuer. Nous l'avons rêvé, imaginé et créé ensemble. Il est une des preuves que notre histoire a existé, que nous avons existé. Le silence est ma protection. C'est toi qui avais eu cette idée-là, et je t'en serai à jamais reconnaissante. Si tu...

Mon stylo reste suspendu en l'air quand la lumière se met à clignoter sur mon bureau. J'actionne l'ouverture automatique de la porte de mon alcôve.

3
Mon bon Samaritain

Manu entre dans la pièce telle une tornade.

Il se met à signer comme s'il était soudain atteint de la maladie de Parkinson. Monsieur est encore en frustration sexuelle. Ne pas rire, ne pas rire et surtout ne pas baisser les yeux.

– *Le problème est réglé, en tout cas pour le whisky. Pour ce qui est de ma gaule, c'est une autre histoire.*

Puis il se rappelle qu'on n'est que tous les deux et qu'il a le droit de parler, et dit :

– Il va falloir que tu fasses quelque chose. J'ai un tas d'idées.

J'éclate de rire :

– Je te donne cinq minutes, tu vas te soulager dans les toilettes. Mais il va vraiment falloir que tu te trouves un ou une sexfriend parce que si tu te tapes une tendinite du poignet, on est dans la merde.

Il rit, vient se placer derrière moi et commence à me masser les épaules. Il minaude :

– Tu ne veux pas qu'on retente le coup tous les deux ? C'est moins risqué.

Je secoue la tête, amusée. Il est unique. Mais je remercie chaque jour le destin de l'avoir mis sur ma route.

Je me souviendrai toujours de notre rencontre un an plus tôt. À l'époque, j'étais tellement abattue par la peine et la fatigue que je flottais. Comme si mon âme avait quitté mon corps et que celui-ci effectuait les gestes du quotidien tel un robot.

J'avais viré notre comptable et en cherchais un. Il avait répondu à mon annonce. Je le vois encore entrer dans mon bureau. Il portait un costume trois-pièces noir. Quelqu'un avait dû verser dans son dos du poil à gratter tant il se trémoussait et tirait sur sa veste, mais ce qui m'avait fait réagir c'était ses Dr Martens: rose vif. Il peut se vanter d'être le premier homme à m'avoir tiré mon premier vrai sourire depuis la disparition de mon mari. Et, encore aujourd'hui, il est le seul à réussir à me faire rire.

Il était beau garçon: grand avec des cheveux mi-longs noirs, des yeux verts et un sourire taquin qui le rendait instantanément sympathique, mais ses atouts, à l'époque, ne me faisaient ni chaud ni froid. Les seuls moments où je ressentais du désir, c'est quand je pensais à Paul, à tous nos moments d'intimité.

Lilas me servait d'interprète, sa faculté à lire sur les lèvres étaient incroyable et je pouvais voir qu'elle se retenait de rire elle aussi.

– Ça m'arrangerait de travailler uniquement en début de nuit, car j'aime mon lit. Et je serai payé combien? Je devrai travailler tous les week-ends? Tu as tout traduit, là?

Lilas avait confirmé, il avait repris:

– Et le personnel a d'office son entrée dans l'Alcôve? Parce que, putain, ça doit être quelque chose là-haut. Je suis ouvert à tout. Dis-lui que je suis quelqu'un de très tolérant et ouvert. Comment on signe être ouvert à tout ? Ça pourrait me servir de le savoir.

Lilas avait souri et lui avait montré. Il l'avait imité, puis avait continué :

– Je devrai porter un uniforme ? Ça ne me dérange pas, mais je refuse de porter autre chose que des Dr Martens... Elle est d'accord ?

Il était en train de réaliser le pire entretien d'embauche, mais ne semblait pas s'en rendre compte. J'avais signé à Lilas que c'était un spécimen.

– Qu'est-ce qu'elle dit ?

– Elle est d'accord.

– Ah cool. Au fait, informe-la que j'ai des piercings et des tatouages, je peux en montrer quelques-uns, mais pas tous, vu leur emplacement. Hahaha, si tu vois ce que je veux dire.

Lilas n'avait pas pu se retenir plus longtemps et avait éclaté de rire.

J'avais pensé : « Ce mec est unique, il me le faut dans mon équipe. » Et j'avais eu raison de l'embaucher. Son apparence détonait complètement avec son côté sérieux une fois qu'il s'agissait du boulot. Il était méticuleux et ne laissait rien passer. Il ne lui avait pas fallu trois mois pour apprendre les bases du langage des signes et, aujourd'hui, il est parfaitement bilingue.

Nous étions devenus très proches en quelques semaines seulement. Il avait perçu et compris ma douleur, il savait exactement quand j'avais besoin d'être seule et quand j'avais besoin qu'il soit à mes côtés. Et plus le temps passait, plus sa présence m'était indispensable.

Il y a quatre mois, j'avais passé une nuit éprouvante à cause d'un client extrêmement exigeant qui avait fait remonter trop, beaucoup trop de souvenirs de Paul.

Manu m'avait consolée comme il devait le faire souvent, bien trop souvent. J'étais adossée à mon bureau et je le regardais s'évertuer à me signer sa leçon :

– *Tu sais, je pense que tu devrais lâcher prise et arrêter d'essayer de contrôler tes envies.*

– *Je n'ai plus aucune envie, aucun désir Manu, c'est ça le problème, j'ai besoin de Paul. Il est le seul.*

– *Je ne veux pas te faire de la peine, mais il ÉTAIT le seul, je ne te demande pas de l'oublier. Ce que vous avez vécu est unique. Mais tu ne pourras pas éternellement vivre dans le passé et te contenter de te faire plaisir en pensant à lui.*

Je m'étais insurgée, faussement choquée :

– *Manu !*

– *Quoi ? Tu ne vas pas me dire que ça fait un an et demi que tu n'as plus rien fait ?*

– *Je n'ai pas dit ça.*

– *Tu en ressens le besoin ?*

– *Je ne sais pas, oui... non... Je ne sais plus.*

J'avais éclaté en sanglots et il m'avait prise dans ses bras et murmuré, pensant que je ne l'entendais pas :

– Ça me tue de te voir te faire du mal comme ça.

J'avais relevé la tête, il m'avait saisi le menton et, sans me laisser le temps de réagir, il m'avait embrassée.

4

Renouer avec ses sens

Un simple effleurement. Une simple caresse. Mais tellement de sensations. Il s'était reculé pour voir ma réaction. Ce que j'avais ressenti ? Encore aujourd'hui, j'ai du mal à trouver les mots. C'était indéfinissable. Il était revenu contre moi. Ses mains s'étaient glissées dans mes cheveux jusqu'au nœud de mon masque qu'il avait détaché.

– Je veux pouvoir lire dans tes yeux l'effet que je te fais, avait-il murmuré pour lui-même, pensait-il.

Il avait repris possession de ma bouche. Sa langue caressant mes lèvres et essayant de se faufiler à la rencontre de la mienne. Mais, apeurée par la myriade de sensations qui s'insinuaient en moi, je gardais les lèvres scellées. Il n'avait pas insisté, quittant ma bouche pour faire glisser sa langue le long de mon cou. Ses doigts avaient parcouru la peau au bord de mon bustier. C'était comme si j'avais été privée d'un aliment que j'adorais pendant des mois et que je le goûtais à nouveau. Tous mes sens étaient en éveil. Toutes mes sensations étaient décuplées. Mon esprit anesthésié laissait à Manu la possibilité d'aller plus loin et il ne s'était pas fait prier. De sa main libre il essayait, en pestant, de me libérer de mon corsage.

– Putain j'espère que tu ne caches pas une ceinture de chasteté sous ta jupe. Ce corsage va finir en lambeaux si ça continue.

Il avait saisi une paire de ciseaux sur mon bureau. Je m'étais retenue de crier et lui avais arraché l'arme des mains, qui menaçait de ruiner mon précieux habit, la posant derrière moi. Il avait fait une moue dépitée et m'avait signé :

– *C'est difficile ce vêtement.*

Plongeant mes yeux dans les siens, j'avais détaché ma ceinture d'accessoires que j'avais posée sur le bureau et je m'étais libérée de ma jupe. Les seuls dessous que je portais étaient mes porte-jarretelles et mes bas.

– Putain ! avait soufflé Manu.

Comme si je devenais une autre, je m'étais laissé guider par mon corps. Je n'étais plus une veuve éplorée, j'étais à cet instant précis et pour la première fois depuis longtemps, juste une femme à l'écoute de ses désirs. Je m'étais assisse sur le bord de mon bureau, écartant les jambes.

– Bon Dieu, c'est pas permis d'être aussi bandante ! s'était-il extasié.

Il s'était approché et je l'avais empoigné par sa chemise et attiré dans l'espace que j'avais créé pour lui. Je l'avais laissé caresser mes cuisses, remonter jusqu'à mes fesses. Il ne me quittait pas des yeux, empêchant mon esprit de dériver vers autre chose que le moment présent. J'avais déboutonné son pantalon. L'effet que je lui faisais était impressionnant. J'avais saisi sa queue tendue pour l'attirer contre moi.

Je voulais juste qu'il me remplisse, pas de préliminaires, juste le sentir en moi. Il avait compris mon impatience, saisi un préservatif dans sa poche et s'était équipé avec hâte avant de s'enfoncer en moi. Je voulais retrouver ces sensations, me sentir vivante à nouveau.

Il avait répondu à mon attente avec ardeur. Je renouais avec le plaisir et avec la vie.

Mais j'allais aussi découvrir un sentiment qui me consume encore aujourd'hui et qui ne me quittera jamais : la culpabilité. Plus le plaisir prenait possession de moi, plus je reprenais conscience. Paul vint s'imposer à mon esprit quand les prémices de l'orgasme s'étaient abattues sur moi, le réduisant à néant. Les larmes avaient envahi mes yeux et quand Manu avait explosé, j'avais éclaté en sanglots. Il m'avait serrée contre lui, me murmurant des mots d'apaisement que je n'étais pas censée entendre.

Mes sanglots s'étaient taris, mais la douleur, elle, s'était faite de plus en plus forte.

Je m'étais rhabillée à la hâte et, sans le regarder, j'avais fui.

Arrivée à la maison, Luisa ne m'avait pas adressé un seul mot. Elle me connaissait assez pour comprendre que j'en étais incapable.

Je m'étais précipitée sous la douche, sous un jet brûlant, j'avais saisi une éponge et je m'étais frotté la peau jusqu'à ce que cela me fasse mal. Je me sentais sale, souillée. Je venais de trahir le seul homme que j'aimais. Je m'étais juré, je lui avais juré que cela n'arriverait jamais.

Et je n'avais pas respecté cette promesse. La culpabilité m'encerclait, tel un boa constrictor me broyant, m'arrachant le peu de vie qui me restait.

Je m'étais laissée glisser le long du carrelage glacé, j'avais encerclé mes genoux et laissé mes larmes se mêler à l'eau qui déferlait sur moi.

J'étais restée prostrée, je ne sais combien de temps. Jusqu'à ce que le plus beau mot du monde, le seul capable de me ramener à la vie, retentisse.

5

Le temps nous glisse entre les doigts

– Maman ? Tout va bien ?

Je m'étais relevée, j'avais passé mon visage sous le jet et pris une profonde inspiration.

– Oui, Célia, ça va.

– Mam, avait-elle dit avec ce petit ton de reproche qu'elle prenait quand nos rôles s'inversaient.

Je m'étais juré que cela n'arriverait plus jamais. Quand Paul nous avait quittés, j'avais perdu pied. La douleur était tellement forte. Elle m'avait ensevelie, me faisant sombrer dans une obscurité telle que même les deux lumières de ma vie n'avaient pas réussi à éclairer mon chemin. Je m'étais perdue, les abandonnant.

Célia, du haut de ses quatorze ans, était devenue la chef de famille, épaulée de Lucia. Elle avait (je ne lui avais pas laissé le choix) gagné une maturité surprenante qui, encore aujourd'hui, me déboussole. Il m'avait fallu un mois pour sortir de l'ombre. Je me souviens très précisément du jour.

C'était un samedi. Comme si je retrouvais mes sens, un son mélodieux avait envahi mes oreilles : c'était Nathan et Célia qui riaient. Leur rire s'était glissé en moi, s'infiltrant dans chaque cellule de mon corps et m'insufflant la vie qui m'avait quittée. J'étais restée les yeux fermés, à m'imprégner de cette sensation incroyable. Quand ils avaient cessé de rire, je m'étais précipitée dans le salon. Ils jouaient à *Puissance 4*. Ils s'étaient retournés d'un même mouvement. Nathan s'était levé d'un bond pour venir se jeter dans mes bras, je m'étais laissée glisser au sol, le serrant à l'étouffer, le visage dans son cou. Le humant, le touchant comme si c'était la première fois que je le prenais dans mes bras.

Mais ce n'était pas sa naissance, c'était la mienne. Nous avions ri et pleuré en même temps. J'avais levé les yeux vers Célia et ce que j'y avais lu m'avait transpercée, comme si, elle aussi, je la découvrais pour la première fois. Elle avait murmuré et signé un « *Merci* » et s'était jointe à notre étreinte. Elle ne m'avait jamais reproché de les avoir oubliés pendant tout ce temps. Elle m'avait rendu ma place avec reconnaissance, en plaisantant souvent comme elle l'avait fait encore ce soir-là.

Elle avait ouvert la paroi et m'avait tendu mon peignoir :

– Ne me dis pas que je vais devoir t'essuyer. Je pensais que cette période-là était révolue.

Je n'avais pas répondu, la peine et la culpabilité m'écrasant trop pour parler.

J'avais coupé l'eau et étais sortie de la douche. Nos regards s'étaient croisés.

– Oh ! maman.

Je n'avais pu retenir mes larmes, elle m'avait mis mon peignoir, que je n'avais pas eu la force de saisir, pris une serviette et commencé à m'essuyer les cheveux.

– Tu ne devineras jamais ce que Nathan a réussi à dire aujourd'hui. « Gros conne » ! Bon je me suis sentie obligée de le corriger, sachant que je suis une GROSSE conne et pas un gros con. Mais franchement, maman, tu te rends compte qu'il arrive à dire plus d'insultes que de mots ... normaux.

C'est exactement ce qu'il me fallait, qu'elle me ramène à nous, à notre nouvelle vie. J'avais ri.

– Et toi, tu ris ? Oh, quand est-ce que j'arrêterai d'être la seule adulte ici ? C'est désespérant ! m'avait-elle taquinée.

Je m'étais retournée et l'avais serrée dans mes bras.

– Merci, ma belle. Je suis désolée, j'ai eu une soirée difficile.

– Tu n'as pas à te justifier, mam... Papa me manque aussi, tous les jours, mais ça commence à faire moins mal. Je suis sûre que ce sera bientôt pareil pour toi.

Je lui avais saisi le visage entre mes mains. Mon bébé, ma petite fille.

J'ai laissé le temps me glisser entre les doigts, je ne l'ai pas vue grandir. Je la revois bébé, lors de son premier jour d'école, lors de sa première soirée, me racontant son premier béguin et pleurant dans mes bras lors de son premier chagrin d'amour. Bientôt, elle aura fini ses études, quittera la maison, aura des enfants. L'émotion me submerge à ce douloureux constat. Les larmes au bord des cils, je lui avais murmuré :

– Je suis si fière de toi.

Et je l'étais encore chaque jour.

– Je sais, c'est normal, je suis la meilleure. Qu'est-ce que tu ferais sans moi ?

J'avais plaisanté :

– J'aurais moins de vêtements qui disparaissent.

– Ce n'est même pas vrai, je les remets toujours en place, avait-elle contré.

– Je me souviens d'un chemisier saumon...

– Oh, mais ce n'était pas ma faute: Nathan avait décidé de me maquiller.

– Et comme tu ne peux rien lui refuser, tu l'as laissé décorer mon chemisier par la même occasion.

– C'est toi qui lui laisses tout passer, moi je l'ai puni et toi... toi ...

Elle avait attendu que je reconnaisse à quel point je n'ai aucune autorité sur mon petit dernier:

– J'ai ri, mais avoue qu'on ne pouvait faire autrement: il était tellement adorable, maquillé en tigre.

– Mon œuvre, s'était-elle vantée, à raison.

Je lui avais pris la main et m'étais dirigée vers sa chambre.

Ses murs ne sont pas tapissés de posters de chanteurs ou d'acteurs, non, ce n'est pas son truc. Une grande bibliothèque prend tout un mur et déborde de livres, les autres murs libres sont couverts de photos qu'elle a prises, d'aquarelles et de croquis. Ma petite artiste.

– Oui, tu es douée. Tu as réfléchi pour l'école des beaux-arts?

– Je n'ai pas envie de quitter la maison.

Moi non plus, rien que d'y penser, mon ventre s'était tordu et là, c'est encore le cas, mais il était temps que ma fille pense à elle.

– Et puis j'ai encore le temps, s'était-elle justifiée.

– Deux ans, ça passe vite.

– Ou très lentement.

Je savais très bien ce qu'elle voulait dire.

– Tu pourrais au moins faire ce stage.

– Mais c'est à Paris!

– Justement.

Là encore, les rôles s'inversaient: j'étais la gamine butée qui ne voulait pas lâcher le morceau avant d'avoir obtenu ce qu'elle voulait, et elle jouait l'adulte qui comprend que cela ne sert à rien d'insister :

– On en reparlera, d'accord ? Là, je suis fatiguée, une sale gamine m'a réveillée en rentrant de sa soirée, je vais dormir, m'avait-elle taquinée encore.

– Je peux rester jusqu'à ce que tu dormes ?

– Je n'ai plus besoin que l'on me borde depuis dix ans, mam.

– Mais ce soir, c'est moi qui ai besoin de le faire.

Elle m'avait offert un petit sourire triste, s'était glissée dans son lit et tournée sur le côté.

– Tu ne vas quand même pas me lire *Les trois petits cochons* ? avait-elle plaisanté pour dissiper la gêne dans laquelle la situation la plongeait.

Elle a toujours détesté cette histoire et quand elle n'était pas sage, je menaçais de la lui lire. J'avais rigolé.

– Non.

– Mais tu pourrais chanter.

– OK, libérée, délivrée...

– Oh pitié, non !

Nous avions éclaté de rire. Je m'étais allongée à ses côtés, posant ma main sur son ventre, elle l'avait saisie et serrée. J'avais commencé doucement : *Une chanson douce que me chantait ma maman...*

Je sais qu'elle avait souri. Quand j'avais terminé la chanson, j'avais continué à fredonner jusqu'à ce que sa pression sur ma main se relâche et que sa respiration s'approfondisse. Je m'étais écartée un peu, puis assisse sur le bord de son lit. Elle semblait si paisible, je m'étais relevée et avant de quitter sa chambre, j'avais lancé un dernier regard à ma lumière.

Chaque matin, c'est pour elle et Nathan que je me lève et, chaque soir, c'est encore pour eux que je deviens Mutine.

Je m'étais dirigée vers la chambre de Nathan. Une vraie chambre de petit garçon de sept ans : des dinosaures, des voitures, des Playmobil et un lit qui devenait trop petit. Lui aussi grandissait sans que j'aie le temps de m'en rendre compte et de profiter. Je m'en étais approchée pour libérer mon petit bonhomme de sa « cabane ».

Chaque soir, c'est le même rituel : avant que je parte, je dois me glisser avec lui sous les couvertures, nous créant une cabane imaginaire où rien ne peut nous atteindre. Sa veilleuse Barbapapa nous accompagne toujours dans nos aventures chimériques.

Je l'avais observé, attendrie : il avait dû se réveiller et replonger, car Luisa venait toujours retirer sa couverture dès que j'étais partie.

Il recommence depuis peu à parler même si le langage des signes reste notre principal moyen de communication. Nous avions découvert sa surdité à la maternité, je revois encore le pédiatre nous annoncer cela comme si le monde venait de s'écrouler. Et c'est ce que nous avions pensé sur le moment. Mais nous avions découvert un langage, une communauté tellement merveilleuse. Alors aujourd'hui, malgré les difficultés que nous avions dû traverser pour que Nathan soit traité comme un petit garçon normal ayant une petite différence et pas comme un enfant différent, je me dis que sa surdité a été un plus pour notre famille.

Notre famille.

J'avais eu l'impression de sentir le bras de Paul entourer mes épaules et de l'entendre me souffler :

– On a réussi.

S'il avait été là, nous nous serions couchés, nous aurions parlé et nous nous serions sûrement aimés. Au lieu de cela, j'avais rejoint notre chambre, seule, pris un carnet et couché sur le papier tout ce que je lui aurais dit.

Mon cœur se serre. Il y a deux ans, ma vie était faite de certitudes, notre avenir semblait radieux. Le destin en a décidé autrement et à présent, sans toi, c'est comme si j'avançais tel un funambule sur un fil suspendu au-dessus du vide. Je ne peux pas me permettre un seul faux pas.

Jamais.

6

Alcôve

– Youhou, Houston, on a un problème, on a perdu un membre de l'équipage, lance Manu.

– Excuse-moi.

– Ne t'excuse pas.

Il saisit un Kleenex dans la boîte qui trône sur mon bureau (cadeau de fête des mères) et me le tend. Je tamponne mes joues pour ne pas ruiner mon maquillage.

Manu se moque :

– Petit panda... tu vas devoir te remaquiller.

Je me regarde dans le miroir sur pied posé près de la porte.

– En effet, passe-moi mon vanity-case, il va falloir sortir l'artillerie lourde pour récupérer les dégâts.

– Tu exagères ! Même sans maquillage, tu les mettras tous à tes pieds, et puis tu as ton masque, à moins que ce soir...

– N'y pense même pas !

Manu n'en démord pas : si je montrais mon joli minois, comme il dit, la clientèle se presserait encore plus à l'entrée. Pour lui, je ne risque rien, je connais tous les membres de l'Alcôve. Il a raison sur ce dernier point : je vérifie leur profil et n'accepte que les clients que je suis sûre de ne pas croiser sur mon lieu de travail.

J'ai mis toutes les chances de mon côté. Dès que je quitte la maison le soir, je suis quelqu'un d'autre. Je ne suis plus rousse aux yeux bleus. Je ne mesure plus un mètre soixante-dix, je ne chante plus, je ne parle plus du tout.

Mais le risque est toujours là.

Avant, j'aimais me glisser dans la peau de Mutine, car cela ne durait que quelques heures, quelques soirs par semaine. C'était grisant de laisser derrière soi les codes et les obligations du quotidien et de plonger dans ce havre de volupté.

Mais maintenant ?

Je ne sais plus. Je joue sans cesse la comédie depuis que Paul n'est plus là. Je dois me montrer forte alors que je suis anéantie, enjouée alors que la tristesse m'accompagne en permanence, faire preuve d'autorité et dire aux autres quoi faire alors que je suis pleine de doutes sur ce que, moi-même, je dois faire.

Manu me fixe comme s'il essayait de lire dans mes pensées.

– Tu peux y aller, il faut que tu gères la crise : Kristen et Mélody.

– Oh pitié, ne m'abandonne pas aux mains de ces deux furies, gémit-il.

Je m'énerve :

– Il faut qu'elles s'entendent. Kristen est là depuis le début, Mélody n'a pas à faire sa loi, si elle fait encore un de ses caprices de diva, elle peut retourner animer les mariages et les Bar Mitzvah !

– À vos ordres, Chef ! obtempère-t-il en faisant un salut militaire.

Je lui tire la langue, il m'envoie un baiser, me tirant un sourire. Il est mon seul ami, il est le seul homme à avoir une place dans mon cœur. Il quitte la pièce et je me retrouve seule... Comme si souvent.

Paul et moi avions des amis, mais quand il a disparu, j'ai rejeté tout le monde, allant jusqu'à changer de numéro de téléphone et refusant de voir qui que ce soit. Quelques-uns s'étaient accrochés quelques mois, puis avaient fini, eux aussi, par m'abandonner. Ils ne me manquent pas vraiment, s'ils étaient de vrais amis, ils seraient toujours là. Aujourd'hui, mon monde tourne, au ralenti certes, mais il tourne, autour de mes enfants, de Manu et de la boîte.

Je prends la photo de Paul entre mes mains :

– Tu avais juré de ne jamais m'abandonner.

L'émotion rampe, monte en moi, mais je la bloque. Je ne craquerai pas, pas maintenant. Maintenant Mutine entre en scène. Elle, elle n'a pas perdu sa moitié, elle ne souffre pas, elle n'a peur de rien.

Je me remaquille, fixe mon masque, ma ceinture d'accessoires. Que le show commence !

On accède à l'Alcôve par un escalier au fond de la salle. Myron, le videur de l'antre des VIP (comme mes clients aiment à s'appeler), me signe :

– *Bonjour.*

Et retire la corde pourpre pour m'ouvrir le passage. Je suis toujours la première à entrer en scène. Je fais le tour des différentes salles, vérifiant leur température, le matériel, m'imprégnant de cette atmosphère si paisible qui, dans une heure, se chargera de tension.

Avant, c'était Paul qui s'en chargeait. Et quand j'ai dû le faire pour la première fois, ça a été au-dessus de mes forces : j'ai craqué, déversant un flot de larmes qui ne voulait pas se tarir. Trop de souvenirs, trop de sensations, je pouvais encore sentir les mains, les lèvres, la langue de mon amant sur moi. Il m'a fallu de longs mois pour faire face à ce flot d'émotions.

Aujourd'hui, cet étage ne représente pour moi qu'un lieu de travail. J'en suis fière, mais je m'en suis détachée. Je n'y monte plus avec cette impatience et cette exquise attente. Plus de surprises, plus d'envies, plus d'émotions. Je suis anesthésiée de tout ce qui avait été nous.

Ce soir, j'apporterai du plaisir aux autres, mais je n'en aurai aucun.

Ce soir, je toucherai ces hommes et ces femmes que je connais plus qu'ils ne se connaissent eux-mêmes, mais je ne les laisserai pas me toucher. Ce soir, pendant quelques heures, je maîtriserai tout.

Je passe ma main le long des murs et des portes capitonnées. Chacune d'entre elles dissimule une pièce à thème. Paul a tout pensé dans les moindres détails. Sauf une pièce. Notre pièce. J'en avais eu l'idée. Il nous fallait un endroit pour nous isoler. Il est arrivé, exceptionnellement, que nous invitions un ou plusieurs partenaires à nous y rejoindre. J'arrive à sa hauteur et passe mes doigts sur nos initiales argentées « MP ».

Je bloque la boule qui monte dans ma gorge. Je me dirige vers le bar et dans un des frigos je prends une bouteille. Muscat vendanges tardives 2008. Il me faudra bien ça.

Deux de nos plus anciens membres viennent ce soir. Un gentil couple de quadragénaires. Lui est indépendant dans une société de matériel agricole et elle est infirmière. Ils sont ensemble depuis plus de vingt ans. Ils n'ont jamais pu avoir d'enfants. C'est leur plus grand regret, mais ils ont trouvé comment combler ce vide en se plongeant dans leur travail, en voyageant. J'aimais les écouter nous raconter leurs voyages. Anne est une conteuse née et quand elle se lance dans un de ces récits j'ai l'impression d'être partie là-bas avec eux.

Les personnes qui côtoient l'Alcôve cherchent à atteindre le plaisir, à assouvir des fantasmes auxquelles elles n'auraient pas pensé elles-mêmes, mais pas seulement. Une fois qu'elles pénétrent dans la chambre de leur choix, elles peuvent se laisser aller, elles sont libres. Aucun jugement, aucune barrière. Juste l'expression de leurs désirs les plus ensevelis. Une fois la porte de la chambre refermée, elles peuvent parler si elles le désirent. Nous avions donc passé des soirées à écouter des hommes et des femmes qui parfois ne cherchaient qu'une oreille attentive. En une soirée, je pouvais endosser le rôle de dominatrice, de soumise, mais aussi d'amie ou de psychologue. C'est incroyable ce que les gens peuvent parler quand ils pensent ne pas être entendus.

Des bruits de pas me sortent de mes réflexions. Quand on vit depuis si longtemps avec le silence, nos autres sens sont décuplés. Tous nos autres sens.

Je sens son regard dans mon dos avant de le voir. Jonas, le barman de l'Alcôve, s'est arrêté en haut de l'escalier. Il sait qu'il n'a pas le droit de me rejoindre sans ma permission. Je ne contrôle plus ma vie, mais je contrôle mon personnel à la perfection. C'est toujours ça...

Je prends mon temps avant de me retourner. Je sais qu'il m'admire, et il n'est pas le seul.

Avant, j'aimais cela.

Avant. C'est comme si toute ma vie tournait autour de ce mot.

Avant, j'étais heureuse,

Avant, je ne me posais pas de questions,

Avant, je n'avais pas peur,

Avant, j'aimais et j'étais aimée.

Avant, je vivais.

La voix de Manu m'empêche de plonger dans le désespoir de ces constatations.

– Les clients vont glisser sur ta bave, mec. Tu es pathétique.

– Tu crois qu'un jour elle se laissera approcher par un homme ?

– Sûrement, mais ce ne sera pas un mec dans ton genre. Tu ferais quoi pour la rendre heureuse ?

Je souris, Manu sait très bien que je les entends, et il en joue au détriment de ce pauvre Jonas.

– Je ferai tout, je la couvrirai d'attentions, je, je... je lui ferai oublier Paul.

Je me mords la lèvre et serre les poings. Jonas, tu n'es qu'un con ! C'est cela, le souci avec les hommes qui m'entourent. Ils veulent me sauver, remplacer l'irremplaçable et, pire, me le faire l'oublier. Comme si c'était possible.

Quand Manu reprend la parole, je sais que ses mots me sont destinés bien plus qu'à Jonas.

– Elle n'oubliera jamais, elle ne doit pas oublier. Elle doit juste se permettre d'essayer d'aimer à nouveau, différemment, mais au moins essayer.

Il est le seul à me comprendre aussi bien.

– Et tu crois que...

Je me retourne, Manu étire ses lèvres dans un sourire plein de tendresse. Jonas, lui, détourne les yeux en rougissant. Un bébé...

Je signe à Manu que Jonas doit préparer une bouteille de Veuve Clicquot et deux verres. Et lui demande s'il a les mails pour la soirée. Il sort son iPhone de la poche arrière de son jean, pianote dessus, fronce les sourcils avant de me le tendre.

Je parcours la liste reçue.

C'est de cette façon que les membres de l'Alcôve communiquent en majorité avec moi. Mais c'est Néo, notre informaticien, qui gère nos réseaux sociaux et recueille un maximum d'informations sur les nouveaux clients potentiels, à chaque demande d'affiliation.

Avant chaque soirée, les VIP choisissent sur notre page: « *No one can break your delusion for you* », le fantasme qu'ils veulent assouvir. Ils alimentent aussi cette page par leurs expériences, leurs suggestions.

Ma respiration se bloque quand je lis le choix d'Anne et Marc. Je ne peux pas faire marche arrière. J'aurais dû effacer tous les fantasmes que Paul et moi avions créés. Je savais que ce serait douloureux de les revivre, mais je n'avais pas pu les effacer. Ce n'était que rayer quelques lignes d'une page Internet, mais pour moi c'était beaucoup plus. C'était effacer une preuve de son existence. Deux années avaient passé et j'avais, parfois, de plus en plus souvent, le sentiment de perdre encore plus Paul. Je commençais à oublier. Si je n'avais pas nos carnets, les photos, les vidéos, que me resterait-il ? Une image floue d'un visage que j'aimais tant prendre entre mes mains ? Quelques bribes de souvenirs qui se feraient de moins en moins nets.

Manu pose sa main sur mon épaule, son contact, comme toujours, m'apaise. Il me pousse vers la méridienne. Je m'y laisse tomber. Il me signe:

– *J'annule ? Ou Cynthia peut te remplacer ?*

Je secoue la tête, c'est moi qui gère les anciens clients.

Cynthia, une grande blonde aux formes généreuses, est très vite passée de simple serveuse à hôtesse. Elle en avait fait la demande dès son entretien d'embauche, mais son rôle était primordial dans le bon fonctionnement de l'Alcôve et je n'avais pas voulu prendre de risque avant de la connaître et qu'elle fasse ses preuves. Elle les avait faites avec brio. Mais de là à prendre ma place, non.

– Demande à Jonas de me servir un verre, la bouteille est sur le comptoir. Ça va aller.

Il faut que je me ressaisisse, ce n'est pas la première fois qu'un client choisit un de nos fantasmes et ce ne sera pas la dernière, mais celui-là.

Je continue à parcourir la liste:

Monsieur Dark, comme il s'est surnommé, comme d'habitude. Il devra attendre que Lilas ait fini en bas. Mais cela ne le dérangera pas, il aime observer et bavarder avec Jason ou Manu en sirotant une vodka Pincer non diluée.

Pascal et sa soumise. Chambre Six.

Depuis la nuit des temps, les hommes et les femmes cherchent à tester leurs limites à la douleur dans le surpassement d'eux-mêmes. Le SM leur permet cela. Mais l'Alcôve ne se limite pas à cela. Les fantasmes de nos clients peuvent aller du simple massage intégral à la pratique SM la plus trash, c'est pour cela que nous avons voulu ces pièces fermées.

« La liberté des uns s'arrête où commence celle des autres. » Nos membres sont libres de leurs faits et gestes du moment qu'ils respectent le choix des autres de ne pas les voir.

La chambre Six est munie d'un couloir vitré qui permet à ceux qui le veulent d'observer ce qui s'y déroule pour le plaisir des exhibitionnistes. Tout est pensé dans les moindres détails pour éviter tout débordement.

À cette pensée, je me retourne et observe une de mes citations préférées du Dalaï-Lama que j'ai fait inscrire en lettres d'or sur le mur noir:

« *Le respect mutuel est le fondement de la véritable harmonie.* »

Manu s'assied à mes côtés, il fait un geste pour poser sa main sur mon genou, mais je l'arrête de la main.

– Je me demande: ta plus grande peur: c'est être touchée ou ce que tu ressentirais?

Je n'ai aucune réponse à cette question. La seule chose que je sais, c'est qu'il est le seul que j'ai laissé me toucher et qu'encore aujourd'hui la culpabilité qui en a découlé pèse sur mes épaules comme une chape de plomb.

Myron se présente devant nous et donne « le signe prénom » d'Anne et Marc.

– Merci.

Je me relève, prête à les accueillir, penche la tête en arrière puis de droite à gauche. Tu peux le faire... Tu « dois » le faire serait plus approprié.

Anne et Marc franchissent les dernières marches, ils se sourient et, sans le voir, je peux imaginer tout l'amour qui déborde du regard qu'ils s'échangent. Je me détourne, l'envie ne va pas m'aider à affronter cette séance.

7
Le lien

En arrivant à notre hauteur, ils nous signent :

– *Bonjour.*

Je fais de même, et Manu engage la conversation, conscient que j'ai besoin d'un peu de temps pour me donner du courage.

– Comment allez-vous. Alors, ce voyage au Brésil, c'était comment ?

– Dépaysant, répond platement Marc.

Anne embrasse Manu et s'exclame :

– Oh Manu, c'était bien plus que cela, je pourrais en parler des heures...

Je me dirige vers la chambre.

– ... mais ce sera pour une autre fois, le temps de Mutine est compté.

C'est surtout que si on n'y va pas directement, j'ai peur que ce qui me reste de courage me quitte.

La chambre One est une de mes préférées. À première vue, elle paraît très froide. Quand on y pénètre, on croit voir uniquement des murs couleur crème et un mur de miroirs avec un interstice d'un mètre soixante au centre duquel se trouve une grosse poignée dorée. Au milieu de la pièce trône une colonne centrale en bois. Mais en y regardant bien... on réalise que ce sont des tiroirs sur tout un pan de mur. Le mur en face de l'entrée est fait de fenêtres teintées qui donnent sur le parking. Au plafond, des spots diffusent une lumière tamisée, et une série d'anneaux, pour la suspension, y sont alignés.

Je m'avance vers la colonne, qui est en réalité une armoire composée de compartiments de plus en plus grands. J'ouvre un tiroir et, parmi la listes d'instructions, je choisis celle intitulée « Le lien » que je tends à Marc.

Je baisse les yeux pour ne pas voir leur réaction et me dirige vers un des tiroirs muraux. J'en extrais deux longues tuniques blanches. Je ne me retourne pas de suite, écoutant les commentaires de mes clients.

Anne s'inquiète à raison. Si elle ne l'avait pas fait, j'aurais hésité à continuer la séance. On ne réalise pas un pareil fantasme sur un coup de tête, sans y avoir réfléchi auparavant.

Elle s'adresse à son mari d'une voix hésitante :

– Tu as lu : « Mutine sera libre de vous faire tout ce qui lui plaira. » On ne pourra rien arrêter si ça va trop loin puisqu'elle ne nous entend pas, je te signale !

– On le savait, j'ai confiance. Elle ne nous a jamais déçus.

Je sais très bien que mes clients ont confiance en moi. Sans cela, je ne pourrais pas les aider à aller au bout de leurs fantasmes. Mais l'entendre de la bouche d'un homme tel que Marc me met du cœur à l'ouvrage.

Je les rejoins et leur pose leur tenue dans les mains qu'ils tendent, par automatisme, vers moi.

Je leur signe de la mettre.

– On doit réellement mettre ça ? On dirait une blouse d'hôpital, râle Anne.

– Je t'ai déjà vue porter bien plus moche que ça et puis tais-toi. Je viens ici en grande partie pour le concept du silence. Ne pas t'entendre quelques heures, ça a du bon, la taquine Marc.

Je me mords l'intérieur de la joue pour ne pas rire. Anne, elle, ne se fait pas prier et souffle :

– Mon salaud.

Pendant qu'ils se changent, je retourne vers la colonne et ouvre plusieurs tiroirs. Je me recule et, une fois qu'ils sont prêts, je leur fais signe de venir voir et de choisir.

Marc vient passer sa main sur les différents liens mis à sa disposition. Il hésite longtemps entre les cordes et les rubans.

Je leur donne l'impression d'avoir le choix, mais en laissant délibérément fermés les autres tiroirs contenant les menottes, les liens de cuir et bien d'autres accessoires de bondage, je leur impose le mien.

Anne prend un rouleau de ruban blanc entre ses doigts et chuchote sa décision :

– Le ruban, c'est plus doux.

Marc fait la moue, s'il avait été seul, il aurait choisi la corde épaisse : la rouge ou la noire. C'est un homme qui a l'habitude de tout contrôler, que ce soit dans son travail ou dans son foyer. Mais ici, il aime inverser les rôles, lâcher prise. Il laisse le plus souvent sa partenaire prendre les rênes. Il accepte donc son choix et me l'indique.

Je les prends par la main, fais quelques pas avec eux et les place dos à dos. Je pose leurs mains l'une sur l'autre, doigts écartés.

Ils ne bougent pas. Je m'éloigne pour prendre les rubans que je glisse dans une des pochettes de ma ceinture.

Je prends deux masques de nuit dans un des compartiments cachés et je reviens à leur côté. Je mets le masque à Anne en évitant de croiser son regard. Je ne veux pas qu'elle puisse y déceler le moindre doute. Je fais de même pour équiper Marc et croise, sans le vouloir, ses yeux qui me dévisagent. Il est dans l'attente. Cette attente avant l'amour qui accélère votre rythme cardiaque et exacerbe tous vos sens.

Il m'offre un sourire confiant, rassurant, comme s'il savait exactement ce que je ressens. Il m'insuffle le courage qui m'est nécessaire pour continuer. Son regard dissimulé, mes mains glissent en parfaite synchronisation le long de leur ventre pour rejoindre leurs mains. J'exerce une pression sur leurs doigts pour qu'ils les plient et les lient entre eux. J'attrape un des rubans dans ma pochette et l'enroule autour de leurs poignets. Je fais de même de l'autre côté, puis à leurs chevilles.

Le lien.

Ils sont liés comme dans la vie. Par ce lien si fort et fragile à la fois qui unit un couple. Il suffirait que l'un d'eux fasse un faux mouvement pour les faire chuter. Ils doivent avoir une totale confiance en leur partenaire et leur maîtrise d'eux-mêmes doit être parfaite.

Je me dirige vers un des tiroirs muraux et l'ouvre. Il contient des flacons d'huile et le matériel de massage : bols, éponges, pierres... J'opte pour la préparation à base de bois de Santal et d'huile d'amande douce. Je l'ouvre et verse son contenu dans un récipient. Sa légère odeur boisée me plonge à nouveau dans les souvenirs. Je les chasse d'un mouvement de tête.

– Ça va ? murmure Anne.

Je me retourne comme si ces mots m'étaient destinés. Marc s'agace :

– Chutttt...

Je dois me concentrer sur eux, uniquement sur eux. Je fixe leurs mains enlacées et pose avec fracas le récipient à leurs pieds. Anne se crispe. Marc accentue la pression de ses doigts. Parfait. Je n'en doutais pas, mais ce simple geste d'apaisement confirme la force de leur union. Je passe mes doigts dans leurs cheveux et retourne vers la série de tiroirs. Je les laisse ainsi s'imprégner de l'odeur de l'huile. J'ouvre un tiroir et saisis une paire de longs ciseaux.

J'aurais pu la prendre et la glisser dans ma ceinture au moment où j'ai pris l'huile, mais chaque pause intensifie leur attente et leur excitation.

Je retourne auprès d'eux. Je commence toujours par la femme. Ses réactions sont souvent plus perceptibles pour son partenaire.

Quand je pose la pointe du ciseau sur son épaule, Anne est parcourue d'un long frisson. Marc caresse de son pouce la main de sa femme. Il la connaît, il sait qu'elle appréhende, mais il sait aussi combien elle sera comblée par ce moment.

Elle soupire et se relâche. Je glisse une des pointes sous le tissu et le déchire centimètre par centimètre. La manche s'ouvre, dévoilant son bras qui, sous le contact de l'acier, s'est couvert de chair de poule. Son autre manche subit le même sort, faisant apparaître peu à peu sa poitrine dont les tétons saillants signalent son excitation. Le haut de la tunique s'affale sur ses cuisses. Sans que j'aie à intervenir, ma cliente se détache légèrement de son mari, faisant glisser le tissu entre eux jusqu'au bas de leur dos.

Je fais de même à Marc pour que leur peau nue puissent entrer en contact.

J'effectue la même découpe le long de leurs jambes et leur taille jusqu'à ce que Marc s'écarte un peu, permettant aux lambeaux de tissu de glisser jusqu'à leurs pieds.

Je les en libère, puis range la paire de ciseaux.

Je trempe mes mains dans l'huile. Le silence n'est perturbé que par leurs respirations saccadées et le bruit du frottement de l'huile entre mes doigts.

Leur corps collés l'un à l'autre, leurs mains enlacées font d'eux une seule entité. Comme s'ils fusionnaient pour ne faire qu'un.

Je commence le massage comme si c'était le cas. Je me place sur leur côté commençant par leur épaule, glissant le long de leur corps, de leur hanche, malaxant leur cuisse, leur mollet. J'humidifie à nouveau mes mains et effectue les mêmes gestes de l'autre côté.

Je jette un coup d'œil dans les miroirs.

Leur tête penchée en arrière reposant l'une sur l'autre, leurs peaux huilées qui brillent, leurs poitrines qui se soulèvent et s'abaissent dans un même rythme effréné et leurs bouches entrouvertes qui s'y reflètent. Peu importent les traces que le temps et tant d'autres choses ont laissées sur leur corps. Ils sont magnifiques.

Je baigne à nouveau mes mains dans l'huile. Je prends une profonde inspiration. Toucher les autres ne m'a jamais dérangée, j'ai toujours été quelqu'un de très tactile. J'aimais voir ce que mes mains, ma bouche, ma langue étaient capables de provoquer chez les autres hommes, chez les femmes aussi. J'aimais la tiédeur que cela faisait naître dans mon bas-ventre, j'aimais cette excitation qui me poussait à chercher Paul une fois la séance terminée.

Il m'attendait au bar et s'avançait vers moi, les yeux brûlants, comme s'il avait vécu la séance avec moi. Nous nous réfugiions dans notre chambre. Le plus souvent pour une étreinte rapide mais passionnée, où il nous arrivait d'avoir juste le besoin d'en parler.

À l'époque, les mains de mes clients sur mon corps ne me dégoûtaient pas, au contraire. Cependant, je n'avais jamais laissé un homme aller jusqu'au bout. C'était un de mes fantasmes pourtant, mais mon mari n'était pas prêt à me laisser aller aussi loin.

Il avait une manière d'être très paradoxale. Dans la vie de tous les jours, il était très jaloux : il ne me permettait pas de faire quoi que ce soit sans lui, mais une fois qu'on était au club, il me laissait une grande liberté... jusqu'à cette fameuse limite.

Comme si le fait que nous devenions quelqu'un d'autre changeait nos caractères. Est-ce que, si nous avions passé le cap, je me sentirais moins coupable de mon étreinte avec Manu ? L'aurai-je perçue autrement que comme une trahison ? Mais plutôt comme une réponse à mes besoins sexuels ? Je ne le saurai jamais...

Je dois me concentrer. Mes mains se posent sur leur cou, je trace un sillon huileux le long de leur clavicule, de leurs poitrines, tirant un gémissement à Anne.

Je continue ma descente : le ventre, les hanches, je frôle l'érection de Marc. Son grognement fait écho au cri d'Anne quand je frôle les lèvres humides de son sexe.

Je salive avec hâte mes mains pour prendre la queue de Marc entre mes doigts alors que mon autre main glisse sur les plis trempés de sa femme. Mes caresses se font de plus en plus marquées, rapides, au rythme de leurs plaintes. Je glisse un doigt en elle. Elle crie de surprise ou de plaisir ou les deux, peu m'importe... Mon rôle est bientôt terminé.

Je lâche la queue de mon client pour défaire le ruban retenant leurs poignets droits. J'ajoute un deuxième doigt pour mener Anne tout au bord de l'orgasme. Je me penche pour défaire le lien à leurs chevilles. Je me redresse et, de ma main libre, fais pivoter Marc pour qu'il se retrouve à mes côtés. Je lui retire son masque que je jette au loin.

Il cligne plusieurs fois des yeux puis les pose sur sa femme, glissant jusqu'à ma main qui ne cesse de donner du plaisir à sa partenaire pendant que je le libère. Anne commence à haleter, elle va basculer... Je ralentis. Marc pose une main sur un de ses seins en en titillant la pointe. Je pose ma main sur la sienne et la fais glisser le long du ventre de notre amante vers son pubis.

Le sourire qu'il m'adresse est rempli de fièvre et de reconnaissance. C'est une des choses qui me font continuer : apporter aux autres ce que j'ai perdu.

Un de ses doigts rejoint les miens. Anne crie de plus en plus fort au rythme de nos va-et-vient. Elle supplie, ses paroles deviennent incohérentes. Je me retire, me recule... m'efface. C'est à eux maintenant de jouer. Leurs lèvres se trouvent avec fougue, étouffant leurs plaintes. J'actionne un des interrupteurs près de la porte. Il faudra moins de deux minutes à Jonas pour m'apporter le champagne et les verres que Manu lui a demandé de préparer. J'ai juste le temps de me diriger vers l'anneau et de le tirer vers moi, faisant descendre un lit équipé de draps de soie pourpre. J'entrouvre la porte et saisis le plateau que Jonas me tend. Je vais le poser à côté du lit.

Je jette un dernier coup d'œil au couple qui, indifférent à ma présence, continue de se caresser de leur main libre. Ils pourraient défaire le dernier ruban de soie qui les relie, mais ils ne le feront pas... Ils ont pris conscience de ce qu'il représentait.

8
The show must go on

Cela m'étreint le cœur. Je me précipite hors de la pièce, referme la porte derrière moi et, sans un regard pour Jonas et les clients qui sont arrivés, je me rue dans les toilettes. Je me lave les mains, fixant mon reflet dans le miroir. Je leur ai offert ce qui comptait tant pour nous.

Je sens la tristesse tisser à nouveau sa toile en moi. J'ai besoin de m'isoler. Je sors des sanitaires, passe devant les clients installés au bar en leur faisant un signe de tête et descends les marches pour m'arrêter sur le palier. Je m'appuie contre le mur. De là, je peux voir une grande partie de la piste de danse du *First*. Tous ces jeunes gens, le casque rivé sur les oreilles, sautant, se trémoussant, ondulant les uns contre les autres, dégageant toute cette vie après laquelle je cours. Je ne peux pas percevoir la musique que Melody et Kristen leur diffusent, mais le son de leurs pieds martelant le sol m'apaise. Je regarde cette jeunesse avec tendresse.

Le *First* est réservé à une tranche d'âge allant de dix-huit à trente ans. J'ai l'impression d'avoir quitté cette période depuis des siècles. Je me sens vieille... vieille et seule. Je suis pathétique, à m'apitoyer ainsi sur mon sort. J'ai la chance d'avoir des enfants merveilleux, qu'on soit tous en bonne santé, de faire deux métiers que j'aime. J'ai réussi ma vie. Si Paul n'avait pas créé ce vide immense, s'il était toujours là, je serais toujours la femme la plus heureuse au monde.

Mais il n'est plus là... J'ai beau essayer de me raisonner sans cesse, je n'arrive pas à passer outre son absence qui a créé un trou béant dans ma poitrine.

Je lève les yeux vers l'Alcôve. La nuit ne fait que commencer.

Manu apparaît en haut des marches, un verre à la main. Il me sourit et me tend sa main libre. Heureusement que je l'ai, lui aussi.

Allez Mutine, *the show must go on.* Je remonte les marches, saisis le verre que Manu me tend et en bois une longue gorgée.

Il me signe que Chris et John vont arriver une heure plus tard. Je pousse un soupir de soulagement.

J'aime beaucoup ce couple, mais j'ai bien besoin d'une heure pour me remettre de mes émotions et me préparer à les accueillir.

Manu me conduit jusqu'à notre chambre. C'est très mauvais signe. Il m'annonce :

– Pascal et Ève sont dans la chambre Six.

– Ils étaient prévus dans la chambre Three. Putain Manu ! Si Chris et John veulent qu'on y aille.

– Tu as une heure. Tu n'as qu'à faire en sorte que Pascal et Ève finissent vite. Et ils étaient prévus dans la chambre Six. Mémoire de poisson rouge.

– Je te déteste.

– Moi aussi je t'aime.

– Va te faire foutre !

– Je ne demande que ça. Tu crois que les beaux gosses auront envie d'un plan à trois ?

Je ne peux pas m'empêcher de rire.

– Je peux toujours leur proposer.

– Fais-le. Je suis partant.

Avec une grimace moqueuse, il signe :

– *Je suis ouvert à tout.*

Je secoue la tête, dépitée.

– Bon, si je n'ai pas fini avec Pascal et Ève, tu t'occupes des beaux gosses.

Il m'offre un sourire victorieux :

– Avec plaisir.

Le contraire m'aurait étonnée.

– Tu m'aides à détacher ma jupe, il va falloir sortir le grand jeu.

Manu ne se fait pas prier, caressant mes fesses au passage et déclenchant une onde de chaleur qui n'a pas lieu d'être.

– Pas touche !

– Je n'ai rien fait du tout, m'assure-t-il avec un air innocent.

– Allez, laisse-moi maintenant.

– Tu vas y aller fesses nues ?

J'articule et signe :

– *Dehors.*

Il éclate de rire et obéit enfin.

Je me dirige vers ma commode et prends un shorty transparent rouge. Je retire mes bottines et vais prendre mes cuissardes à talons aiguilles dans mon armoire. Je les enfile et prends mon temps pour en nouer les lacets. Je n'aurai pas cette pause finalement.

Je me rends à la chambre Six. J'entre dans le couloir et ferme la porte derrière moi. Pascal aime être admiré, mais je n'ai pas envie qu'on m'observe, moi.

Ève est agenouillée, nue les mains dans le dos, elle n'est pas attachée. Pascal sait que je n'accepte pas de séances SM dans la chambre Six si elles ne sont pas planifiées.

Il m'attendait. Il s'est placé face à la vitre. Il est torse nu, son pantalon sur les chevilles. En me voyant, il plonge sa queue dans la bouche de sa soumise. Je m'installe sur le tabouret face à eux. Nos regards se cherchent. Nos yeux s'ancrent. Il place une main sur la vitre, j'y place la mienne.

Je passe la langue sur mes lèvres. Il fronce les sourcils et plonge sa main libre dans les cheveux de sa soumise, les empoigne. Je me passe les doigts sur le cou, les descends le long de mon décolleté et les glisse dans mon corset, libérant un de mes seins. Je le malaxe, faisant rouler mon téton entre mon pouce et mon index.

Pascal bouge sa main posée sur la vitre pour la placer à la hauteur de ma poitrine. Je me relève, libère mon autre sein et me colle à la vitre, sa fraîcheur me tire un soupir de surprise et mon corps se couvre de chair de poule. Il lâche les cheveux d'Ève. Il fixe mes seins et pose ses mains pour les caresser à travers la vitre.

J'entrouvre les lèvres, accélère ma respiration qui forme un nuage de buée. Je glisse ma main le long de ma cuisse, remontant jusqu'à l'élastique de mon shorty. Il ferme les yeux quelques secondes, ses lèvres s'étirent dans un sourire déterminé. Il lâche la vitre pour relever Ève et la plaquer contre la vitre. Il chuchote à son oreille, elle ouvre les yeux et me regarde.

Ses yeux me fusillent. Je suis l'ennemie. Celle que son Maître désire en ce moment. Si seulement elle savait que je ne ressens rien, que je me surprends à envier sa place. Avoir quelqu'un pour me guider, ne décider de rien.

Il l'oblige à se baisser, me libérant de son regard haineux, et la pénètre. Il la tient par les hanches et ne bouge plus. Il m'attend. Je fais glisser mon shorty à mes pieds et l'enjambe. Je passe deux doigts sur mes lèvres avant de les glisser dans ma bouche.

J'impose le rythme.

Lent.

Rapide.

Lent.

Rapide.

Lent.

Mes doigts quittent ma bouche.

Pascal se retire et plaque le dos d'Ève contre la vitre. Il me fixe par-dessus son épaule. Je glisse mes doigts le long de ma cuisse, les plonge en moi et me fouille. Je penche la tête en arrière, simulant un plaisir que je ne ressens pas.

Le corps d'Ève claque contre la vitre avec de plus en plus de force. Ses gémissements emplissent la pièce. Je n'attends qu'une chose, qu'elle pousse son cri et me délivre enfin.

Enfin.

Je jette un dernier regard à Pascal qui me remercie d'un signe de tête. Je remets mon shorty avec hâte. Je veux fuir, mais je n'en ai pas le droit, pas tout de suite. Un pas puis un autre, je laisse mes jambes me porter jusqu'à notre chambre. Je ne ferme pas la porte, il va arriver.

Il claque la porte, me faisant sursauter.

– À ce point-là ?

Je me laisse tomber à genoux.

***

Manu

Mutine ne pleure pas. J'aurais préféré. J'ai de plus en plus peur pour elle. Elle a de plus en plus de mal à supporter les séances. Elle se fait du mal en souvenir de Paul.

Sans un mot, je m'agenouille devant elle pour la libérer de ses cuissardes. Je me relève et retire son shorty et son porte-jarretelles en évitant de la toucher. Je me place derrière elle et, doucement, défais le cordage de son corset. Elle est si belle, j'essaie de contrôler l'effet qu'elle me fait, mais c'est peine perdue. Je lui prends les mains et la guide jusqu'à la douche.

J'allume le jet et quand il est à bonne température, la pousse en dessous. Elle craque enfin, ses larmes ruissellent sur ses joues. Ma Mutine.

Cela ne peut plus durer. Je dois l'aider à sortir de cette spirale autodestructrice. Je lui ai déjà proposé d'engager une hôtesse supplémentaire pour qu'elle arrête les séances. Je n'arrive pas à comprendre pourquoi elle s'évertue à vouloir tout gérer. Elle dit qu'elle en a besoin, qu'elle a l'impression de cette façon que les choses n'ont pas changé. Je n'ai pas connu Paul. Il était mort depuis un an quand j'ai rencontré Mutine, mais c'est comme s'il était toujours là. Tout tourne autour de lui. Elle ne pense jamais à elle. Jamais.

Elle survit pour ses enfants et ne vit que dans le souvenir de Paul. Il est temps que cela change. Et je crois savoir comment.

Je coupe l'eau, prends une serviette et l'essuie. Je la saisis sous les genoux, elle s'accroche à moi. Si seulement elle me laissait le droit de l'aimer. Je la pose sur le lit, je dois rassembler toutes mes forces pour résister et ne pas me coucher à ses côtés. Je la recouvre avec le drap.

Elle murmure :

– Chris et John ?

– Je m'en occupe. Dors.

Elle se relève :

– Non, ils m'ont demandée.

– Ils comprendront et ne t'inquiète pas, je vais bien prendre soin d'eux. Si tu vois ce que je veux dire.

Elle sourit faiblement et souffle :

– Merci.

Elle se couche sur le côté et ferme les yeux.

Je signe :

– Rêve bien.

9
Three Zone

Manu

– Jonas, si quelqu'un demande Mutine, elle est en séance. Je te laisse mon téléphone. Tu ne réponds que si c'est Luisa ou ma daronne.

Il pouffe comme le gamin qu'il est :

– Je vais devoir parler à ta mère ?

– Tu es vraiment con. Ma daronne, c'est Célia.

J'ai rencontré cette gamine il y a dix mois. Ça a été le coup de foudre. Mutine l'emmenait depuis peu le samedi après-midi pour la mise en place du *First*. Elle ne travaillait jamais ce soir-là, il était réservé à ses enfants.

Célia a douze ans de moins que moi, mais c'est elle la plus mature de nous deux. D'ailleurs, elle me parle comme si c'était moi l'ado. J'étais devenu tonton Manu, et elle ma baronne. Heureusement que Mutine les avait, elle et Nathan. J'avais rencontré Nath un peu après chez Mutine. Elle le jugeait trop jeune pour qu'il vienne au club et même qu'il en entende parler. Et j'étais bien d'accord avec elle. C'était un gamin tellement adorable et fragile. En le voyant, on avait envie de le couvrir de poussière de fée et d'appeler Peter Pan pour qu'il l'emmène au Pays imaginaire et l'empêche de grandir.

Je me sers une coupe de champagne et vais m'asseoir à côté de monsieur Dark.

– Lilas va bientôt arriver.

– J'ai tout mon temps, Manu. Mutine n'est pas encore venue me saluer. Elle va bien au moins ?

Je sais que je n'ai pas besoin de lui mentir, il connaît mon amie depuis bien plus longtemps que moi. Je profite de l'occasion pour le questionner.

– Elle est épuisée. Elle a vraiment du mal à faire face à la disparition de Paul, je pensais qu'avec le temps ça passerait. Toi qui les connaissais bien à l'époque, tu ne sais pas s'il avait des amis proches ?

– Non, je ne crois pas. Ils étaient tellement fusionnels qu'ils n'avaient besoin de personne d'autre. Ils faisaient tout à deux : le boulot, le club, l'association.

– Et tu as déjà vu des gens de l'association ici ?

– Non jamais. Ils ne mélangeaient jamais leurs deux mondes.

Mutine ne le sait pas, mais depuis quelques mois, un gars qui dit connaître très bien Paul lui envoie des mails. J'ai demandé à Néo de ne pas lui en parler. Mutine a une peur panique que quelqu'un découvre sa vie nocturne. Elle refuse de parler à qui que ce soit de son métier, même à moi. Au club, personne ne sait ce que Mutine fait dans la journée. La plupart pensent qu'elle ne travaille pas, elle pourrait, vu ce que lui rapporte le club. J'ai même essayé de questionner Célia, mais elle s'est contentée de me dire que c'est un poste aux antipodes de cette discothèque. (Célia ne sait pas ce qui se passe dans l'Alcôve.)

J'allais encore questionner monsieur Dark quand Chris et John ont fait leur entrée.

– Vous m'excusez.

– Bien sûr, passez une bonne soirée, me dit-il d'un air entendu.

– Vous aussi.

– Elle le sera.

J'accueille le couple en leur serrant la main. John la garde un moment dans la sienne, posant son autre main dessus. Électrisant.

Ce mec a toujours eu de l'effet sur moi, enfin surtout sur ma queue. On dirait Jamie dans *Outlander*: grand, roux, musclé. Mais, surtout, il dégage une telle aura sexuelle qu'il pourrait me faire jouir rien qu'en me parlant et il en est conscient, le salaud. Il aime en jouer.

Chaque fois qu'il ouvre la bouche, j'imagine ses lèvres sur ma bite. Je détourne les yeux pour me concentrer sur Chris. Non pas qu'il ne soit pas beau, lui, mais les blonds me font moins d'effet et puis, à côté de John, il ne fait pas le poids. Un petit chaton tout mignon à côté d'un lion que j'aimerais tant entendre rugir contre mon oreille, il n'y a pas photo.

– Mutine ne pourra pas s'occuper de vous, mais vous m'avez tout à vous.

– Joli lot de consolation, susurre John.

Et voilà ma queue qui s'anime déjà.

– Chambre Three, ça vous convient ?

Chris répond :

– La Three Zone, c'est pile poil ce qu'il nous faut.

John lui lance un regard qui en dit long. Bordel, ça promet.

J'ouvre la porte et les laisse passer devant. Matage de fesses, check. Et quelles fesses ! À croquer. J'ai faim.

Un lit king size rond nous accueille. Il va devenir mon nouveau pote, lui. Je n'ai jamais eu à gérer de séance : je suis comptable. Mais justement, une équation à deux inconnues à résoudre par combinaison, c'est dans mes cordes.

Je referme la porte. John sort quelques préservatifs de sa poche (mon souffle s'accélère, je ne sais même pas si je tiendrai un round alors plusieurs...) et les dépose sur une des tables de nuit.

Il commence à se déshabiller, Chris suit le mouvement. OK, bon, je suis le mouvement aussi ou j'attends qu'ils me le demandent, qu'ils me déshabillent? Me transformer en jouet entre leurs mains m'irait parfaitement, mais ils m'ignorent. Complètement. Ils se retrouvent nus tous les deux, se tournent autour, sans se quitter des yeux. Je ne sais pas si j'assiste à une partie de chasse ou à un ballet, mais la sensualité qui se dégage de cette scène me met à l'étroit dans mon caleçon. Je suis comme hypnotisé.

En un quart de seconde, ils sont sur moi. J'étais la proie. Je me retrouve aveuglé par les mains de Chris, je me fige. Il me souffle à l'oreille:

– Détends-toi.

Ce qui me tend surtout, ce sont les mains qui se glissent sous mon tee-shirt et me caressent. Chris ondule contre mon dos, promenant son érection contre mes fesses et sa langue dans ma nuque. John me susurre:

– Garde les yeux fermés et n'essaie pas de nous toucher.

Les mains de Chris quittent mes yeux, glissent sur mon torse, se mêlant à celles de John. Il défait ma ceinture et fait glisser mon pantalon et mon caleçon sur mes chevilles. Un coup de croc dans ma fesse et dans la chair de mon ventre: ma première plainte.

Le tissu qu'ils déchirent et leur langue dans ma bouche et sur mes fesses: deuxième plainte.

Leurs doigts sur ma queue, leurs doigts qui m'écartent. Je ne compte plus, je ne sais plus à qui appartient quoi.

La seule chose que je sais, c'est que ces deux fauves me goûtent et me dévorent, et que j'aime ça.

Leurs caresses s'intensifient, me précipitant au bord du précipice.

Puis...

Rien.

Le vide, je n'y chute pas.

NON.

Ils m'entourent, me gardent suspendu.

Les secondes s'égrènent, me torturent.

– Ouvre les yeux, m'ordonne Chris.

Son regard me liquéfie sur place.

Le chaton est en fait le lion.

John m'équipe sans un mot, sans un regard. Chris s'équipe à son tour.

Il attrape les cheveux de son amant et pousse sa tête pour la placer au niveau de mon érection. John m'engloutit, je me mords la lèvre. Chris se place derrière lui, pose ses mains sur ses fesses et, sans me quitter des yeux, le pénètre, se retire, le reprend, se retire. Chacun de ses coups de boutoir se répercute sur ma queue à travers les lèvres de John. Nos souffles erratiques se mêlent, s'intensifient. Je commence à perdre pied, à manquer d'air.

Un cri, un rugissement, une plainte.

Un orgasme puissant.

10
L'inconnu

Mutine

Je me réveille en sursaut et en sueur. Je tâtonne le matelas à côté de moi. La réalité me frappe à nouveau. Je me lève trop vite, je dois m'appuyer sur le mur pour contrôler le vertige qui m'assaille. Je me laisse retomber sur le bord du matelas. Je me frotte le haut de la poitrine d'une main, comme si cela pouvait faire disparaître la sourde douleur qui s'y est nichée le jour où Paul a disparu.

La séance avec Anne et Marc m'a éprouvée plus que je l'avais prévu. Je savais que ce serait difficile, mais pas à ce point-là. Paul est présent dans chacun de mes pas, chaque jour, je m'y suis habituée : cela me rassure. J'ai l'impression de me sentir moins seule. Je lui parle, je lui écris, pour continuer à le faire vivre. Mais la séance m'a rappelé, encore une fois, qu'il n'était plus là. Que plus jamais ses mains ne se poseraient sur moi, que plus jamais je ne ressentirais ce qu'il était le seul à me faire vivre. Le contact de ses doigts, sa langue, ses lèvres sur moi étaient capables de m'embraser en quelques secondes.

Je ferme les yeux, je m'apprête à me faire du mal, mais j'en ai besoin : pour être certaine que je ne suis pas uniquement une enveloppe de chair et de sang. Après chaque séance, c'est devenu comme un rituel.

Je plonge dans ma mémoire, j'ai besoin du plus fort de nos souvenirs.

– Tu es sûre que c'est ce que tu veux ?

– Oh ferme-la ! Tu te rends quand même compte que je m'offre à toi.

– Justement, je n'ai pas envie que tu aies des regrets après.

– OK, je vais aller voir Lucas, il ne se posera pas de questions, lui.

– Sûrement pas.

Tu m'avais attirée sur le module et tu m'avais caressée doucement par-dessus mes vêtements. Ce n'était pas la première fois que nous réussissions à nous glisser dans la salle de gym pendant la pause de midi. Cela faisait plus de quatre mois que nous avions échangé notre premier baiser dans ce cinéma. Après cela, tu me volais un baiser chaque fois que tu en avais l'occasion : dans les rangs, dans la cour, à l'arrêt de bus et sur ce module.

Je fais glisser mes mains sur mon corps, reproduisant chacun de tes gestes maladroits. Je me souviens de ce que j'avais ressenti. C'était comme si le fait de savoir que nous allions aller jusqu'au bout décuplait mes sensations. Tu avais cessé de m'embrasser pour plonger ton regard dans le mien et ne plus le lâcher. Quand ta main s'était glissée sous ma jupe, j'avais fermé les yeux, tu m'avais murmuré :

– Regarde-moi.

Et c'est ce que j'avais fait. Tes yeux débordaient de désir et d'amour. Nous n'avions que seize et dix-sept ans, mais notre amour était une telle évidence. Comme si nous avions été créés l'un pour l'autre. Tu étais le seul à me comprendre, à voir qui j'étais réellement. Nous n'avions même pas besoin de parler pour savoir ce que l'autre ressentait ou pensait.

Je glisse ma main le long de ma cuisse, remontant vers mon intimité. Il n'y a que ton souvenir qui arrive désormais à me rendre humide. Et comme toi ce jour-là, je me caresse doucement, mon autre main se promenant sur mes seins. Tu m'avais soufflé que tu m'aimais avant d'introduire deux doigts en moi, comme je le fais maintenant.

Tu mettais tant de douceur dans chacun de tes gestes : « Ma poupée de porcelaine. »

Des perles d'émotion se glissent au coin de mes yeux, je n'essaie pas de les retenir. J'ondule contre mes doigts,

La chaleur s'insinue dans mon bas-ventre, je vais plonger pour toi, comme si tes doigts étaient les miens.

– Mutine, t'es réveillée ! Enfin !

Je vais le tuer, je vais le tuer. Vite, ma ceinture d'accessoires !

Mes mains quittent mon corps pour saisir le drap et m'en couvrir. Je sens le rouge me monter aux joues. Je secoue la tête. Voyons Mutine, ce n'est que Manu.

– Je t'ai déjà vue nue, tu sais.

– J'ai froid.

Et c'est vrai, malgré la chaleur qui a envahi mes joues, je suis frigorifiée. La chaleur de mes caresses m'a quittée trop brutalement. Je frissonne :

– Il est quelle heure ?

– Passé quatre heures.

– Ce n'est pas vrai, tu ne pouvais pas me réveiller ! Luisa va...

Il m'interrompt :

– Je l'ai appelée, elle passe la nuit avec les monstres.

– Ne les appelle pas comme ça !

– OK, avec la despote et le petit enfant perdu.

Je ne peux m'empêcher de sourire, attendrie. Manu aime Célia et Nathan comme s'ils étaient de sa famille. Il est devenu la seule figure masculine. Un homme avec des Dr Martens rose vif, mais un homme.

– Il y a encore du monde ?

– L'Alcôve est vide, au *First* c'est comme d'habitude, ils vont attendre la fermeture. Tu veux que je demande à Mélody d'arrêter plus tôt ?

– Non. Parfois je me demande comment font tous ces jeunes pour sortir jusqu'à l'aube et travailler le lendemain.

– Ils se mettent en congé maladie ou ils font comme toi.

Je ne réponds pas. La différence entre eux et moi, c'est que, pour eux, c'est un choix. Moi, la vie ne m'en a laissé aucun.

Dans quatre heures, j'enfilerai mon costume pour endosser mon deuxième rôle.

– Rentre chez toi, Manu. Tu en as assez fait. Au fait, pas trop... dur... avec John et Chris.

– Oh si dur, très dur. Je ne sais pas si je pourrai venir travailler demain, j'ai mal au cul.

J'éclate de rire alors qu'une drôle de sensation s'insinue en moi. Je ne m'y attarde pas, je saisis un oreiller et le lui balance.

Il le réceptionne en rigolant.

– Essaie de dormir un peu. À demain. Je t'aime.

Je m'empêche de m'attarder sur l'effet que son « je t'aime » provoque, et rétorque :

– J'ai assez dormi, je vais faire l'inventaire du bar.

– Jonas s'en est déjà chargé, sans que j'aie eu à lui rappeler pour une fois.

– En même temps, il est payé pour ça.

– Pas faux. Allez, j'y vais. Je t'ai imprimé quelques mails à lire sur ton bureau. On a une demande d'intégration que j'aimerais que tu analyses, me dit-il avec un drôle de sourire.

Prise d'une impulsion soudaine, je lui demande :

– Tu veux bien rester avec moi, juste un peu ?

– Pour t'aider à finir ce que tu as commencé ?

– Tu ne peux vraiment pas t'empêcher de balancer des réflexions graveleuses. Laisse tomber.

– Sûrement pas.

Il grimpe dans le lit, je me recouche sur le côté. Il se colle contre mon dos et pose une main sur mon ventre. Je la saisis et la serre. Il m'étreint. Je sens le désir monter en moi, mais je le bloque. J'ai envie de lui. Ce n'est pas la première fois. Les gestes de tendresse qu'il a envers moi me font de plus en plus d'effet. Je commence à être en manque, malgré moi. Mais je tiens trop à lui pour risquer de gâcher notre relation en couchant une nouvelle fois avec lui. Si je devais le perdre... Une boule d'angoisse se crée dans ma gorge à cette idée. Non. Je ne peux pas prendre ce risque.

Il me désire aussi. Son sexe qui durcit contre mes fesses ne me laisse aucun doute.

Je me détache de son étreinte.

– Manu, tu es incorrigible !

– Excuse-moi, mais tu es bandante, je ne contrôle pas.

Moi non plus, vu comment mes sens sont chamboulés. J'ai vraiment besoin de mettre une distance entre nous. Sans répondre et sans le regarder, je me lève, vais jusqu'à l'évier, me sers un verre d'eau et le vide d'une traite.

L'ignorant toujours, je vais dans ma garde-robe, choisis une tenue de jour que je pose sur le lit. Je retire ma perruque.

– Tu me le dis si ma présence te dérange.

– Ce n'est pas ça.

– Quoi alors ?

– Rien. Je suis épuisée et j'ai envie de rentrer chez moi, c'est tout. Vas-y et merci.

– De rien. Tu sais bien que je suis toujours là.

Il se lève et fait le tour pour m'embrasser, je me recule et me glisse sous la douche.

Je soupire de soulagement quand il quitte la pièce sans un mot. Et s'il avait insisté ? Aurais-je résisté ? Je ne sais pas, et il faut que j'arrête d'y penser. Je bloque les pensées lubriques qui se pointent dans mon esprit. Je me lave, me sèche et enfile la tenue que j'ai posée sur le lit. Je glisse mon collier autour de mon cou, remets ma ceinture et ma perruque.

Je sors de la pièce et traverse l'Alcôve déserte. Le silence m'enveloppe. Bienveillant.

Cette nuit encore, ici, il y a eu ce silence si empli de sens, mais aussi des murmures, des gémissements, des cris, des fantasmes assouvis, des mots d'amour et des promesses prononcées. Les gens ont pu être qui ils voulaient pendant quelques heures.

Et moi ? Moi, j'ai été qui ils voulaient que je sois.

Je remets mon masque et descends les marches, m'arrêtant sur le palier. Manu n'a pas obéi : le *First* est désert lui aussi. Je me dirige vers mon bureau. J'entends des éclats de voix provenant du « speaker », je les ignore. Mon staff sait ce qu'il a à faire.

Quand j'entre dans mon antre, la pile de feuilles sur mon bureau me saute aux yeux. Je saisis la première feuille.

—

De : **Philippe Theys** <p-theys@skynet.be>
Je ne connais personne de ce nom.
Date : 2 février 2015 à 21:08

—

Quelques jours avant la disparition de Paul. Je m'assieds sur le bord de mon bureau et commence à lire.

—

Objet : NOUVELLES
À : Paul SARLET
Bonsoir,

Tu m'as proposé de t'envoyer un mail si jamais j'avais un souci ou juste besoin de parler. Donc voilà, je le fais. Parce que je n'ai personne d'autre et que même si tu n'y réponds pas, ça me soulage d'écrire ce qui part en couille dans ma vie. Comme je te l'ai déjà dit, ça ne va pas trop avec ma femme, Nathalie. Je sais, je dois être patient, à l'écoute, mais je n'en peux plus. J'ai essayé de faire comme tu m'as dit. Je l'aide plus dans les tâches quotidiennes, avec les gosses. Mais rien n'y fait, c'est comme si plus j'en faisais, moins elle était satisfaite. Alors je t'écoute, balance-moi une de tes idées géniales. Celle qui fait que toi et ta femme vous êtes toujours aussi heureux après autant de temps parce que là, même si j'aime toujours ma femme comme un dingue, j'ai juste envie de me barrer. Bon, je m'arrête là et j'attends ta réponse. Merci... l'ami ?

—

Le mail suivant date de la nuit précédant l'accident de Paul.

—

Merci pour tes réponses, mais je crois que quoi que je tente, tout est perdu. Quand je lui demande si elle m'aime toujours, elle répond que le problème n'est pas là. J'ai beau lui dire que si justement. Parce que si elle ne m'aimait plus, ce serait beaucoup plus simple, ça me tuerait, mais au moins je serais fixé, j'arrêterais de me battre pour rien. Je me suis arrangé avec mes parents et l'emmène en week-end à Florence, comme tu me l'as conseillé.

—

Florence, mon cœur se serre, c'est là-bas que j'avais annoncé à Paul que j'attendais Nathan, cette ville qu'on aimait tant. On économisait pour s'acheter une maison en Toscane, et je continue à le faire pour réaliser ce rêve, notre rêve.

Je ne comprends pas pourquoi Paul ne m'a pas parlé de ce Philippe, j'ai beau me creuser la tête. Il y a bien un Philippe dans nos clients, mais pas They's et, en plus, il est en couple avec Julie depuis plus de deux ans, donc ça ne peut pas être lui.

Je continue ma lecture, je n'ai que les mails de cet homme, aucune des réponses de Paul alors qu'apparemment, il lui a répondu. Je regarde l'heure, je vais devoir me préparer et aller lever les enfants. Mais je ne pourrai pas aller travailler sereinement sans avoir obtenu quelques réponses. Il doit être environ seize heures à Sydney. Je prends mon téléphone et compose le numéro de Néo.

Nous l'avions rencontré, lui et ses parents, à l'association. Ce petit prodige de l'informatique de seize ans, à l'époque, était tombé à point nommé dans nos vies. On lui avait parlé de notre projet de boîte de nuit, du concept que nous voulions exploiter, et c'est lui qui nous avait aidés à mettre en place toute la partie logistique. On finançait une grande partie de ses études, dont son stage de master à Sydney, en échange de la gestion de toute la partie informatique du club. Ses parents pensaient qu'il donnait des cours particuliers de mathématiques à Célia et qu'on le payait généreusement, trop généreusement selon eux. S'ils savaient... Néo avait signé comme tous les membres de notre personnel un contrat de confidentialité. Nous nous protégions, nous, mais surtout certains de nos clients.

Le visage angélique de Néo apparaît à l'écran. Avec sa casquette serial gamer dont quelques mèches blondes dépassent, ses lunettes et son sourire charmeur, on dirait un ado. En même temps, il n'a que vingt-quatre ans.

Je l'ai vu grandir, ce gamin. Une bouffée de tendresse m'envahit. Quand je le regarde, j'imagine Nathan au même âge et j'espère qu'il pourra arriver aussi loin que lui. Malgré sa surdité, il a toujours fréquenté le cycle scolaire dit classique, ses parents ont dû se démener pour cela, comme nous nous sommes battus pour Nathan et comme je me battrai encore. Même si, maintenant, je dois affronter tout cela seule.

Ne pas y penser.

Je plaque un grand sourire sur mon visage. Mais Néo n'est pas dupe, il fronce les sourcils et me signe :

– *Ça va ?*

– *Oui, j'avais quelques questions...*

Je lui montre un des mails de ce Philippe.

– *C'est qui ? Et les réponses de Paul. Elles sont où ?*

Néo retire sa casquette et passe la main dans ses cheveux : il va me mentir.

– *Je ne sais pas.*

Bingo.

Je fronce les sourcils et le menace de mon index. Il sait très bien ce qui va suivre et anticipe :

– *J'ai promis à Manu, demande-lui. Je sais d'après les mails que cet homme est venu au* First *trois ou quatre fois. Paul et lui ont parlé. Le reste, ce n'est pas à moi de te le dire.*

Je sais que je n'en tirerai rien de plus, Néo est quelqu'un de fiable. Il n'est pas dans l'équipe pour rien. J'abandonne et lui demande de ses nouvelles. Il se plaît bien, l'Australie et les Australiennes sont au top.

Je raccroche, un sourire plaqué à mes lèvres : la jeunesse. J'avais l'impression de n'avoir jamais été jeune. Paul était arrivé à l'école, j'étais tombée amoureuse de lui, lui de moi. Nous ne voulions pas perdre une minute loin l'un de l'autre et, donc, avions emménagé ensemble dès le début de nos études supérieures, puis Célia, le mariage, la vie d'adulte nous avait ensevelis. Non, portés, car je n'avais jamais eu aucun regret jusqu'à aujourd'hui. Mais je n'avais pas le temps de m'apitoyer sur ma jeunesse perdue. Manu allait subir un interrogatoire en règle, mais pas ce soir. Maintenant, mon autre vie m'attendait.

11
Questions et réponses

Je passe ma main dans les cheveux de mon petit enfant perdu, ses yeux bougent sous ses paupières, ses cils s'agitent. Je lui pose un baiser sur le front.

– Bonjour, mon bébé, il est l'heure.

J'ai beau savoir que sans son appareillage il n'entend rien du tout, j'ai besoin de lui parler.

Il ouvre les yeux et enroule ses bras autour de mon cou, je le prends dans mes bras, le fais tourner juste pour entendre son rire résonner et venir se lover dans mon cœur. Mon bébé.

– Bon, quand vous aurez fini de faire mumuse, Nathan pourrait aller se préparer, non ? Il a quand même sept ans, mam !

La baronne, comme dirait Manu, s'est levée du pied gauche, vu le ton qu'elle emploie.

Je pose mini-Paul (parce que oui, c'est son portrait craché) au sol et lui signe :

– *Vite, sinon on va être punis.*

Nathan rigole et Célia croise les bras en boudant, eh bien voilà, ma petite fille est de retour.

Je la saisis par la taille et essaie de la faire tourner. Elle éclate de rire.

– Mam... je suis trop lourde pour ça maintenant.

Je la chatouille :

– Mais pas pour ça.

Elle se tortille en riant.

Je la serre dans mes bras. Elle m'a chipé mon parfum.

Elle se détache pour dissiper la gêne, parce que oui, c'est bientôt une femme, et que les câlins, c'est réservé aux enfants.

– Je suis sérieuse là, dépêchez-vous je commence à huit heures et quart moi !

Nath signe :

– *Oui maman.*

Célia lui tire la langue, il fait de même.

Avant que ça monte crescendo, je demande à Célia d'aller prendre son petit déjeuner.

Nathan va dans la salle de bains, je descends rejoindre Luisa et Célia.

Ma grande me regarde en levant un de ses sourcils.

– Pourquoi Luisa a dormi ici ?

Eh merde, elle inverse à nouveau les rôles. OK, on est vendredi, mais on n'est pas dans *Freaky Friday*.

Je n'ai rien de Jamie Lee Curtis, et Célia, elle... oui, il faut bien avouer qu'elle ressemble à Lindsay Lohan à cette époque, heureusement les bêtises en moins.

Bon, c'est moi l'adulte, je n'ai pas à me justifier. Mais je le fais quand même.

– J'ai fait la comptabilité avec tonton, j'étais tellement épuisée que je me suis endormie sur ma chaise et il n'a pas voulu me réveiller.

Elle regarde Luisa qui confirme :

– Oui. Tonton m'a appelée pour me le dire.

Ma grande n'est pas dupe, ses yeux passent de l'une à l'autre.

– Mouais c'est ça, prenez-moi pour une cruche.

Ses lèvres s'étirent :

– Bon, quand est-ce que tu nous le présentes ?

J'ai l'impression qu'elle vient de me tirer dessus. Je porte mes mains à mon ventre.

– Maman, ça va ? Je plaisantais.

Je suis obligée de m'asseoir, mes jambes menacent de céder. Luisa me tend un verre de jus d'orange. Mes mains tremblent tellement quand je tente de le porter à ma bouche

– Maman ?

Allez, reprends-toi.

– Ça va.

Célia essaie de plaisanter :

– Faut pas stresser, on ne va pas le manger, ton copain.

Mais comment ? Comment peut-elle envisager que je sorte avec quelqu'un. Son père n'est plus là que depuis... OK, cela fait deux ans, mais pour moi c'est comme si c'était hier. C'est plus fort que ça : je n'arrive toujours pas à concevoir qu'il ne soit plus là.

Nathan entre dans la cuisine. Je me concentre sur lui.

Je lui signe de venir près de moi.

Son tee-shirt dépasse de son pantalon, sa chaussette gauche est au-dessus de son jean et ses lacets ne sont pas serrés. Je rectifie le tir.

Célia a compris qu'elle ne devait pas remettre le sujet du « nouveau petit ami qui n'existe pas et qui n'existera jamais » sur le tapis, et nous prenons la route en silence.

***

Je savais que je n'aurais pas dû emporter les mails de ce Philippe au boulot. J'ai passé ma pause enfermée dans mon bureau, à les lire. Il avait continué à écrire à Paul après sa disparition. Son premier mail quelques mois après l'accident de Paul m'a vraiment touchée.

—

Bonjour,

Ça fait bizarre de t'écrire. Comme je n'avais plus de réponse à mes mails, je suis venu au club et là, j'ai appris que tu avais eu un accident de voiture et que tu n'avais pas survécu. Je dois avouer que ça m'a fait quelque chose. On n'était pas vraiment amis, on s'est parlé quoi : quatre ou cinq fois ? Mais tu as été la seule personne à qui je pouvais me confier. Donc je me suis attaché à toi, et que tu ne sois plus là m'a fait quelque chose. Et tu me manques, nos discussions me manquent… J'ai attendu quelques mois avant d'envoyer ce mail, en me disant que maintenant plus personne ne doit lire tes mails, que ta boîte mail sera sûrement fermée. Donc, j'ai écrit ce mail, enfin c'était un brouillon à la base. Tu vois, comme un journal intime virtuel dont je serais le seul à avoir accès. Et dès que j'en avais l'occasion, je venais mettre mes pensées du jour.

Donc voilà :

—

Il décrit son week-end à Florence, et chacune de ses descriptions me plonge dans mes souvenirs, mais je ne m'y attarde pas, trop pressée de savoir ce que cet inconnu racontait à mon mari et pourquoi ce dernier ne m'avait rien dit. Il le remercie pour l'idée qui leur avait permis à lui et Nathalie une trêve plus qu'agréable. Mais le retour à la vie réelle avait été difficile. Il décrivait son quotidien, se plaignait beaucoup du manque d'attention de sa femme. J'ai un énorme fou rire quand il raconte que son petit dernier de deux ans avait aspergé le chat et une grande partie de la maison d'éosine, la rouge, pas la transparente, et que pour essayer de réparer les dégâts, il avait vidé toute la réserve de lingettes. Philippe se vantait d'avoir voulu faire preuve d'autorité, mais se plaignait que sa femme, elle, avait ri et avait minimisé l'affaire. Cette Nathalie me plaisait.

Mais Philippe ne faisait que s'en plaindre : elle était trop ci, pas assez ça et son gamin, Noa, était infernal, un gamin de deux ans quoi. Je ne comprends pas ces hommes qui ne se remettent jamais en question, accusant les autres de toutes les mauvaises choses qui leur arrivent.

Des coups frappés à ma porte me font sursauter.

– Madame Sarlet, Madame et Monsieur Lejeune sont là, je vais chercher Kylian ? me demande Sylviane à travers la porte.

– Oui, oui.

Je me relève, remets mes chaussures et ma jupe en place en quatrième vitesse. Je me pince les joues et plaque un sourire sur mon visage. Je jette un coup d'œil à mon bureau, merde... les mails. J'ouvre la porte, salue les parents de ce très cher Kylian et, pendant qu'ils s'installent, je cache les mails sous un dossier et m'assieds.

– Nous allons attendre Kylian. Il est préférable qu'il soit présent.

Madame et Monsieur Lejeune échangent un regard inquiet. Et ils peuvent l'être.

* * *

Mon sac en bandoulière, je traverse le parking d'un pas décidé. Manu doit être sur des charbons ardents, j'ai ignoré tous ses appels et ses textos. Je passe devant le staff réuni, dont lui, sans un mot. Tu crois quoi, mon coco? Que tu peux me cacher des trucs et puis me les balancer comme ça!

Je devine les regards ébahis et interrogateurs de mon personnel, mais les ignore, j'ouvre la porte, écarte le rideau et me rue dans mon bureau.

Je retire ma jupe, m'assieds en indienne dans mon fauteuil Louis XV, ouvre mon sac et pose les feuilles sur mon bureau.

Je reprends la lecture du mail.

—

Nathalie veut un autre bébé, je ne suis pas prêt. Je crois que déjà pour Noa je ne l'étais pas, pendant toute la grossesse je n'ai pas réussi à m'extasier comme elle le faisait: des échographies, de ses premiers coups de pied dans son ventre... Quand on a su que c'était un garçon, ça m'a fait quelque chose évidemment, mais j'ai vraiment réalisé que j'étais père et aimé Noa lorsque la sage-femme me l'a déposé dans les bras. Je n'arrive toujours pas à trouver les mots. Le seul qui me vient, c'est que c'était puissant. Je ne regrette pas un instant, même quand Noa fait ses conneries, et Dieu m'est témoin qu'il en fait. Il suffit qu'il me fasse un câlin, me dise «t'aime touzour touzour papa» et je fonds, totalement. Mais voilà, repasser par la case nuits entrecoupées, langes à changer, alors qu'on est dans la phase sans lange, et tout ce que cela implique, pas besoin de te faire un dessin: tu es père...

—

Je tique en lisant ces mots, Paul ne parlait pas des enfants au club, jamais, à personne. Avant sa disparition, personne ne savait que nous en avions.

Je n'ai pas le temps de m'attarder sur cette pensée, que Manu déboule dans la pièce.

– Je peux savoir ce que tu nous fais ? Putain, Mutine ! Tout le monde est sur les dents maintenant, ils n'arrêtent pas de m'assaillir de questions. J'ai eu l'impression d'être à une conférence de presse.

– MOOON pauvre chou ! Si j'avais le temps, je te plaindrais !

– Bon, tu accouches parce que, là, ça m'énerve et vu que tu y es déjà passée deux fois, ça ne devrait pas être trop difficile.

Fais de l'humour, vas-y mon coco, tu ne vas pas rire longtemps.

– Tu es viré.

Je me mords la lèvre pour ne pas rire devant le visage de Manu qui passe par toutes les couleurs de l'arc-en-ciel, même par la couleur rose vif de ses Dr Martens.

– Ce n'est pas drôle. Tu me dis ce qu'il y a.

– Je suis très sérieuse. Tu sais que ce que je demande à mon personnel, c'est une totale honnêteté. J'ai besoin d'être sûre qu'ils soient fiables et que je puisse avoir confiance en eux. Et en ce qui te concerne, ce n'est plus le cas.

– Pourquoi ?

Je prends les mails et les lui tends.

– Pour ça.

– Tu les as tous lus ?

Je n'ai pas eu le temps de les finir, mais je joue le jeu.

– Oui.

– Donc tu sais.

Me voilà prise à mon propre jeu. Il continue :

– Et c'est pour ça que tu m'en veux ?

Réfléchir et vite, je cherche mes mots, je retire mon masque pour gagner du temps. Manu en profite pour argumenter :

– Donc, tu m'en veux d'avoir accepté sa candidature sans t'en parler.

– QUOI ?

Il n'a pas fait ça !

– Alors, qu'on s'entende bien : tu m'as pendant un an caché des mails qui étaient destinés à Paul, tu me caches ses réponses et tu acceptes que ce Philippe soit membre de l'Alcôve alors qu'on ne le connaît ni d'Ève ni d'Adam.

– OK, j'ai déconné, mais avoue que sa demande est originale et je suis certain que tu es la seule à pouvoir l'aider. Paul avait commencé, dis-toi que tu lui rendrais hommage en allant au bout de ce qu'il avait commencé.

– Ne t'aventure pas sur ce terrain-là, Manu.

Il baisse les yeux sur ses chaussures.

– Bon OK, j'ai foiré, mais ce mec est vraiment au bout de sa vie, et je me suis dit que tu pouvais le comprendre après... enfin après ce que tu as traversé. Et les réponses de Paul étaient si touchantes. Il décrit à quel point il t'aime, à quel point votre relation était magnifique, combien cela valait la peine de s'accrocher quand on avait trouvé sa moitié. J'ai eu peur que cela te fasse souffrir.

Il a raison, cela m'aurait fait mal, mais en même temps, que Paul explique à un inconnu combien il m'aimait me met du baume au cœur. Nos cahiers, nous les avions écrits à deux, il pouvait ne pas y être tout à fait honnête, sachant que je les lisais.

– Je vais prendre mes affaires, je finirai quand même le bilan mensuel et je te l'enverrai, termine-t-il tristement.

– Manu, tu croyais vraiment que j'allais te virer ? Je n'ai lu que les premiers mails.

Il se redresse et me fixe, les sourcils froncés.

– Oh, t'es qu'une garce, tout ça pour que je te dise tout et que je m'en veuille à mort.

– Et toi, tu es un sale menteur.

– OK, on est quittes alors ?

– Si tu me promets de ne plus jamais me mentir.

– OK.

Il vient se placer derrière moi. Une question me turlupine encore, en fait plusieurs :

– Comment tu as eu les mails, au fait ? Et depuis quand tu les as ? Et tu as échangé beaucoup de mails avec ce gars ? Et il...

– Molo, une réponse à la fois. Néo a reçu la demande d'intégration de ce Philippe où il parlait de Paul, stipulant que c'était sur son conseil qu'il se lançait enfin. Il m'en a parlé, et comme tu ne m'avais jamais parlé d'un Philippe, j'ai voulu savoir comment ils se connaissaient. J'ai demandé à tout le monde, personne n'a pu me renseigner. Alors, j'ai demandé à Néo de fouiner et, dans les mails de ce Philippe, il a trouvé les mails que lui et Paul s'étaient échangés. Cela ne fait que deux mois que je les ai et j'ai hésité longtemps, surtout que tu n'allais pas bien. Mais plus j'y réfléchissais, plus je me disais que ce Philippe, eh bien, c'est exactement ce qu'il te faut. Tu vois, pour des séances moins éprouvantes. Parce qu'enfin, sa demande...

Il secoue la tête en riant.

– ... est peu conventionnelle, on va dire.

Il se fout de moi, on a eu des demandes plus folles les unes que les autres : la femme qui voulait être pieds et mains liés et avoir une file d'hommes prenant chacun un ticket avant de lui passer dessus ; le couple qui voulait faire cela avec un couple de lesbiennes de petite taille ; et j'en passe. Alors, niveau « demandes peu conventionnelles », j'ai eu ma dose.

– Alors ?

– Il veut qu'on l'aide à reconquérir sa femme, m'explique-t-il en me massant les épaules.

Je me tortille pour m'extraire du contact de ses mains et m'assieds sur le bureau.

Je souris :

– Il croit qu'on est quoi ? Des love coachs, des psys ? Tu n'as qu'à lui répondre qu'ils n'ont qu'à faire une thérapie de couple.

– Tu lui diras toi-même. Quand il viendra ce soir, à vingt-trois heures.

Je donne un coup de pied dans ma chaise qui tombe sur Manu.

– Aie ! Tu m'as fait mal.

– Oh, ce n'est rien par rapport à ce que je m'apprête à te faire.

Manu se recule et me contourne pour se diriger vers la porte. Je passe mes jambes de l'autre côté du bureau et en descends.

– Ne me regarde pas comme ça !

– Tu as peur ?

– Non.

Je récupère ma ceinture.

– OK, là, tu me fais peur.

Il ouvre la porte, je m'avance vers lui.

– Tu n'as pas ton masque et tu es en string. Ta vengeance devra attendre, me lance-t-il avec un sourire triomphant, et il referme la porte.

Elle va attendre, mais elle sera terrible. J'ai à l'avance ma petite idée et j'en ris.

Bon, je vais finir de lire ces saletés de mails, que je sache comment aborder et rembarrer ce Philippe.

12
Philippe

Alors, qui es-tu vraiment, Philippe ?

Au fil des pages, je découvre un homme qui perd toute confiance en lui, qui s'est résigné. Il pourrait profiter de la chance qu'il a d'avoir une famille qu'il aime. Ça se ressent : les anecdotes, les mots qu'il emploie pour parler de son fils, de la grossesse de sa femme, de la naissance de leur fille. Il se pose trop de questions. Il passe son temps à comparer son couple au mien. Non, à celui que je formais avec Paul.

Mon cœur se serre de nombreuses fois au fil de ma lecture. La colère me submerge aussi quand il se plaint. Il ne sait pas la chance qu'il a d'avoir encore une famille. La mienne est amputée et je donnerais tout pour revenir deux ans en arrière. Il croit que nous ne sommes pas passés par les mêmes difficultés ? Moi aussi, j'ai eu moins de libido après mes accouchements. J'ai fait des tonnes de reproches à Paul parce que je n'arrivais pas à tout mener de front et qu'il fallait bien que je trouve un coupable à mes propres failles.

La surdité de Nathan nous a aussi fait prendre conscience qu'on se plaignait de broutilles. On en a toujours parlé, Paul a toujours fait preuve de compréhension et d'amour et on a tout surmonté... Ensemble. La douleur dans ma poitrine revient en force. Maintenant, c'est seule que je dois tout gérer, je n'ai plus personne à qui confier mes doutes, mes peurs. Les larmes envahissent mes yeux. Je bats des cils et penche la tête en arrière pour ne pas qu'elles débordent et ruinent mon maquillage. Elles ne se tariront donc jamais ?

Je passe certains passages pour arriver plus rapidement aux derniers mails. Dans ceux-là, il parle surtout de moi. Il questionne Paul sur la façon dont j'aurai réagi dans telle ou telle situation. Certifiant, sans me connaître, que j'aurais fait telle ou telle chose. Cette façon de parler de moi m'horripile. Décidément, ce Philippe, je n'arrive pas à le cerner. Il y a quelque chose dans son désarroi, dans sa détresse même, qui m'attire, me peine et me donne envie de l'aider. Paul dirait que c'est mon côté « bon Samaritain ». Et d'un autre côté, sa manière de se plaindre, de juger sa femme, de me juger sans me connaître me donne envie de lui foutre une paire de claques.

J'arrive enfin au dernier mail.

—

Paul, cette fois-ci, je crois qu'on a touché le fond, Nathalie et moi. On n'est plus un couple, j'ai l'impression qu'on est des colocataires ayant deux enfants ensemble. Nos conversations ne tournent qu'autour d'eux, de l'école, de la nounou. Je suis épuisé, j'essaie de l'aider vraiment, mais quand je me lève le matin, je suis content d'aller travailler, et le soir je rentre avec des pieds de plomb.

Parce que j'ai à peine passé la porte que c'est les cris, les reproches ou les ordres. Quand les enfants sont couchés et que j'essaie quoi que ce soit, elle me repousse ou se laisse faire, mais j'ai l'impression que c'est juste pour qu'après je lui foute la paix quelques jours.

Je repense de plus en plus à ce que tu m'avais dit, qu'il y avait des façons d'aborder la chose qui permettait de donner envie à sa partenaire, de lui montrer que cela pouvait être différent. Parce que là, j'ai l'impression d'avoir tout faux sur toute la ligne, qu'elle ne ressent plus aucun désir pour moi, qu'elle ne prend plus aucun plaisir. Alors, je sais que tu ne liras pas ce mail, mais voilà, je vais demander à intégrer l'Alcôve, peut-être que ta femme pourra m'aider. Elle arrivera, je suis sûr, à comprendre ce que Nathalie ressent, vu qu'elle est passée par là, et à m'aider à la comprendre, à lui redonner goût au sexe, à nous.

—

Je suis prise d'un fou rire nerveux. Je ne suis pas psychologue, bien que j'aie souvent l'impression de l'être ici ou au travail, et je n'ai aucune envie de devenir la sexologue de ce type. Je vais le diriger vers Sophie, c'est son boulot à elle, et je refuserai sa candidature. Si on se met à accepter tous les hommes qui ne comprennent et ne satisfont pas leur femme, on ne s'en sortira pas.

Je n'ai pas vu l'heure passer, les filles vont m'attendre. Je remets ma jupe, mon masque et me dirige vers l'Alcôve.

***

Philippe

Je suis installé au bar du *Silence* et je n'en reviens toujours pas de ce que je m'apprête à faire. Deux ans, deux ans que j'y pense en permanence. Comme si Paul avait ouvert une porte vers le paradis, mais que je n'osais pas la franchir de peur de ne pas pouvoir faire demi-tour le moment venu.

Parce que Mutine m'obsède.

J'ai espéré qu'elle lise mes mails, qu'elle y réponde, qu'on puisse apprendre à se connaître. Je ne sais même pas si elle se souviendra de moi, on s'est à peine croisés. Pour ma part, elle m'a laissé un souvenir impérissable. J'aurais voulu revenir au club, ne fût-ce que pour l'apercevoir, mais Nathalie a décidé de m'enfermer dans une prison dorée. Comme si sa grossesse puis l'arrivée de Florine nous condamnaient à une vie monacale. Plus de sorties sans les enfants, et encore moins seul, et surtout plus de sexe ou alors un quicky douloureux pour elle et sans réelle saveur pour moi. Je dois avouer que c'est ça qui a fini de me convaincre de passer le pas. Parce que treize mois sans faire l'amour, ça va finir par me tuer. OK, la baise ça a du bon, mais entendre chaque fois : « Bon, ça y est, je commence à avoir mal » ou « OK, mais vite fait », ça devient vraiment pesant. Et plus les jours passent, plus je pense à Mutine. Je m'imagine son visage que je n'ai jamais vu au-dessus de moi, caresser son corps que j'ai imaginé tant de fois. Sauver mon couple et ma sexualité n'est plus la vraie raison depuis longtemps. C'est elle, depuis longtemps.

C'est elle, depuis le début ?

Je sirote mon verre en fixant la porte sur laquelle est affiché un panneau « privé ». J'imagine Mutine assise derrière son bureau. Protégée des regards, elle doit avoir laissé tomber son masque. Ne jamais avoir vu son vrai visage m'obsède. Quand la porte s'ouvre, je me redresse, un grand brun apparaît, il rit en secouant la tête. Est-ce que c'est son amant ? Une bouffée de jalousie m'envahit.

Qu'est-ce que je croyais ? Que, pendant deux ans, cette femme incroyable a fait vœu de chasteté. Je vide le reste de mon verre d'une traite. Je dois me ressaisir. Elle ne m'est rien. Et moi... Elle ne sait même pas qui je suis.

13
Jo

Mutine

Quand j'entre dans la chambre Four, mes hôtesses ont déjà commencé à prendre les choses en main. Jo est allongé, nu, sur la table de massage. Son corps huilé et musclé est fascinant, je ne peux pas le nier. Avant la disparition de Paul, je l'avais imaginé de nombreuses fois me faisant l'amour avec mon mari. Il était mon fantasme ultime. J'étais sûre qu'avec le temps Paul aurait fini par y consentir.

Je sens le rouge me monter au visage quand les images de la séance que j'avais imaginée tant de fois passent devant mes yeux. Nous aurions été dans la chambre Three, Paul m'aurait suspendue avec les bracelets en cuir, il aurait fait entrer Jo avant de me bander les yeux pour que je puisse être dans l'attente de ce qui allait suivre. Il savait exactement ce que je désirais, comment je m'étais imaginé cette séance.

Paul et le beau métis, collés contre mon dos, auraient commencé à se déshabiller mutuellement, me frôlant avec les vêtements qu'ils retiraient pour que je puisse en sentir la matière. Paul aurait pris deux martinets et en aurait donné un à Jo qui se serait placé face à moi. Mon mari aurait tracé des sillons avec les lanières le long de mes épaules, de mon dos, de mes fesses, et mon amant, comme en miroir, aurait suivi le long de ma clavicule, mon ventre, mon pubis, mes cuisses. La sensation du cuir sur ma peau nue m'aurait provoqué frissons et chair de poule.

Synchronisés à la perfection, ils auraient fait le chemin en sens inverse. Une douce chaleur comme celle qui m'envahit à l'instant se serait diffusée dans mon bas-ventre jusque dans chacune de mes cellules. Ils m'auraient donné un seul coup sur les fesses et mon bas-ventre. Leurs mains, leur langue auraient parcouru le même trajet pour me marquer, rendre vivante chacune des parties de mon corps. Leurs doigts se seraient liés pour plonger en moi, leur bouche aurait possédé la mienne chacun leur tour.

Ils m'auraient offert mon premier orgasme. Jo m'aurait libérée et rendu la vue, Paul m'aurait soutenue. Il m'aurait serrée dans ses bras, donné un baiser léger, il aurait hoché la tête et ses lèvres auraient mimé un « je t'aime » pour donner son consentement, ensuite il m'aurait offert à Jo, se plaçant derrière moi. Mon amant équipé se serait glissé en moi, m'aurait remplie, j'aurais caressé sa peau dorée et je me serais enivrée de son odeur en plongeant le nez dans son cou. Par-dessus son épaule, j'aurais observé l'homme de ma vie, j'aurais lu la jalousie et la fascination sur son visage. Je lui aurais tendu la main qu'il aurait saisie pour l'embrasser et sucer chacun de mes doigts, le corps contre mon amant. Il nous aurait contournés en nous caressant pour venir se placer derrière moi, empoigner mes cheveux et les tirer pour offrir mon cou à la bouche de Jo.

Les va-et-vient puissants de mon amant auraient commencé à me faire perdre pied, mon mari aurait placé ses mains sur mes fesses, me caressant avec ses pouces. Il m'aurait écarté l'anus avec douceur pour s'insinuer en moi. Il m'aurait mordillé l'épaule et commencé à onduler. Ils se seraient synchronisés pour me faire plonger. Le plus puissant orgasme de ma vie se serait répercuté en moi jusqu'au bout du bout de chacune de mes terminaisons, au cœur de chaque atome, chaque globule, chaque minuscule parcelle de mon corps. Me faisant perdre pied jusqu'à me faire crier. Ils auraient plongé à leur tour.

– Regardez qui nous rejoint, les filles, s'exclame Jo.

J'ai les joues et le corps en feu. Je m'appuie sur le chambranle de la porte. Si seulement...

Allez, redescends sur terre et entre en piste, Mutine.

J'avance lentement. Jo, mon beau métis, se redresse pour s'appuyer sur ses coudes. Les filles continuent leur massage. Je pose ma bottine sur le bord de la table et me penche vers lui pour défaire mes lacets, lui offrant une vue imprenable sur mon décolleté. Il avance une main. Je le foudroie du regard. Il rit, me signe « *OK* » et remet sa main sur la table. Je pose mon pied déchaussé au sol et refais le même geste pour libérer mon autre pied.

Les filles abandonnent le corps de Jo pour me libérer de mes bas. Les yeux de Jo s'agrandissent quand Cynthia sort une paire d'escarpins aux talons aiguille vertigineux. Elle en tend un à Lilas. Elles me les glissent au pied. Je contourne la table et je viens me placer au pied de Jo. Les filles m'aident à grimper sur la table et me soutiennent. Encore tout émoustillée de mon fantasme imaginaire, je m'applique à rendre à Jo le plaisir virtuel qu'il vient de m'offrir. Mes talons s'enfoncent dans sa chair, marquant sa peau huilée.

Son dos se soulève de plus en plus vite. Je m'agenouille dessus et lui masse avec force les épaules, mes pieds frottant ses fesses. Les filles lui massent les mollets et remontent sur ses cuisses, toujours plus haut, le bout de leurs doigts frotte ses testicules à chaque passage comme je leur ai appris à faire. Je me tourne vers elle et leur fais un clin d'œil. C'est le signal, elles m'aident à me relever. Debout, jambes écartées, je surplombe Jo qui se retourne sur le dos.

Il serre ses lèvres pulpeuses et souffle :

– Putain, que tu es belle.

Je passe la langue sur mes lèvres que je mords sans le quitter des yeux.

– Tu es diabolique.

Je souris et, toujours soutenue par les filles, je recommence mon marquage. Il n'y a aucune musique si ce n'est les grognements de Jo, mais je danse, pivotant les hanches, les pieds, pour m'enfoncer plus profondément dans son torse, ses cuisses. Il lève les mains et me touche le mollet. D'un coup sec, j'enfonce un de mes talons dans le haut de sa cuisse. Il crie de douleur puis rit en levant les mains.

– OK, je ne te touche plus.

Il les place sur sa nuque et ferme les yeux.

De la pointe de mon talon, je frôle ses testicules, il se crispe. J'adore voir à quel point j'ai du pouvoir sur lui. Je longe son érection, descendant et remontant le long de sa hampe. Quand je le sens sur le point d'exploser, je l'abandonne. Les filles m'aident à descendre.

Je leur fais signe de finir et vais me placer au niveau de la tête de Jo. Je retire mes escarpins, glisse mes mains dans ses cheveux crépus et commence à le masser. Il ouvre les yeux et ancre son regard au mien. Les filles ont saisi sa bite, quatre mains la caressent. Il ferme les yeux, se cambre et jouit. Son foutre se répand sur son ventre. Il me signe « *Merci* ». Je lui pose un baiser sur le front et, pieds nus, je quitte la pièce. Je me dirige vers notre chambre. Manu vient me prendre le bras et m'y conduit.

Une fois la porte fermée, il me demande :

– Alors, comment va Jo ?

– Bien.

Manu sait que Jo m'attire, que j'ai beaucoup fantasmé sur lui. Il a même espéré, un moment, me pousser dans ses bras, mais il a très vite abandonné.

– Tu es prête ?

– Tu ne m'as pas vraiment laissé le choix. Mais je te préviens, si c'est un tordu, ou s'il ne me plaît pas, Myron le jette dehors.

– Comme tu y vas ! Paul ne lui aurait jamais proposé de rejoindre l'Alcôve si c'était le cas.

– Tu n'en sais rien, tu ne l'as jamais connu...

Mais il a raison, si mon mari a fait confiance à cet homme, allant jusqu'à lui parler de nos enfants, c'est que c'est quelqu'un de confiance.

– ... Bon, aide-moi à me changer et, au fait, je t'en veux toujours.

– J'arriverai à me faire pardonner

– C'est ce qu'on verra, considère que tu es en période probatoire.

14
Rencontre

Philippe

Je retire le verre de mes lèvres, et mon geste reste suspendu, comme le temps.

Elle est là, sublime Mutine. Elle est encore plus belle que dans mon souvenir. Sa longue chevelure noire tombe en cascade sur ses épaules nues. Son visage, que je me suis si souvent imaginé, est dissimulé derrière un masque rouge bordé de noir. Elle porte un bustier rouge mettant en valeur ses petits seins que j'ai rêvé tant de fois dans mes mains, dans ma bouche. Mon regard glisse sur ses longues jambes fuselées que sa jupe, courte sur le devant et longue sur l'arrière, laisse apparaître. J'aimerais pouvoir y promener les doigts, la langue.

Elle sourit, je rêve que ce sourire me soit destiné, qu'elle s'approche, pose une main sur mon avant-bras, que ses yeux viennent s'ancrer aux miens. Mon corps réagit instantanément à ces illusions, se réchauffant et durcissant mon sexe. Mais elle disparaît déjà.

Je ferme les yeux pour essayer de garder son image sur ma rétine. Mais tout devient flou. Je pose le verre, que je serrais toujours entre mes doigts, et me précipite derrière elle. Elle est en train de monter les escaliers avec la grâce d'une miss. Une main se pose sur mon torse. Elle appartient à un malabar qui fait une tête de plus que moi et, surtout, le double de mon gabarit.

J'essaie de lui expliquer que je dois aller à l'Alcôve. Il me demande mon nom et ma carte. Quel idiot. Je me présente et insiste pour monter. Il secoue la tête, prend son téléphone et se tourne, je ne peux pas comprendre ce qu'il dit. Je lève les yeux, mon obsession a disparu. J'ai froid, ma bouche s'assèche. Il a fallu qu'elle apparaisse pour que mon attente devienne cruelle et m'emprisonne le cœur... et la queue dans un étau.

Une main se pose sur mon épaule. Si seulement c'était ses mains à elle qui se posaient comme cela sur moi.

Je me retourne. Un jeune homme d'une vingtaine d'années me fait face. Il chuchote quelque chose à l'oreille du videur, puis se tourne vers moi, sourit et me fait signe de le suivre. Le colosse retire le cordage menant à l'escalier et c'est comme s'il m'ouvrait les portes du paradis. J'ai les mains moites, le cœur qui s'emballe et les oreilles qui bourdonnent. Il faut que je me contrôle et évite que mes mains tremblent. Arrivé en haut, je balaie du regard la mezzanine. C'est vraiment superbe, ce mélange d'ancien et de moderne, et ces citations sur les murs, c'est original pour un tel lieu. L'une d'elles m'interpelle :

« Il en va de l'érotisme comme de la danse : l'un des partenaires se charge toujours de conduire l'autre. »

Je ne demande qu'à ce que Mutine mène la danse.

Manu me propose de m'asseoir au bar et me demande ce que je désire boire. C'est un grand jour, fêtons cela dignement : je porte donc mon choix sur le champagne et en profite pour demander où est Mutine. Quand il m'informe qu'elle est en séance, je serre le comptoir si fort que l'extrémité de mes doigts blanchit. L'imaginer avec un autre m'est intolérable. Tous ces mois où je n'ai fait qu'imaginer ce moment où je pourrais enfin être seul avec elle, l'admirer, apprendre à la connaître.

Sans le savoir, elle s'est insinuée jour après jour dans mon esprit. Depuis ce fameux soir où elle s'est approchée de Paul pour lui signer qu'elle l'attendait dans leur chambre, où j'ai perçu les effluves de son parfum capiteux, où j'ai entrevu cet éclat dans son regard, où elle m'a éclairé de son sourire, elle est devenue mon obsession, ma douce torture quotidienne.

Manu me touche l'épaule, je me retourne sur mon tabouret pour lui faire face. Il me demande si j'ai entendu. Je souris et lui explique que je rêvais. Il m'explique que mon adhésion n'est pas encore certaine, que tout dépendra de mon entretien avec Mutine.

Je ne comprends pas, il m'a donné son accord par mail. Mais je ne lui en fais pas la remarque, j'acquiesce d'un mouvement de tête. Il s'excuse et va accueillir un couple.

Je me retrouve seul. Je fixe chaque porte, essayant de deviner derrière laquelle Mutine se trouve. C'est une très, très mauvaise idée. Je dois me contenir pour ne pas me lever et me précipiter pour ouvrir chacune d'elles, et extraire ma douce obsession du regard du chanceux qui est avec elle en ce moment.

La jalousie m'accompagne depuis tellement longtemps qu'elle est devenue une amie. Elle me semblait cruelle parfois, mais le plus souvent, je la remercie. Elle me permet de ne pas oublier pourquoi je patiente, pourquoi je me bats, pourquoi j'ai renoncé aussi.

J'ai fini mon verre, le barman m'en ressert un. J'observe les bulles qui éclatent à la surface. Je n'ose pas regarder ma montre de peur de constater que le temps n'avance pas, qu'il me reste d'interminables minutes avant qu'elle apparaisse, qu'elle me revienne.

J'ai l'impression que cela fait des heures que je suis là, j'ai des fourmis dans les jambes. Je me lève et passe devant chaque chambre, faisant glisser ma main le long de la balustrade. En contrebas je devine, à travers les voiles blancs, la foule qui se trémousse sur la piste de danse.

Du coin de l'œil, je vois une porte sur ma droite s'entrouvrir, je recule et m'appuie contre le mur.

Elle apparaît. Son parfum atteint mes narines, je bloque ma respiration pour le garder, le laisser m'enivrer. Elle ne me jette même pas un regard, elle s'éloigne... Je dois me faire violence pour ne pas la rattraper. Manu s'avance vers elle et glisse un bras sous le sien. Je serre les poings et les regarde s'éloigner et entrer dans une des chambres.

Je retourne m'asseoir et vide le reste de mon verre d'une traite. Quand le serveur va pour me servir à nouveau, je pose ma main sur le sommet de mon verre et secoue la tête. Je veux, je dois, garder les idées claires.

Je fixe la porte par laquelle ils ont disparu.

– Ouvre-toi, ouvre-toi, ouvre-toi.

Je répète encore cette incantation muette.

– Ouvre-toi, ouvre-toi, ouvre-toi.

Et elle agit enfin.

La porte s'ouvre et Mutine apparaît. Encore plus belle, plus désirable, plus ensorcelante. Elle a revêtu un pantalon en cuir noir qui épouse ses jambes comme une seconde peau. La chemise à col bateau transparente qu'elle porte laisse apparaître un body rouge dont j'ai bien du mal à détacher les yeux.

Elle avance, non elle flotte, jusqu'à moi. Je me lève, elle pose sa main sur mon torse. Elle vient de me marquer au fer rouge. Sous la violence des sensations que ce simple geste a provoquées en moi, je recule d'un pas. Elle en profite pour se glisser sur le tabouret que j'ai abandonné et me sourit.

Elle me signe :

– *Bonjour, ça va ?*

Manu traduit, mais je n'en ai pas besoin. Je réponds :

– *Bonjour, ça va, merci.*

Son front se plisse :

– *Tu connais le langage des signes ?*

Manu traduit encore une fois, inutilement.

– *Oui, je suis bilingue.*

Sa jolie bouche se tord dans une moue intriguée, mais elle ne me demande rien, j'en suis soulagé. Je continue :

– *Merci de me donner une chance.*

– *Une chance oui, à toi de me convaincre.*

Elle peut compter sur moi, il est hors de question que je la laisse passer.

15
Décision irrévocable

Mutine

J'ai opté pour une tenue simple, légèrement sexy, juste ce qu'il faut pour donner un aperçu à ce Philippe, mais ne pas lui en livrer trop. Je calcule ma démarche, la voulant déterminée, mais sensuelle. Il me regarde avancer vers lui, non, c'est plus qu'un simple regard. Ses yeux me sondent, il me passe aux rayons X et a l'air d'apprécier ce qu'il voit, et je déteste cela.

Je sais que je plais aux hommes et à certaines femmes, mais la fascination et le désir que je lis dans son regard me gênent. Je ne laisse rien paraître et me libère du bras de Manu. Philippe est descendu de son tabouret et recule d'un pas. Je prends sa place en pivotant pour lui faire face.

Il est grand. La quarantaine, vu les quelques mèches grisonnantes qui parsèment ses cheveux noirs. Il doit plaire aux femmes avec ses grands yeux dorés, ses fossettes et sa mâchoire carrée, mais ce n'est pas mon genre. Je ne l'imaginais pas comme cela. Je ne sais pas pourquoi je l'imaginais plus... banal? Je dois avouer qu'il dégage quelque chose. Du charisme. Cet homme a un charme indéniable.

Je lui signe «*Bonjour*» et lui demande comment il va. Manu lui explique, mais il me répond, en signant, avec un sourire. Quand je lui demande s'il connaît la langue des signes, il me répond qu'il est bilingue, et cette boutade me le rend instantanément sympathique et m'intrigue. Peu de gens savent que la langue des signes est reconnue comme langue officielle.

Il me signe qu'il est ravi de me rencontrer. Il paraît si sûr de lui, il y a même une certaine arrogance dans son regard. Je ne sais pas pourquoi cela me perturbe autant.

Je me retourne vers Jonas qui me tend un verre de vin blanc. J'en bois une longue gorgée, puis me tourne vers Manu et lui signe que je vais dans mon bureau avec «l'inconnu».

Je me lève et m'avance vers les escaliers sans me retourner. Je peux sentir le regard de Philippe sur ma nuque. Myron nous libère le passage. J'ouvre la porte.

– *Entre.*

– *Merci.*

Je m'installe derrière mon bureau, les fesses sur le siège pour une fois. Je prends une feuille dans le tiroir de l'imprimante et un stylo. J'ai une appréhension qui me tord l'estomac. Je n'ai jamais fait d'entretien sans dossier de candidature et là, je n'ai rien. Je ne pourrai pas me plonger dans les notes, fuir son regard et me concentrer sur Manu ou Lilas qui traduiraient. Non, je suis seule face à cet inconnu dont je ne connais que ce qu'il m'a livré. Non, là encore, je me trompe, c'est à Paul qu'il s'est confié, à son fantôme, à une boîte mail... Est-il à ce point désespéré et seul? N'a-t-il pas d'ami?

J'aimerais que Paul soit là, qu'il m'explique pourquoi il lui avait fait confiance. Il me manque à chaque instant. J'ai toujours pensé que j'étais une femme forte, mais depuis que Paul n'est plus là, je me sens faible, incompétente même parfois, comme en ce moment. Manu et ma mère diraient que c'est parce que j'ai besoin d'un homme, mais ils se trompent. C'est de Paul dont j'ai besoin, c'est lui qui m'a portée toutes ces années. C'est grâce à lui que j'ai toujours obtenu ce que je voulais. S'il n'avait pas été là toutes ces années, à m'encourager et à me pousser à faire mes études malgré ma grossesse, mes formations malgré les enfants et la boîte, je ne serais pas où j'en suis. L'étau se reforme autour de ma poitrine. Il ne fait que cela depuis que Paul n'est plus là. Il se relâche de temps en temps pour me permettre de respirer à nouveau, de reprendre pied, puis il suffit d'une pensée, d'un souvenir, pour qu'il se resserre.

Philippe me fait signe.

– *Pardon. Je réfléchissais.*

– *À moi ?*

Son sourire s'agrandit encore. Comment cet homme, qui est censé être malheureux, désespéré, au point de vouloir qu'on lui apprenne comment sauver son couple, peut paraître aussi bien dans sa peau. Je ne réponds pas, soupire et me lance.

– *Manu m'a expliqué que tu voudrais sauver ton couple et que je t'aide à comprendre ta femme, à la reconquérir.*

Il confirme, d'un mouvement sec.

– *Je ne peux pas.*

Pour la première fois, je le vois ciller, mais il se reprend et je pourrais croire que j'ai rêvé quand il éclate de rire.

– *Tu peux, mais tu ne veux pas.*

Son arrogance m'insupporte, mais il a raison.

– *Je ne suis pas psychologue.*

– *Je n'ai pas besoin d'une psychologue,* ajoute-t-il en se redressant pour venir planter son regard dans mes yeux.

Je le soutiens, mais ce que j'y lis me perturbe. Il est là pour sa femme, et tout son être crie qu'il a envie de moi.

Je me lève pour aller dans le tiroir de la commode derrière moi. J'en sors une carte que je lui tends.

Il la prend, la lit et rit, encore...

– *Une sexologue ? Oui, ça pourrait nous aider. Je peux garder sa carte ?*

– *Oui.*

Voilà, c'est réglé. Je me lève, pressée de fuir son regard insistant.

– *Mais je veux quand même être membre de l'Alcôve.*

Je me laisse retomber sur ma chaise, dépitée.

– *Pourquoi ?*

– *J'en ai besoin.*

– *Pourquoi ?*

Je ne comprends pas où il veut en venir. Nous n'acceptons pas les hommes mariés seuls. Il est hors de question pour moi de pousser un homme à tromper sa femme. S'il veut le faire, il le fera, mais pas sous mon nez, et encore moins avec ma bénédiction.

Je continue :

– *Nous n'acceptons que si tu viens avec ta femme.*

Il se penche vers sa poche de veste, je ne peux donc pas voir ce que cette annonce lui fait, mais quand il se redresse, son téléphone à la main, il semble ravi de cette condition.

Il pianote dessus, puis me le tend.

– *C'est tout à votre honneur de ne pas pousser à l'infidélité. Et je n'ai aucunement l'intention de tromper ma femme, je veux qu'elle vienne avec moi. La voilà.*

Sur la photo qu'il me montre, on voit une jolie femme, jeune femme même, aux cheveux courts et blonds, elle paraît très mince. Paul dirait trop mince. Son visage allongé doit la rendre sévère quand elle ne sourit pas, mais là, elle rayonne.

– *Elle a quel âge?*

– *Vingt-six ans.*

En effet, elle est très jeune.

– *Et toi?*

– *Trente-quatre.*

J'ose un sourcil et me mords la lèvre pour ne pas rire, je lui en donnais dix de plus.

Il devine mes pensées, parce qu'il montre ses cheveux puis signe.

– *Les cheveux blancs c'est de famille.*

– *Pourquoi elle n'est pas venue avec toi?*

– *Personne pour garder les enfants, et je ne voulais pas attendre.*

Je me retiens de dire ce que je pense. Je ne vais pas jouer à la psychologue, mais s'il croit qu'une vie sexuelle pimentée ça sauve un couple, il se fourre le doigt dans l'œil jusqu'à l'os. Ses mails m'ont bien montré que c'était bien plus sérieux que ça.

– *J'ai des questions précises à te poser.*

– *OK.*

– *As-tu des amis gays?*

– *Non, l'occasion ne s'est pas présentée, plaisante-t-il.*

– *Si un ami te disait j'aime un homme, tu réagirais comment?*

– *Je ne sais pas. Je dirais qu'il aime qui il veut...*

Son regard s'intensifie, son front se plisse.

– *... on ne choisit pas. On tombe amoureux, c'est tout.*

Je frotte mes mains, qui sont devenues de plus en plus moites depuis que je l'ai vu, sur le bas de mon chemisier.

Tout me met mal à l'aise chez lui. Je devrais le rembarrer, mais les mots de Manu me reviennent à l'esprit.

– Ce serait l'occasion de continuer ce que Paul a commencé.

Mon mari cernait très vite les gens... Qu'a-t-il donc vu chez cet homme qui lui a donné envie de l'aider ?

Je décide donc de lui donner cette chance que Paul lui aurait donnée. Je lui pose des questions sur son métier, ses enfants, ses loisirs. J'essaie d'orienter mes questions pour cerner cet homme.

Il me répond sans se départir de ce sourire qui ne cesse de me mettre mal à l'aise.

Je sors un contrat d'un de tiroirs, je le garde dans mes mains un long moment, quand il aura signé, je ne pourrai pas revenir en arrière. Je serai liée pour une année. Sauf si...

– Ta femme doit signer aussi. Je dois la voir et lui poser des questions.

– Quand ?

– Mardi ?

– OK.

Je lui tends le contrat :

– Vous le lisez et, mardi, on en parle.

Je me lève et lui tends le contrat. Il se lève, se penche au-dessus du bureau pour le prendre. Il m'attrape la main qu'il serre dans les siennes en plongeant son regard dans le mien. Un courant électrique me parcourt. Je détourne les yeux et me dégage avec force de son emprise.

Il sourit :

– J'ai oublié : on ne te touche pas. Pardon.

Il s'excuse, mais il n'est pas désolé le moins du monde, au contraire, il semble très satisfait d'avoir réussi son coup.

Je prends une profonde inspiration :

– *Au revoir.*
– *À mardi.*
– *Mardi, oui.*

Il sort à reculons de la pièce, je me tourne vers ma commode pour ne plus avoir à soutenir son regard que je sens encore peser sur mes épaules.

Quand j'entends la porte se refermer, je m'assieds et prends un carnet, j'ai besoin d'écrire à Paul.

Carnet intime

J'ai rencontré Philippe, je n'arrive pas à savoir si je l'aime bien ou si je le déteste, cet homme. Comment l'as-tu connu ? Que t'a-t-il dit pour que tu te confies à lui ? J'aimerais que tu sois là pour répondre à mes questions. Je vais devoir me débrouiller toute seule, encore une fois... (Manu entre et attend.) *Manu est là. Mon bon Samaritain... Il m'empêche de plonger dans cet état de tristesse qui m'envahit chaque fois que je t'écris. À bientôt, mon amour.*

Je pose mon stylo, referme le carnet et le glisse dans le tiroir. Mon ami attendait ce signal pour prendre la parole :

– Alors, ce Philippe ?
– Bizarre, très bizarre.
– À ce point-là ? Moi, je l'ai trouvé plutôt sympathique.
– Mmhh, je n'arrive pas à le cerner.
– Tu as accepté sa candidature ?
– Je verrai mardi, il vient avec sa femme.
– Intéressant.
– Pourquoi ?
– Pour rien, élude-t-il.
– Manu, qu'est-ce que tu me caches encore ? Tu as promis.

– Non rien, je te le jure. Juste que dans son mail je pensais qu'il voulait venir seul.

– Je n'aurais pas accepté qu'il vienne seul. Il veut sauver son couple, cela ne peut se faire qu'à deux.

– Finalement, tu vas devenir thérapeute, se moque-t-il.

– On verra.

– Oh, mais moi, je vois que c'est du tout vu. Je te connais, Mère Teresa.

J'éclate de rire, me lève.

– Mère Teresa, rien que ça.

– Avoue que tu aimes aider les gens.

Il a raison. Autant dans mon travail qu'ici, quand j'arrive à aider quelqu'un, j'ai ce sentiment d'être utile, de ne pas me battre pour être en vie pour rien.

Je contourne le bureau et viens me placer face à lui. Pour détourner la conversation, je demande :

– Jo est encore là ?

– Oui, il voulait te remercier. Il attend au bar.

– J'y vais.

– Et tu m'abandonnes, je vais finir par être jaloux de lui.

– Et tu auras raison.

– Garce !

– Garce toi-même !

– Hé !

On éclate de rire.

– Si tu dois te remettre en selle, Jo est l'homme parfait, n'empêche. Il est monté comme un étalon.

– Manu, voyons !

– Fais pas ta prude, ça ne te va pas.

– J'y réfléchirai.

– Mais, mais...

Il regarde de tous les côtés et crie :

– Où est passée ma Mutine ?

Je lui donne un coup de coude dans les côtes.

– Aïe.

– Petite nature.

– Toi, tu as envie d'une fessée.

– Peut-être, mais ce ne sera pas ta main qui me la donnera.

– Oh ! Mais qu'est-ce qui t'arrive ce soir ?

Je ne le sais pas moi-même, mais cela faisait longtemps que je ne m'étais pas sentie sereine au club.

– Rien, je suis d'humeur... mutine.

– Et ça te va très bien.

Il me prend le bras, déclenchant une onde de chaleur dans tout mon corps. Décidément, ce soir, je ne suis pas dans mon état normal. Il me conduit jusqu'à l'escalier.

Il me signe :

– Je vais voir le speaker.

– Voir, pour bien finir la soirée ?

– Tu ne veux pas de moi. Tu préfères l'étalon.

– Pardon, mon petit poulain.

Quand il me lâche le bras, un voile de solitude m'enveloppe. Myron m'ouvre le passage. Manu, lui, s'éloigne vers le speaker en me faisant un doigt d'honneur au-dessus de son épaule. Comment peut-il être aussi attachant, énervant et drôle à la fois ?

Myron le regarde, me regarde. Je me mords l'intérieur de la joue pour ne pas sourire, croise les bras sur ma poitrine et monte les escaliers d'un pas faussement furieux. Il va falloir que je le réprimande devant le reste du staff pour son insolence. Ça s'annonce folklorique.

Je rejoins Jo au bar, je ne peux voir que son profil, qu'il est beau !

Je reste debout à ses côtés. Il se tourne pour me faire face et me signe « *Merci* ».

Puis, en articulant syllabe par syllabe, pensant que je lis sur ses lèvres, il me complimente :

– Tu... es... très... en... beau... té...

et me signe « *beau* ».

Je souris et signe :

– *Merci.*

Je détache mon carnet, prends mon crayon et écris :

« Les filles t'ont comblé ? »

Il signe :

– *Oui.*

Il écrit : « Mais je rêve qu'un jour ce soit toi. »

Je hausse les épaules et secoue la tête.

Il écrit :

« Dommage, mais si tu changes d'avis... »

Je remets mon crayon et mon carnet à mon collier et, sans le regarder, pose ma main sur son bras. Il va pour y poser sa main, puis se souvient et la laisse suspendue à quelques centimètres de mon bras.

Je la prends et la dépose sur mon bras. Ses yeux s'agrandissent, il se lève, nos corps se frôlent. Une légère onde de chaleur vient se nicher dans mon bas-ventre. Jo, si tu savais...

Je me recule.

Il signe :

– *Pardon.*

Je lui souris, lui fais un signe de la main et me dirige vers ma chambre. J'en referme la porte et y pose la tête. Mon cœur bat trop vite, j'y porte une main, lève les yeux au plafond... comme si ça pouvait changer quelque chose. Jo me trouble. Il m'a toujours troublée, mais après la disparition de Paul, j'évitais d'y penser. Je me jette sur le lit et prends un de nos carnets. J'ai besoin de revenir vers toi, vers nous.

***

Philippe

Je m'arrête sur le pas de la porte et les observe. Nathalie ébouriffe les cheveux de Noa, se tourne vers moi en souriant.

– Tu prends le relais pour que je puisse préparer le repas ?

– OK.

Elle se relève, me pose un baiser sur la joue et se dirige vers la cuisine.

Je m'assieds face à mon fils.

– Ça va ?

– Oui, tu as vu, on a construit le grand circuit.

– Je vois ça, je peux y jouer avec toi ?

– Tu as ton permis ?

– Oui.

– Alors, tu peux.

Je m'assieds à ses côtés et je n'ai même pas le temps de prendre une petite voiture que le babyphone de Florine clignote.

Je me relève pour aller la chercher dans sa chambre. Noa me suit. Il est fou de sa petite sœur. Il grimpe aux barreaux du lit pour lui parler. Ma princesse sourit et bat des mains. Je la prends dans mes bras et lui pose un baiser sur le front. Nous rejoignons Nathalie dans la cuisine. Elle se tourne vers nous :

– Tu l'as changée ?

Je secoue la tête de droite à gauche.

Nathalie souffle.

Mais je ne relève pas, je suis de trop bonne humeur.

– Je vais lui donner le bain.

Elle me regarde, étonnée.

– C'est gentil, merci.
Plus tard, dans notre lit, Nathalie se tourne vers moi :
– Ça s'est bien passé ?
– Oui.
– Tu es sûr que c'est ce que tu veux ?
– Oui.

16
Retour de flamme

Manu

– Bonjour, ma baronne. Ça va ?

– Oui. Très bien.

Elle m'embrasse, je joue avec les pointes de ses cheveux. Elle est de plus en plus le portrait craché de Mutine, si ce n'est ses grands yeux verts.

– Et ton Jérémy ? Tu lui as dit que s'il te faisait du mal, je lui couperais ses précieuses, les ferais revenir comme des gésiers avec des petits oignons et les lui ferais bouffer.

– Je l'ai plaqué, zéro niveau maturité. Et je lui ai dit qu'il embrassait comme un manche à balai.

– Ha, ha, ha, mais tu n'es pas ma petite nièce pour rien. Bravo, ma belle.

Elle me sonde un instant puis me demande :

– Est-ce que maman fréquente quelqu'un ?

– Non, maman ne voit personne, je t'assure.

Mais ça arrivera un jour et, ce jour-là, qu'est-ce que je deviendrai ?

– Parce que je la trouve mieux. Elle a encore des moments de mélancolie, mais moins qu'avant. Alors je me disais que c'était peut-être grâce à un homme.

– Oui, elle semble un peu mieux, mais je ne crois pas que ce soit à cause d'un homme.

Elle sourit :

– D'une femme alors ?

– Ha ha ha ! Non, d'une femme non plus.

– Sérieusement, ça ne me dérangerait pas.

– Je t'aime, toi.

– Moi aussi, mais tu es trop vieux pour moi.

– T'es géniale.

Et elle l'est vraiment. Elle est d'une maturité déconcertante pour son âge. Il faut dire que la vie ne l'a pas épargnée.

– Je sais.

– Ça va, vous ?

Mutine nous a rejoints.

Célia se met à signer :

– *Oui très bien, on va chercher Nathan puis cinéma ?*

Elle se tourne vers moi et me propose :

– Tu viens avec nous ?

– OK.

Je ne refuserais pour rien au monde de passer du temps avec eux, je les considère comme la famille que je n'aurai sans doute jamais.

***

– Tu m'accompagnes ? John et Chris ont demandé que tu sois de la partie.

Vu ce qui s'est passé à la dernière séance, je suis plus que partant.

– Manu, tu as un filet de bave juste là, me taquine-t-elle en pointant le coin de ma bouche.

– Va te faire voir.

– Ah non, c'est toi qui vas avoir ce privilège. Allez, on y va, il ne faudrait pas qu'ils commencent sans toi.

Quand on arrive dans la chambre Three, John et Chris sont déjà là. Ils sont torse et pieds nus, vêtus uniquement d'un jean.

Une table de massage a été installée au centre de la pièce.

– Un massage à quatre mains pour commencer, ça te tente ? propose Chris.

Putain, c'est clair.

– Oui.

– Alors, à poil jeune homme, ordonne John.

Ils me déshabillent, et leurs mains qui m'effleurent m'excitent déjà, alors, quand ils vont commencer à me masser, je ne suis pas certain de pouvoir garder le contrôle.

– Ne bouge pas, je vais te bander les yeux et on va t'attacher, me prévient Chris.

Ne pas toucher, ne pas bouger, ne pas voir et ne pas avoir le contrôle, j'aime cela. Tous mes autres sens s'exacerbent.

Une légère odeur de miel et de fleur d'oranger vient se loger dans mes narines, je m'en imprègne pour tenter de me relaxer.

Des mains féminines, Mutine, me guident jusqu'à la table.

John ordonne :

– Couche-toi sur le dos.

Je m'assieds puis me laisse glisser sur le dos, mes mains sont relevées au-dessus de ma tête et entravées par un de mes masseurs, l'autre entrave mes pieds.

C'est parti.

Je sursaute. La crème dont ils ont enduit leurs mains est chaude. De la bougie ? L'odeur et leurs mains puissantes sur mon torse me relaxent instantanément. Elles glissent vite, trop vite sur mes aisselles, mon torse, mes cuisses, l'avant de mes mollets. La cire colle à ma peau, m'enveloppant de chaleur. J'aimerais leur demander, non, les implorer de prendre leur temps, de faire durer ce plaisir qui monte en moi.

– PUTAIN !

Je me cabre sous l'effet de la douleur, une brûlure intense irradie mon torse.

Deux mains – John ? Chris ? – me plaquent contre la table. J'essaie de me débattre, mais c'est peine perdue, je suis à leur merci. La torture continue, j'ai l'impression que mon corps est en fusion, j'ai mal.

Mes tortionnaires rient.

– Voilà ce qui arrive quand on désobéit à Madame Mutine, me souffle Chris à l'oreille.

Soudain tout s'éclaire, il me retire mon bandeau, mais je sais.

Mutine et Cynthia, que je n'ai même pas entendue nous rejoindre, ont leurs mains au niveau de chacune de mes aisselles, alors que Chris est positionné au niveau de mon bas-ventre. Je secoue la tête et supplie :

– S'il vous plaît.

Mutine sourit et signe :

– *Méchant garçon... Puni.*

En totale synchronisation, ils arrachent la cire, me tirant un hurlement de douleur, mes yeux me piquent.

Mutine prend le bol de cire et le penche au niveau de mon pubis, mon Dieu pas ça, pas ça. Je sais qu'elle m'entend, alors je hurle :

– Plus jamais, plus jamais je ne te mentirai ou, ou...

Cynthia juge bon de traduire, je la remercie mentalement de me faire gagner du temps. Mutine signe :

– *Tu promets ?*

Je hoche la tête comme un fou :

– *Oui, oui, oui.*

Elle relève le bol et le pose sur le bord du lit. Oh mon Dieu, demain je vais brûler un cierge à l'église pour vous remercier, Seigneur.

Elle fait signe à John et Chris.

– Bon courage ! s'esclaffe Chris.

– Désolé, s'excuse John dans un sourire qui crie tout le contraire.

Et ils quittent la pièce, suivis de Cynthia. Une fois qu'ils sont sortis, Mutine murmure :

– Je t'avais prévenu que je me vengerais.

– Sorcière !

– Ne me cherche pas, il y a quelques poils là... dit-elle en passant ses doigts le long de mes couilles... qui auraient bien besoin de disparaître.

Putain, malgré la douleur et la colère, cette caresse m'excite.

– Non, c'est bon, tu es ma reine, la plus douce des femmes.

Elle rit encore.

– Tu as de la chance d'être mon ami.

Elle saisit un bol au sol, je tressaille, mais quand je vois qu'elle en sort une éponge, je pousse un soupir de soulagement. Elle entreprend de me laver à l'eau glacée et sans aucune douceur. La sadique ! Je me retrouve trempé, grelottant, toute excitation m'a quitté.

Elle me détache. Je me relève d'un bond pour m'éloigner de ma tortionnaire. Elle s'approche, je recule. Je suis une pauvre souris à moitié épilée et elle est une panthère assoiffée de... plus de vengeance, je vous en prie.

Elle sourit et me rassure :

– Tu as eu ton compte. J'espère que ça te servira de leçon. Allez, prends une douche chaude. Et savoure ta peau toute douce, je suis sûre que tu vas tellement apprécier que tu en redemanderas.

– Jamais, de toute ma vie je n'ai jamais eu aussi mal.

– Mauviette !

J'ai envie de l'insulter, mais je me retiens, elle a réussi son coup je ne lui cacherai plus jamais rien. Enfin, en tout cas, je ferai attention à ce qu'elle n'en sache rien.

17

Par amour, tout tenter

Nathalie

La baby-sitter est arrivée depuis plus de vingt minutes. Elle plaît aux enfants, ça m'ôte un premier poids. Mais j'ai toujours cette chape de béton qui pèse sur mes épaules.

Je suis devant ma garde-robe depuis plus de dix minutes.

Y a-t-il vraiment une tenue idéale pour une soirée dans ce genre de club ? Je n'arrive même pas à le définir : libertin, SM ou de charme ? Je ne sais même pas si ça se dit.

Est-ce que j'ai peur ?

C'est bien plus fort que ça : je suis morte de trouille.

Mais ce que j'appréhende le plus, c'est de me retrouver face à Mutine ! Deux ans que je vis avec elle, comme si elle était la maîtresse sans l'être.

Elle est là, chaque jour, dans les pensées de l'homme que j'aime... Elle transforme, sans le savoir, notre couple en trio. Parfois, quand Philippe veut me faire l'amour, je sais qu'il pense à elle, dans la passion dont il fait preuve. Même si je lui en veux, parfois, OK souvent, à cette femme qui est pour mon homme le Saint Graal, je lui suis reconnaissante d'exister.

Un homme qui culpabilise est un homme plus attentionné.

Philippe et moi n'avons jamais eu de secrets. Quand je trouve un homme beau, attirant, je le lui dis et il a toujours fait de même. On s'aime d'un amour vrai et puissant. Alors, à quoi beau nier nos fantasmes, en quoi être attiré physiquement par quelqu'un d'autre est-il quelque chose de malsain ? Notre couple est fondé sur la franchise. Depuis toujours.

Je n'ai jamais été jalouse, je sais que mon mari m'aime. Sauf que, plus le temps passe, plus cette femme prend de la place.

Une obsession, elle est son obsession.

J'y ai réfléchi des nuits entières et j'en suis arrivée à une conclusion : une obsession ne disparaît que lorsqu'on l'a réalisée ou soignée. Alors, quand Philippe a parlé de s'inscrire au club, que cela pourrait nous aider, je n'ai pas hésité longtemps.

Des dizaines de fois, je me suis imaginé la rencontre avec cette femme qui le fascine, et nos séances. Et, si je suis honnête avec moi-même, je dois m'avouer que la peur fait place parfois, souvent, à l'impatience et à l'excitation.

J'ai toujours eu un rapport fort avec le sexe. Je ne peux pas m'en passer ? J'en ai besoin pour me sentir femme, belle et vivante. Être une mère ne me suffit pas, j'ai toujours été et je suis toujours femme avant tout. Les grossesses difficiles, les épisiotomies, la sécheresse vaginale, tout cela aurait pu réduire mes envies et notre sexualité à néant. (Ça l'a été pendant une période et ces quelques mois ont été très pénibles à supporter.) Mais cela a eu l'effet inverse. Philippe et moi avons découvert tout ce qui pouvait nous aider : les sex-toys, les lubrifiants, les fantasmes et l'abolition des tabous.

Quand Philippe m'a expliqué pour Paul et Mutine, il ne m'a pas fallu longtemps pour comprendre que ce qui le poussait à envoyer ses mails, à aller au club pour l'apercevoir, allait bien au-delà de la promesse faite à Paul.

Mutine est son fantasme ultime.

Si je l'aime assez pour le tolérer ? Évidemment, je l'aime assez, même pour l'aider à l'accomplir.

J'opte finalement pour mes plus beaux dessous, une folie que je m'étais permise pendant les soldes... à cinquante pour cent, ça semble tout de suite moins fou... Mes plus hauts talons et une robe noire légèrement décolletée à l'avant, beaucoup plus à l'arrière.

Je me maquille, sans en faire des tonnes, et ondule mes cheveux, car je sais que cela rend mon visage moins long et moins sévère.

Je ne suis pas laide, mais pas belle non plus. J'ai plu à quelques hommes. Mais, pour la première fois de ma vie, je souhaite plaire à une femme.

* * *

Le trajet se fait dans le silence, comme c'est souvent le cas. Cela me permet de réfléchir, encore, à cette situation invraisemblable.

Il y a eu, pendant une période, cette distance qu'il a commencé à mettre en nous. Il n'essayait même plus de venir vers moi, j'ai alors pensé qu'il avait une maîtresse et je lui ai posé la question. Il m'avait alors montré les mails et là... La douche glacée.

J'aurais pu laisser la colère prendre le dessus devant la vision que Philippe avait de notre couple, mais il avait raison. Il m'a tout expliqué : son amitié avec Paul, le couple qu'il formait avec Mutine, la promesse qu'ils s'étaient faite.

Il m'a avoué qu'il était retourné au club pour voir Mutine et qu'il n'avait pas trouvé le courage de l'aborder. Je me suis sentie trahie, mais j'ai fini par comprendre et surtout par accepter.

Quand nous arrivons sur le parking, je ne sors pas tout de suite de la voiture. Mes mains sont moites, je les frotte sur mes bas. Philippe vient m'ouvrir la portière, il me tend la main, j'y pose la mienne. Il est encore plus terrifié que moi. C'est grisant de savoir que c'est moi qui ai en partie le pouvoir. Deux femmes pour un seul homme, un seul esprit.

Deux femmes pour une décision qui pourrait changer plusieurs vies...

Il est l'heure.

***

Nous nous installons au bar. J'observe la piste de danse. Étudier toutes ces personnes, casques rivés sur les oreilles, se déhanchant à des rythmes différents, inconscientes du drôle de spectacle qu'ils offrent, est fascinant. Je trouve ce concept génial.

Philippe nous commande du champagne et je l'en remercie : j'ai bien besoin de me détendre. Quand le serveur pose nos verres sur le comptoir, nous trinquons sans un mot, je bois une longue gorgée. Délicieux, une deuxième, une troisième, mes nerfs commencent, enfin, à se relâcher un peu.

Philippe pose une main sur ma cuisse et la caresse doucement. L'alcool et ses caresses me détendent encore un peu plus, et une douce chaleur m'envahit. Je tends la main vers le visage de mon mari, mais mon geste reste suspendu...

Elle s'avance vers nous, je la reconnais instantanément. Même si Philippe ne me l'avait pas décrite en détail de nombreuses fois, j'aurai su et je sais aussi que je ne ferai jamais le poids.

Quand ses yeux se posent sur moi, sa mélancolie m'enveloppe. Je comprends pourquoi il est tombé sous le charme : elle dégage une vulnérabilité sensuelle qui ferait fondre n'importe quel homme.

Elle est accompagnée d'un jeune homme, Manu, je suppose. Il prend la parole :

– Si vous voulez bien nous suivre.

Philippe, sans détacher Mutine des yeux, me tend la main. Je la prends, il la serre, m'insuffle le courage qui m'a quittée dès que mon regard s'est posé sur celle qui obsède mon mari.

MON mari.

J'y arriverai, pour mon couple, ma famille, mais aussi pour elle et ses enfants.

Pour cette promesse.

***

Mutine

Nathalie est plus jolie que sur la photo que Philippe m'a montrée. Elle me détaille des pieds à la tête, puis m'adresse un sourire chaleureux. Je m'attendais à ce qu'elle me témoigne une certaine animosité, car je suis persuadée qu'elle n'est là que pour faire plaisir à son mari et que je dois représenter l'ennemie. Si c'est le cas, il est hors de question d'accepter leur candidature.

Lui me fixe avec intensité, me forçant à détourner le regard. J'ai l'habitude d'être admirée pourtant.

La citation de Milan Kundera, *« On désire toujours, par-dessus tout, l'inaccessible, avec avidité »*, a pris tout son sens pour moi depuis que je travaille ici. Je ne compte plus le nombre de bouquets de fleurs, de chocolats, de bouteilles de muscat, de pièces de lingerie et de cadeaux farfelus que j'ai reçus. Paul ne s'en est jamais offusqué, ici, il n'était pas jaloux, il faisait semblant parfois, pour que je le cajole, le « rassure ». Mais il n'avait pas besoin d'être rassuré, il savait que je lui appartenais.

Mais quand Philippe me scrute, je suis mal à l'aise comme je ne l'ai jamais été.

Il tend la main à sa femme sans la regarder, elle la prend et descend du tabouret. Elle est grande, très grande : elle me dépasse d'une tête. Côte à côte, main dans la main, et même si les yeux de Philippe ne me quittent pas, ils forment un couple qui semble uni.

Depuis que j'ai perdu Paul, j'ai découvert ce que c'est d'être jalouse du bonheur des autres. J'envie Nathalie d'avoir toujours son mari à ses côtés.

Philippe a dû lire dans mes pensées, car ses yeux se détournent de ma personne pour se poser sur sa femme. Elle le regarde, lui fait un clin d'œil, et le sourire qu'elle lui offre est empli de tendresse. Il porte leurs mains enlacées à ses lèvres. Ils restent ainsi, à se parler avec les yeux, indifférents à notre présence. Leur amour n'est pas feint, mais j'ai besoin d'en savoir plus. Je me tourne pour fuir ce spectacle, si beau mais si douloureux pour moi.

J'entre dans mon « antre », laissant Manu leur expliquer ce qui va se passer. Je m'assieds derrière mon bureau, prends le tas de feuilles du contrat posé devant moi dans les mains, puis le replace au centre de mon sous-main en cuir fuchsia.

Je m'adresse par signes à Philippe :

– *Manu reste en tant que témoin, mais il peut traduire aussi.*

– *Pas besoin, Nathalie comprend, mais ne le pratique pas beaucoup.*

Cette précision m'intrigue. Travaillent-ils avec la communauté sourde ? Connaissent-ils quelqu'un de sourd ? Je pourrais poser la question, mais cela ne me regarde pas, ce n'est pas ce que j'ai besoin de savoir. J'aurai bien le temps de le découvrir s'ils se joignent à nous.

Je m'adresse donc directement à Nathalie, prenant soin de signer doucement. Elle jette un coup d'œil rapide à son mari, puis fixe son attention sur moi.

Son corps la trahit : ses mains sur ses cuisses serrées, doigts écartés, ses épaules voûtées et ses yeux qui clignent trop souvent. Elle a peur. En même temps, si l'enjeu est vraiment de sauver son couple, je serais terrifiée à sa place.

J'essaie de la mettre à l'aise en commençant par des banalités :

– *Ça va ?*

Elle me répond en signant :

– *Oui.*

– *Détends-toi, je ne suis pas de la police.*

Ses lèvres s'étirent dans un faible sourire.

– *Tu as des enfants ?*

Je le sais, mais je suis maman et je sais que quand je parle de mes enfants, je me sens mieux.

Elle me répond toujours en signant :

– *Deux : un garçon et une fille.*

Elle commence à épeler :

– NO...

Mais Philippe intervient en les signant rapidement :

– *Noa et Florine.*

Et il ajoute leur signe. Là c'est sûr, soit l'un de leurs enfants est sourd ou alors quelqu'un de très proche : sûrement du côté de Philippe, vu la manière dont il maîtrise toutes les nuances de la langue des signes.

Ses parents ? Un frère, une sœur ? Ce constat me fait l'apprécier davantage.

– *Ils ont quel âge ?*

Elle m'offre un vrai sourire, cette fois, et signe :

– *Quatre ans et un an.*

– *Tout petits. Il faut en profiter, ils grandissent si vite.*

Son sourire s'agrandit avec naïveté. Si elle pouvait savoir à quel point ce que je viens de lui dire est vrai. On se dit toujours qu'on a le temps, qu'ils sont encore petits, et puis le temps passe. Il nous file entre les doigts et quand on s'en rend compte, il est trop tard... Bien trop tard.

Allez, ne pas s'attarder sur ce triste constat. Je bloque toute émotion, je ne peux pas perdre le contrôle. Les vraies questions vont pouvoir commencer.

Je l'interroge comme si son mari n'était pas présent. Je lui demanderais bien de sortir, mais je sens que cela déstabiliserait trop Nathalie.

– *Tu le connais depuis longtemps ?*

– *Environ dix ans.*

Elle était donc aussi jeune que moi quand j'ai connu Paul.

– *Bien. Vous vivez ensemble depuis combien d'années ?*

Elle rit :

– *Environ dix ans.*

Je prends un stylo et griffonne sur un Post-it : se renseigner sur famille Nathalie. J'ai emménagé très vite avec Paul pour être en permanence avec lui, mais aussi pour fuir ma famille, j'ai besoin de savoir si c'est pareil pour elle.

Bon, il est temps de passer aux questions plus délicates :

– *Philippe était ton premier amant ou tu as eu des relations avant ?*

Elle fronce les sourcils et se tourne vers Philippe qui lui traduit.

Mon cœur s'emballe dans ma poitrine, c'est la première fois que j'entends sa voix, et quelle voix ! Il détache chaque syllabe avec application, avec cette tessiture si singulière.

Je regarde Manu. Devant son air ahuri, je constate qu'il a compris lui aussi.

18

Espérer que tout s'arrange

Philippe est sourd.

Je me répète cette révélation qui change tout : « Il est sourd. »

Mon cœur bat plus fort, je prends un stylo et un Post-it et écris : demander à Néo si Philippe est membre de Passe Muraille[2]. Cela expliquerait tant de choses. Le lien avec Paul, sa confiance en Philippe. Je me mords la lèvre, mes yeux me piquent. J'ai cessé d'aller aux réunions depuis la disparition de Paul. C'était trop douloureux de voir les seules personnes qui nous comprenaient, nous connaissaient. Puis le temps a passé et la honte de les avoir ignorés tout ce temps m'a empêchée d'y retourner. Je fais un don important une fois par an, comme si cela pouvait suffire...

Il faut que je me reprenne, je ne suis pas censée l'avoir entendu parler.

2. Passe Muraille est une association belge qui existe réellement. Elle est très présente pour la communauté sourde de Wallonie, au point de vue de l'accompagnement et des formations en langue des signes.

– *Pourquoi tu veux t'inscrire au club?*

Je m'attendais à ce qu'elle regarde Philippe, mais elle n'en fait rien. Elle plante ses yeux dans les miens et, pleine de détermination, argumente:

– J'aime Philippe et c'est en partie parce qu'il m'en fait la demande que je souhaite adhérer à votre club, mais pas que pour lui...

Elle glisse une mèche de cheveux derrière son oreille, sa main tremble un peu.

Je regarde Manu qui me signe ce qu'elle vient de dire, il faut continuer à donner le change. Ce n'est pas pour rien que Paul et moi avons décidé de faire du silence un des piliers du club.

«La parole est d'argent, mais le silence est d'or.»

La première maxime que nous avons choisie est écrite sur le mur au-dessus des portes des chambres de l'Alcôve, pour nous elle a énormément de sens.

J'ai appris grâce à Nathan, et à tous les sourds que j'ai côtoyés, que par le silence on peut faire passer tellement de choses.

Nathalie attend que je la regarde et poursuit:

– ... J'en ai besoin, j'aime... le sexe, il tient une grande place dans notre couple. Mais les grossesses et tout ce qui va avec ont modifié ma façon de me voir. Je n'avais pas trop de complexes avant, mais maintenant...

Je vois que cela lui coûte de se confier à une inconnue: ses yeux rougissent et elle se mord la lèvre inférieure. Elle se tourne vers Manu qui me traduit. Je pense qu'elle a besoin de cette pause pour se donner du courage.

Philippe se lève. Nathalie se tourne vers lui. Il se penche, lui passe une main sur la joue, l'embrasse avec tendresse sur le front et il lui souffle quelque chose à l'oreille. Elle prend une de ses mains, il fait glisser son pouce sur les doigts de sa femme et les détache avec douceur.

Il se redresse, me regarde et me signe :

– *Je vais attendre au bar.*

– *Merci.*

Il grimpe de plus en plus dans mon estime. Il comprend sa femme, il anticipe ses besoins, cela prouve à quel point l'amour qu'il lui porte est grand. Cela se confirme encore quand il lui jette un dernier regard plein de tendresse.

Leur amour rouvre la plaie dans ma poitrine. Plus jamais je ne connaîtrai cet amour qui n'a pas besoin de se traduire par des mots, cette confiance et cette connaissance de l'autre. Nous n'avons qu'une âme sœur, et j'ai perdu la mienne.

Manu se rapproche et me pose la main sur l'épaule, il sait ce que je ressens. La chaleur de ses doigts qui me malaxent l'épaule m'apaise... un peu.

Nathalie reprend :

– Maintenant, je n'aime plus du tout mon corps, je n'en vois que les défauts : mes vergetures, mes cernes...

Elle hésite et jette un coup d'œil à Manu qui vient se mettre à ses côtés pour qu'elle soit préservée de son regard et me signe au fur et à mesure que Nathalie se confie :

– ... les seins qui tombent et... Enfin, je crois que tu as compris. Mais cela me freine parfois et la fatigue n'aide pas. J'ai l'impression que c'est différent. Je voudrais retrouver l'insouciance et la fougue de nos débuts. Je ne sais pas si venir ici nous aidera. Mais on n'a rien à perdre...

Je souris, elle a raison. Elle est lancée et continue :

– ... J'aime Philippe, il est le père de mes enfants, mais surtout il est mon premier amour, mon meilleur ami...

Elle s'arrête, émue, des larmes glissent sur ses joues.

Je me lève, ma décision est prise. Sa détresse, leur amour, tout cela me parle tellement. Je contourne mon bureau, lui tends les mains, elle les prend et les serre.

Je ne connais pas cette femme, mais je me retrouve en elle. Nos yeux s'accrochent et ne se lâchent plus. Elle comprend, sans que j'aie à lui dire, que je vais les aider. Elle souffle un « merci » étranglé.

Je lâche ses mains et signe :

– *Tu peux aller chercher Philippe, j'ai encore quelques questions, puis vous aurez des papiers à signer.*

Manu traduit, elle se lève et me remercie encore. Dès qu'elle a quitté la pièce, je prends mon téléphone pour envoyer un mail à Néo. J'ai besoin de savoir si Philippe et Paul se sont connus à l'association, ce qui expliquerait bien des choses. Quand je repose le téléphone, Manu, qui s'est tu jusque-là, s'inquiète :

– Tu es sûre de ce que tu t'apprêtes à faire ?

– C'est toi qui voulais que je les accepte.

– Oui, mais je ne veux pas que ça te coûte. Tu ne peux pas sauver tout le monde.

– Faut savoir, je croyais que j'étais mère Teresa ?

– Mutine, tu es certaine que tu veux jouer à la thérapeute ?

– Sûre et certaine. Tu sais, ils me font penser à Paul et moi à une époque.

– Justement, replonger dans des souvenirs, ça va te faire du mal.

– Manu, je n'ai pas besoin de cela pour penser à Paul, à nous, à ce qu'on a vécu. Il est en permanence dans mes pensées.

Il n'a pas le temps d'ajouter quoi que ce soit. La lumière sur mon bureau clignote. Je retourne m'asseoir et Manu va leur ouvrir.

Ils entrent main dans la main.

Non, je n'ai aucun doute.

***

Philippe

Nathalie se précipite sur moi, un énorme sourire sur son beau visage. Elle encercle ma taille et se colle à moi. Je la serre et l'embrasse dans le cou. Elle se recule pour que je puisse lire sur ses lèvres.

– Elle va dire oui.

– Tu es sûre ?

– Elle est maman et femme... J'aimerais avoir sa force. Je comprends pourquoi tu l'admires autant.

– Tu es forte aussi, mon amour, bien plus que tu ne le crois. Être ici avec moi en est une preuve.

– Ils nous attendent.

Je l'embrasse avec passion. Elle me rend mon baiser, c'est fou l'effet qu'elle me fait toujours malgré les années, elle se détache en riant.

– Tu devrais m'embrasser comme ça plus souvent.

– Je sais.

Elle a raison. Je ne sais pas si c'est ce qu'elle a accepté de faire pour moi, pour nous, les lieux, d'être face à Mutine, ou tout cela mélangé, mais j'ai envie d'elle. J'ai envie de lui prouver à quel point elle est désirable, à quel point je l'aime.

Je lui souffle à l'oreille :

– Je t'aime.

Et c'est vrai, elle est la femme de ma vie.

On traverse une phase difficile. Ce n'est pas évident de passer de deux à trois, et encore moins à quatre. Nous étions un couple très fusionnel et, quand Noa est né, j'ai eu un peu l'impression qu'il me volait ma place.

Nathalie n'avait plus une minute pour moi et quand elle avait du temps, elle était tellement crevée qu'elle s'endormait ou n'aspirait qu'à une chose: un long bain avec un livre. Elle était toujours à fleur de peau, s'énervant pour un rien et me faisant sans cesse des reproches. Je la trouvais souvent injuste. Je travaillais toute la journée et, le soir, je faisais un maximum pour qu'elle puisse souffler.

Mais moi aussi, je découvrais ce que c'était de devenir parent. Noa avait grandi et nous avions réussi à nous retrouver. Mais ensuite, elle avait voulu un deuxième enfant. Je n'étais pas prêt, cela avait créé de nouvelles tensions, plus fortes encore. Je croyais que c'était la fin et j'avais finalement accepté qu'on ait un autre enfant. J'avais pensé que c'était la solution, que cela nous aiderait, et ça avait été le cas, nous avions retrouvé notre complicité.

Puis sa grossesse s'était compliquée, elle avait dû rester alitée et j'avais dû gérer les trajets pour Noa, les courses, le ménage, mais surtout la mauvaise humeur de Nathalie et l'abstinence... J'avais cru devenir fou et j'avais repensé de plus souvent à Paul, à Mutine. Je me demandais si c'était le moment de tenir ma promesse. Mais surtout, je me disais que c'était l'opportunité de revoir Mutine, de la connaître. J'avais commencé à venir au club pour apercevoir celle qui hantait mes pensées. Je fantasmais de plus en plus sur elle. J'essayais de m'en empêcher, mais c'était plus fort que moi. Alors, j'envoyais de plus en plus de mails. C'était mon exutoire.

Puis Florine est née et je me suis focalisé sur ma famille. Ma femme avait besoin de moi, mes enfants avaient besoin de moi. Les mois avaient passé et, pourtant, Mutine occupait de plus en plus mon esprit, plus seulement pour Paul, pour ce qu'on s'était promis.

Non, Mutine m'obnubilait, je la désirais et sans m'en

rendre compte, je devenais de plus en plus distant avec Nathalie. Elle avait cru que j'avais une maîtresse et, en quelque sorte, elle n'avait pas tort, vu le nombre de fois où je nous avais imaginés, Mutine et moi, en pleine action...

Nous en avions parlé, je lui avais montré tous les mails, je lui avais parlé de Paul, de Mutine, de leurs enfants, du club... Je m'étais senti libéré. Elle avait été tellement compréhensive et, aujourd'hui, nous sommes ici.

Nathalie secoue sa main devant mon visage, me sortant de mes pensées. Elle fait un mouvement de tête. Oui, il est temps d'y aller. Je ne sais pas si c'est la solution miracle, si cela nous aidera vraiment, mais j'en ai envie. Cela vaut la peine d'essayer, nous en valons la peine.

19

Il est peut-être temps de franchir un cap

Mutine

Ils s'installent de nouveau. Manu s'est positionné à mes côtés pour traduire au fur et à mesure. Je signe :

– *Avant tout, il y a plusieurs règles primordiales que j'aimerais aborder avec vous. Lorsque vous intégrerez l'Alcôve, vous allez côtoyer des personnes connues, vous risquez de reconnaître des personnes que vous connaissez. Donc, vous trouverez une clause de confidentialité dans le contrat. Vous connaissez l'expression : « ce qui se passe à Vegas, reste à Vegas », eh bien, pour l'Alcôve c'est pareil, tout ce qui s'y passe ne doit pas en sortir, jamais.*

Philippe et Nathalie se regardent et acquiescent :

– *D'accord.*

– *Ensuite, les personnes que vous allez rencontrer viennent de tous les milieux, d'horizons différents. Vous allez voir aussi des trios, des couples gays, bi. Je ne tolère aucun ostracisme, aucun a priori, aucun jugement. La tolérance est essentielle à mes yeux et au bon fonctionnement du club.*

Philippe confirme en signant que cela ne leur pose pas de soucis, qu'ils sont tolérants. Il regarde Nathalie qui hoche la tête pour affirmer qu'elle pense la même chose.

– Il y a aussi un point très important, je dirais même crucial. Vous le savez, le silence règne en maître ici. Je ne pourrai donc pas vous entendre pendant nos séances. Je veux que vous sachiez qu'à aucun moment il ne se passera quelque chose que vous ne souhaitiez pas. Nous trouverons un moyen de communiquer si la situation qui se présente ne vous permet pas de signer. Je vous laisse y réfléchir. Voilà, les points les plus importants ont été abordés. Je vous laisse relire le contrat et vous n'aurez qu'à envoyer un mail si vous avez des questions. S'il vous convient, vous n'aurez qu'à le signer et demander une séance en précisant vos attentes. Si vous n'avez pas d'idées précises, nous vous aiguillerons. Je vous laisse, on m'attend.

Je tends le contrat à Nathalie, qui le prend en me remerciant. Je me lève, les salue et sors de mon bureau pour rejoindre l'Alcôve.

Cynthia a une séance avec Madame Moulard.

Irène est une femme d'une trentaine d'années, divorcée. Elle s'est rendu compte qu'elle était lesbienne quand elle a flashé sur une de ses collègues. Elle a quitté son mari sans lui donner la vraie raison. Je trouve cela tellement triste qu'elle ne puisse pas être elle-même. Elle veut préserver ses enfants. Quand est-ce que la société permettra enfin à chacun d'être soi-même, quelles que soient ses opinions ou son orientation sexuelle ? Elle vient ici pour réaliser ce qu'elle ne se permet pas dans la vraie vie.

Il n'y a que Jonas au bar, les clients sont déjà dans les salles. Il me salue et me signe que Cynthia et Irène sont dans la chambre Two.

Quand j'entre dans la pièce, Irène me salue. Elle porte une longue robe bleu nuit, ses longs cheveux blonds sont relevés en une queue haute, elle est pieds nus. Cynthia, elle, ne porte déjà plus qu'un bustier et un string blanc. Elle me sourit.

Je passe mes doigts sous mon menton, c'est le signal. Elle se place face à Irène. Je m'avance pour me placer derrière elle, me coller contre son dos et prendre ses mains. Je les fais glisser le long des joues, puis des épaules de mon hôtesse.

Elle se tourne. Je libère les mains d'Irène et glisse alors les miennes le long des bras de ma cliente jusqu'à ses épaules, que je masse doucement. Je la sens se détendre sous mes doigts. Cynthia défait les agrafes qui retiennent son bustier, celui-ci glisse entre les deux amantes ; du bout du pied, je le pousse au loin.

Elles se font face à nouveau. Je reprends les mains d'Irène, posant mes doigts sur les siens, les promène le long des bras de Cynthia qui se couvrent de chair de poule. Longeant ensuite son ventre, je guide ses doigts jusqu'à l'élastique du string blanc que nous faisons glisser ensemble jusqu'au sol. Mon hôtesse lève les pieds pour enjamber son sous-vêtement et l'envoyer plus loin.

Elle est entièrement nue. Offerte.

Le corps d'Irène se réchauffe contre le mien, sa poitrine se soulève de plus en plus rapidement, son souffle devient erratique.

Je lâche ses mains pour ouvrir la fermeture Éclair de sa robe et la faire glisser au sol. Elle l'enjambe. Elle ne porte rien dessous. Elle a un très beau corps qu'elle entretient grâce à des heures et des heures de sport.

Je reprends possession de ses mains pour les poser sur les seins de Cynthia qui ferme les yeux et penche la tête en arrière. Je guide ses caresses sur la poitrine, le ventre, les hanches de mon hôtesse. Par une impulsion de mon corps, je pousse les amantes l'une contre l'autre et passe nos doigts enlacés dans les cheveux de Cynthia.

Je n'ai pas besoin de les guider plus. Leurs lèvres se trouvent, leur baiser devient fougueux, leur tirant des gémissements. Je continue à mener les mains d'Irène sur le corps de Cynthia : son dos, ses fesses que nous malaxons.

Je les pousse sur le lit, elles s'y effondrent en riant. J'y grimpe à mon tour. Je tire Irène par l'épaule pour qu'elle bascule sur le matelas. Je prends le foulard posé sous l'oreiller et, pendant que Cynthia fait glisser sa langue le long de son cou, je noue les mains de ma cliente au-dessus de sa tête. Elle cherche à accrocher mon regard, mais je fuis.

Je sais ce que je pourrais lire dans le sien. Elle me désire, elle voudrait que ma bouche se pose aussi sur elle. Elle voudrait que je gémisse pour elle, grâce à elle, mais je ne peux pas. Je voudrais pouvoir, vraiment. Cela me manque de sentir des mains parcourir mon corps, de retrouver ce lâcher-prise qui rend tout tellement plus intense.

Je ne peux pas...

Je ne veux pas...

Je ne sais plus...

Cynthia s'est faufilée entre les jambes d'Irène, léchant le haut de ses cuisses et se dirigeant lentement vers son intimité. Leurs plaintes me perturbent. Je me relève et, sans un regard, je les abandonne, j'ai besoin de me retrouver seule. Elles n'ont plus besoin de moi.

Je me dirige vers ma chambre et me laisse tomber sur mon lit. J'observe le plafond. Deux ans, deux ans que je me donne du plaisir après chaque séance, mais que ça ne m'apporte rien de plus qu'un plaisir mécanique. Je refuse de me laisser aller à mes envies, à mes désirs. Paul me manque, j'aimerais tellement pouvoir lui raconter mes journées, qu'on parle des enfants. Nos carnets m'aident à me sentir moins seule, à garder une part de ce lien si fort qu'il y avait entre nous. Mais ses yeux qui plongeaient dans les miens me criant son amour et son désir, ses lèvres sur les miennes, ses doigts dans mes cheveux, son corps sur le mien et le plaisir qu'il me donnait, tout cela, je l'ai perdu pour toujours.

Pourtant, quand j'ai repensé à mon fantasme avec Jo, c'est comme si mon corps sortait de la torpeur dans laquelle je l'avais obligé à plonger.

Je n'ai pas besoin de regarder qui pénètre dans la pièce, Manu vient s'écrouler à mes côtés.

– Alors, dis-moi.

– Quoi ?

Il s'agenouille et pose ses mains de part et d'autre de mon visage. Qu'est-ce que j'aime quand il fait cela.

– Mutine, ne m'oblige pas à te torturer pour obtenir des réponses.

– Me torturer, rien que ça ?

Il commence à me chatouiller, je me tortille pour lui échapper et m'assieds.

– Bon alors ?

Je sais que Manu ne portera pas de jugement, j'ai toujours pu tout lui dire. Mais c'est un homme et, en plus, j'ai déjà couché avec lui. À ce souvenir, je rougis. J'aimerais pouvoir me confier à une autre femme, mais ici, je suis la patronne et donc je dois garder une distance avec les filles. Et même si on parle de tout avec Célia, ma sexualité est bien le seul sujet que je n'aborderai jamais avec ma fille. Et en ce qui concerne Luisa, elle était tellement proche de Paul que non, je ne pourrai pas non plus...

Je n'ai pas trop le choix.

Je me lance :

– Le sexe me manque.

Il éclate de rire :

– Putain, il était temps.

Je lui donne un coup de poing sur le bras :

– Hé !

– Mais quoi, c'est vrai ! Tu te retiens depuis tellement longtemps. Bon, j'espère que tu ne vas pas à chaque fois attendre un an pour t'en rendre compte ! Mais si c'est chaque fois avec moi que tu veux remettre le couvert, ça m'arrangerait que ce soit, disons, une fois par mois ou même plus, c'est toi qui vois.

Je ris tellement que je suis obligée de me tenir les côtes.

– Oh... arrête... j'ai mal au... ventre.

– Je peux te donner mal ailleurs.

– Sûrement pas.

Je suis bien trop proche de Manu, il est comme un frère pour moi, mais je mentirais si je disais que je n'y ai pas songé une ou deux fois... OK, plein de fois. Il m'attire, mais en faire mon sex friend compliquerait les choses et il est hors de question que je le perde. Je ne m'en relèverais pas.

– Pffff, t'es pas marrante. Alors, ce ne sera pas moi le gros veinard.

– Et non, j'ai testé et ce n'était pas fameux !

C'est un gros mensonge, Manu était un excellent amant. Mon entrejambe me picote.

– Oh toi, tu mérites une deuxième séance de torture.

Je me lève du lit avant qu'il puisse me chatouiller à nouveau. Mais surtout parce que, vu les images de notre étreinte qui surgissent devant mes yeux, il ne faut pas qu'il me touche. Il se lève à son tour pour tenter de m'attraper.

– Manu, n'essaie même pas, sinon... Je sens que je vais devoir sortir la cire et, cette fois-ci, tes bijoux de famille y passeront... en intégralité.

Je m'esclaffe à nouveau quand il porte ses mains à ses précieux attributs.

– Tu es méchante.

– Moooonnnn, pauvre loulou !

– Donc, je suppose que ce sera Jo qui aura le plaisir de ramoner la cheminée.

– MANU !

– Ben quoi ? Tu préférerais que je dise te dépoussiérer la...

Je lui plaque ma main sur la bouche, il pouffe contre elle puis la lèche. J'essaie de plaisanter pour cacher ce que cela me fait. Je suis vraiment en manque.

– Beurk, tu es vraiment dégueulasse. Je vais devoir me les laver et me les désinfecter au moins dix fois. Je ne sais pas où a traîné ta langue.

– Oh si, tu le sais très bien.

Il est unique. Je l'adore, j'ai vraiment de la chance de l'avoir.

Je tape sur son torse du plat de la main.

– Aïe, en effet il est vraiment temps que tu baises pour évacuer toute cette violence, plaisante-t-il.

Il poursuit, sérieusement :

– Trêve de plaisanterie. Je suis vraiment heureux que tu t'autorises à y penser, vraiment. Tu es encore jeune, et ce n'est pas comme si tu n'avais pas un tas d'hommes à tes pieds.

– Y penser, oui.

– C'est déjà ça.

Il a raison, ça peut sembler être un petit pas, mais pour moi, c'est un pas de géant.

* * *

Manu

– Tu veux que ça se passe avec un gars du club ?... Jo ? Ou alors, on te crée un profil sur des sites de rencontres sexuelles.

– Manu, j'ai dit « y penser ». Je ne vais pas me plonger dans une aventure comme ça, avec un parfait inconnu.

Je savais bien que ce n'était pas encore gagné. Je plaisante :

– Donc, on en revient à moi, ce qui est la meilleure option vu que je suis sûr d'assurer et que je connais déjà ton corps

Je commence à déboutonner ma chemise en me trémoussant tel un chippendale.

Elle rit :

– T'es vraiment con, mais je t'aime.

Mon cœur manque un battement, non, il s'est carrément arrêté. Je sais qu'elle tient à moi, mais l'entendre me le dire ça me fait vraiment quelque chose. Elle est ma meilleure amie et bien plus encore. Tellement plus.

J'ai souvent de la peine pour elle, pour le mal qu'elle se fait en vivant dans les souvenirs de sa vie avec Paul. Elle se refuse tout droit au bonheur.

Et là, en une soirée, j'ai l'impression qu'elle vient de faire un bond énorme. L'entendre exprimer ses envies, ses sentiments, c'est une première. J'ai l'intuition que ça y est. Je freine mes ardeurs, hors de question qu'elle fasse machine arrière. Je rêve que ce soit avec moi, et cela me tue d'imaginer que ce soit avec un autre. Mais l'important, c'est qu'elle aille mieux, qu'elle avance. Elle le mérite tellement, alors peu importe ce que cela me fera. Je tiens assez à elle pour faire passer son bien-être avant le mien.

Ce n'est pas vraiment mon fort, mais sur ce coup-là, je vais devoir faire preuve de retenue et de subtilité.

– Rallumage de chaudière enclenchée.

Merde, là, niveau subtilité on repassera.

– Tu es ingérable !

– Oui, excuse-moi...

Allez, change de sujet, noyer le poisson, voilà ce que tu dois faire. Elle me dévisage. Vite, vite...

– ... pour Nathalie et Philippe, tu prévois d'agir comment ?

– Ils n'ont pas encore signé.

– Comme s'ils allaient faire machine arrière.

– Je verrai leurs attentes le moment venu.

– Bon, je descends au speaker. Si tu as besoin de moi...

– Ça ira. Je vais rester un peu ici. Demande à Jonas de m'excuser auprès d'Irène. Tu n'as qu'à dire que... enfin tu trouveras bien.

– Je dirai que tes ragnagnas ont débarqué.

Elle secoue la tête en soufflant.

– Qu'est-ce que je vais faire de toi ?

– J'ai bien quelques idées là, tout de suite.

Me faire l'amour ou m'épouser...

Ses lèvres s'étirent en une moue moitié amusée, moitié excédée.

– Dehors avant que l'envie de te punir soit trop forte !

Je me dirige vers la porte et, juste avant de l'ouvrir et de sortir, je ne peux pas m'empêcher de lâcher :

– Oh oui, punis-moi.

L'humour est mon meilleur bouclier. Elle me balance la chaussure qu'elle était en train de retirer. J'ai juste le temps de me baisser. Elle passe au-dessus de ma tête et atterrit en plein milieu du salon, heureusement vide.

Jonas me regarde, intrigué. Je ramasse l'arme et la lance dans la chambre avant d'en refermer la porte en évitant de croiser le regard de ma patronne démoniaque.

Quand je transmets les instructions de Mutine au barman je vois bien qu'il se retient de rire, ce petit trou du cul. Je lui botterais bien ses jolies petites fesses si je n'avais pas un appel urgent à passer. Il n'y a plus une minute à perdre. Je ne vais pas au speaker, mais m'enferme dans l'antre de Mutine.

Je fais tourner le répertoire rotatif qui se trouve sur le bureau de ma patronne. Je zappe totalement cette information et le risque, que cette fois-ci, elle me vire pour de vrai. Je trouve le numéro que je cherchais et le compose sur mon téléphone.

Première tonalité, il faut qu'il décroche.

Deuxième tonalité, il dort ou quoi ?

Troisième tonalité, putain décroche !

Enfin !

– Allô, Jo ? C'est Manu. Manu de l'Alcôve. Oui, oui, ça va. Écoute je vais y aller franco : j'ai un énorme service à te demander.

***

Mutine

Je sais qu'il est encore tôt, mais j'ai besoin de rentrer chez moi. Je prends une douche express, m'habille et enfile mon manteau. J'arrache une feuille d'un des carnets vierges qui se trouvent dans mon armoire et griffonne à la hâte quelques directives pour la fin de soirée.

Je sors de ma chambre, me dirige vers le bar et tends la feuille à Jonas. Je lui signe de la donner à Manu. Je descends les escaliers en courant, Myron retire le cordon pour me laisser passer. Sans que j'aie à lui demander, et sans me poser de questions, il m'ouvre la porte d'une des sorties de secours. Je contourne le bâtiment en courant. Le crissement de mes chaussures sur le gravier se répercute dans mon crâne. La migraine menace. Heureusement que demain, c'est mercredi. J'ai vraiment besoin de me reposer et de passer du temps avec mes enfants.

Je m'installe au volant de ma voiture et une fois que j'ai quitté le parking, j'actionne le son. Comme un signe du destin, c'est la chanson « I want to break free » qui envahit l'habitacle.

Je superpose ma voix à celle de Freddy Mercury et chante :

How i want to break free
But life still goes on
I can't get used to living without
Living without you by my side
I don't want to live alone
So baby can't you see
Oh, I've got to break free
Baby, baby can't you see
I've got to break free
God knows I want to
God knows I want to

God knows I want to break free[3]...

Je ne retiens pas mes larmes qui coulent le long de mes joues. Ce ne sont pas des larmes de peine ni de culpabilité. Non, je pleure de soulagement. J'ai l'impression d'entrevoir la fin du tunnel. Je ne veux plus faire deux pas en avant et trois en arrière. Cette fois-ci, je suis déterminée à sortir des ténèbres.

Quand j'arrive à la maison, je me dirige vers la chambre de Nathan, y entre et m'assieds sur le bord de son lit.

Il est tellement paisible... comme toujours. En deux ans, pas une seule fois il n'a craqué devant moi.

Je m'en veux.

Si j'avais été plus forte à la disparition de Paul, il aurait vu qu'il pouvait s'appuyer sur sa mère, se laisser aller à sa peine. Mais ma faiblesse a obligé mes enfants à être forts à ma place. Ce constat douloureux ne fait qu'accroître ma détermination.

Je me lève, prends le cadre avec la photo des deux hommes de ma vie sur la table de nuit. Je passe mon doigt sur le visage de Paul et murmure :

– Tu me manques tellement.

Je sursaute quand j'entends des pas.

Je me retourne, Luisa se tient dans l'encadrement de la porte. Je replace la photo à sa place, dépose un baiser sur le front de mon petit homme et rejoins Luisa qui s'est éloignée dans le couloir.

– Vous êtes encore bien mélancolique, Madame, s'attriste-t-elle.

– Oui, mais ça va changer Luisa, oui, cela va vraiment changer.

---

3. « I want to break free » (Je veux me libérer) de Queen, chantée par Freddy Mercury : Combien je veux me libérer / Mais la vie continue / Je ne peux pas m'habituer à vivre sans, / vivre sans, vivre sans toi à mes côtés / Je ne veux pas vivre seul / Donc Bébé ne vois-tu pas, / Oh ! je dois me libérer / Bébé, bébé ne vois-tu pas / Que je dois me libérer / Dieu sait que je veux, / Dieu sait que je veux, / Dieu sait que je veux me libérer.

20
Pas à pas

Elle me regarde comme si j'avais bu. Je rigole, tourne les talons et, tout en me dirigeant vers la salle de bains, je lui souhaite une bonne nuit et lui recommande de bien fermer la porte derrière elle.

J'enfile une nuisette et je passe voir Célia. Elle s'est encore endormie en lisant. Je ramasse le livre sur son matelas, glisse son marque-page où elle s'est arrêtée avant de déposer son précieux trésor sur sa table de nuit. Je dégage une mèche de son visage.

Elle est tellement belle, ma princesse. Une bouffée de fierté m'envahit. J'ai la chance de les avoir. Ils sont ce que j'ai de plus cher, ton plus beau cadeau, mon amour.

Je la laisse à ses rêves et je vais me coucher. Je prends notre carnet et je t'écris.

Notre carnet

Bonjour mon bonheur, j'ai rencontré Philippe et sa femme aujourd'hui. J'ai enfin compris pourquoi tu t'étais confié à lui. Il est sourd. J'aurais dû m'en rendre compte dès la première fois où je l'ai rencontré, à sa manière de signer à la perfection, de fixer les lèvres de Manu quand il parlait. Mais je ne sais toujours pas si tu l'as rencontré au club, à l'association, à la salle de sport ou encore ailleurs, mais cela n'a plus aucune importance.

Je vais les aider. Ils me font penser à nous. Je comprends pourquoi tu as voulu lui venir en aide. Laisser un tel amour se gâcher, c'est inconcevable.

Je dois te dire autre chose, je ne sais pas trop comment aborder la chose. Enfin, on n'a jamais eu de secrets l'un pour l'autre. Je ne vois pas pourquoi cela commencerait maintenant. Je crois que je commence à aller mieux. Tu me manques toujours autant, c'est toujours aussi atroce, ce vide. Mais je commence à avoir moins mal. Et tu sais, je croyais que je ne désirerais plus jamais personne, que tu m'avais tellement marqué que je ne pourrais jamais n'appartenir qu'à toi. Et c'est sûrement le cas, mais... oui, parce que tu te doutes qu'il y a un mais. J'ai envie d'essayer... Mon corps est en train de sortir de sa léthargie. J'ai envie de retrouver ce que tu m'as fait découvrir, ce que tu m'as appris à tellement aimer. Je ne sais pas si c'est possible, mais pour la première fois en deux ans, je m'autorise à y penser, à l'espérer. Je sais que tu comprends, et j'aurais compris si la situation avait été inversée. Enfin, je ne suis pas sûre, peut-être que je serais revenue te hanter pour t'empêcher de poser tes mains sur une autre femme que moi.

Je ris, de plus en plus fort. Si quelqu'un entrait dans ma chambre à cet instant, il croirait que je suis folle, tant mon rire est hystérique. Mes yeux se mouillent, les larmes coulent, mais ce ne sont pas des larmes d'avoir trop ri, non, la douleur refait surface, ma gorge se serre et je sanglote. Mon rire se transforme en hoquets incontrôlables. Je ne sais pas combien de temps je pleure ainsi, mais je finis par m'endormir.

***

– Maman ?
– MMhhh.
Aïe. J'ai la tête prise dans un étau...
– Mam, on va être en retard.
Je me redresse et me frotte les yeux, ils me brûlent.
– Tu as encore pleuré, souffle Célia en secouant la tête avec une moue attristée.
À quoi cela servirait de mentir ?
– Oui, mais ce n'est pas grave. Tout ira bien.
Elle penche la tête et fronce les sourcils.
– Je me comprends. Allez zou, va voir si Nathan est réveillé. Je prends une douche rapide et je viens préparer le petit déjeuner.
– Oh, ne t'inquiète pas pour cela. Luisa a laissé un mot : le jus d'orange est dans le frigo et il reste des crêpes.
Luisa est vraiment une perle.
– Allez déjeuner alors, j'arrive.
Heureusement qu'on est mercredi et qu'il n'y a pas de cartable à préparer.
Je m'apprête en quatrième vitesse. Quand j'arrive dans la cuisine, Nathan et Célia sont prêts. Ils sont en train de signer en riant. Leur complicité m'émeut.
Je voulais avoir plusieurs enfants, minimum quatre. Pour qu'ils ne soient jamais seuls, que s'il nous arrivait quelque chose à Paul et à moi, ils aient quelqu'un sur qui compter. J'étais consciente que certaines fratries ne s'entendent pas, mais j'avais eu la chance que Célia tombe amoureuse de son petit frère dès l'instant où elle a su que j'étais enceinte. Je la revois embrassant mon ventre, parlant à Nathan à travers mon ventre, voulant le changer, lui donner son bain... Et, encore aujourd'hui,

elle le considère plus comme son enfant que comme son frère... On se demande à qui la faute.

Nathan me sort de mes pensées en me signant :

– *On fait quoi après-midi ?*

Chaque mercredi, on organise quelque chose : on va manger un morceau quelque part puis on va à la bibliothèque, à l'aire de jeux couverte, à la piscine, au cinéma. Nathan a appris à se contenter de regarder les images... Il commence à lire, mais cela ne changera rien, car les cinémas passant les dessins animés et films en version originale sous-titrée sont rares, je dirais même rarissimes. Encore une injustice à laquelle mon petit garçon devra faire face. Je ne m'y attarde pas. Aujourd'hui, je veux profiter de mon après-midi sans laisser aucune pensée négative venir la polluer.

– *On va à la patinoire.*

Célia en laisse tomber sa cuillère pleine de yaourt, ses yeux rougissent, mais elle se ressaisit. Nathan est déjà en train de se jeter dans mes bras. Avant, nous y allions une fois par mois, tous ensemble. Paul et moi, nous avons toujours adoré cela. Nous étions même partis au Canada, en hiver, en grande partie pour pouvoir patiner au Fairmont Château Lake Louise à Alberta. Ce voyage avait été un de nos plus beaux.

Et c'est pour cela que nous n'y étions plus jamais retournés depuis sa disparition. Cela me faisait trop de mal, trop de souvenirs risquaient de ressurgir. C'est à la patinoire qu'il m'avait demandée en mariage.

Indifférent aux autres patineurs qui passaient à nos côtés, il s'était agenouillé, avait sorti une bague et m'avait fait la plus belle déclaration d'amour qu'on puisse entendre. J'avais hurlé ma joie et lui avais sauté dessus, le faisant basculer sur la glace. Nous nous étions embrassés avec passion et ce sont les applaudissements et les sifflets autour de nous qui nous avaient ramenés à la réalité. Mon cœur se serre, mais les larmes ne montent pas. Je serre Nathan dans mes bras.

Célia nous rappelle à l'ordre :

– On y va, je n'ai pas envie de devoir courir.

– Oui, surtout avec cette jupe.

Elle me tire la langue... Je n'ajoute rien. Il est fini depuis longtemps, le temps où c'était moi qui choisissais ses vêtements.

***

La main de Nathan dans la mienne, nous glissons sur la glace. Je me sens euphorique, j'ai le cœur léger comme je ne l'ai plus eu depuis que Paul nous a quittés. Célia vient prendre la main de son petit frère et nous rions aux éclats en parcourant la patinoire à toute vitesse. C'est comme cela que je veux que ma vie soit à présent : pleine de rires, d'euphorie et surtout de vie.

21
Première séance

Philippe

Je m'appuie sur le chambranle de la porte. Nathalie est en train de se maquiller. Elle me regarde dans le miroir, mais m'ignore. On vient de se prendre la tête pour un caprice de Noa qu'elle a laissé passer. Je ne veux pas que le reste de la soirée soit gâché pour une bêtise pareille.

Je m'approche et caresse ses épaules nues, glissant le long de ses bras.

Jouant l'indifférente, elle finit de mettre son mascara. Je ne comprends pas pourquoi elle se maquille. Elle est si belle au naturel. J'aimerais qu'elle puisse se voir comme je la vois. Cela nous aiderait. Nous sommes à nouveau dans une mauvaise phase.

Elle se tourne et colle son corps contre le mien. J'ai envie de remonter sa robe sur ses hanches, de la saisir sous les fesses et de la poser sur l'évier, de libérer un de ses seins et de le lécher, de voir son téton se dresser pour m'appeler à le sucer, à le mordiller... Je libérerais ma queue prête à la prendre et je la plongerais en elle. Je la baiserais avec fougue, de plus en plus loin, de plus en plus fort. Je la retournerais avant de la reprendre, j'empoignerais ses cheveux et les tirerais pour qu'elle se regarde dans le miroir, qu'elle puisse nous voir au moment où l'orgasme nous percuterait.

Mais je n'en ferai rien...

Je l'entends déjà : « Pas le temps, pas envie d'être décoiffée, si les enfants nous réclamaient, si... si... »

– Tu ne sais vraiment pas te tenir, râle-t-elle.

– Tu devrais te sentir flattée que j'ai toujours autant envie de toi.

– Je pourrais être défigurée, du moment que tu as une bonne paire de loches et un vagin sous la main, ça suffirait à t'exciter.

– Pourquoi tu dois être aussi cynique ?

– Réaliste. Je suis réaliste, nuance.

Je ne réponds pas, elle argumentera encore et encore et je finirai de toute façon par lui donner raison pour ne pas envenimer les choses et, surtout, avoir la paix.

Je me recule. Où est passé le temps où nous faisions l'amour n'importe où sans nous poser de questions ? Où nous nous comprenions à demi-mot, où nous n'avions pas besoin de nous taire pour que les choses ne dégénèrent pas. Nous nous serions engueulés un bon coup, puis nous aurions baisé et ri de notre stupide dispute.

Mais ça, c'était avant...

– Je t'attends au salon.

– Oui, va mater un peu la baby-sitter, c'est ça qui va t'aider à débander, c'est sûr.

– Ça ira, notre discussion a déjà fait le travail.

Elle secoue la tête et se tourne vers le miroir.

J'espère vraiment que Mutine va réussir à nous aider, parce que, malgré tout l'amour que je porte à Nathalie, la situation devient vraiment pesante. Je suis bien conscient que je ne retrouverai pas ma vie d'avant, mais au moins notre complicité.

Je vais attendre dans le living que Nathalie soit prête : Marion est en train de colorier avec Noa, et Florine gazouille dans son parc.

Marion relève la tête, me fait un sourire poli et retourne à son coloriage. Elle ne sait pas comment elle doit se comporter avec moi. Les entendants ont souvent cette gêne face à moi. Ils ne savent pas de prime abord si je lis sur les lèvres ou si mon appareillage...

(Merde, j'ai failli oublier de l'enlever... Mutine ne doit pas savoir que je suis sourd, cela changerait sa façon d'être.)

... me permet de les entendre un peu. Le plus souvent, ils n'osent pas me parler. Ils s'adressent à Nathalie ou alors ils essaient de mimer ou encore ils parlent au ralenti en détachant chaque syllabe.

Mais les pires, ce sont ceux qui me regardent avec pitié, je déteste cela. Je suis sourd, et alors ? Je vis normalement, même si je rencontre des difficultés que les entendants n'ont pas à affronter.

Nathalie entre dans la pièce. Elle parle une minute avec Marion puis me fait signe. Nous embrassons les enfants. C'est parti...

***

Nathalie

J'ai la nausée, je stresse encore plus que lors de notre première entrevue. Nous avons signé le contrat... Nous ne pouvons plus faire marche arrière... Enfin si, mais là c'est réel. Nous avons passé le cap. La main de Philippe est moite dans la mienne ou alors c'est la mienne qui l'est dans la sienne ?

Je n'ai plus les idées claires, et mon cœur bat tellement fort que j'ai l'impression qu'il va jaillir hors de ma poitrine.

Manu nous accueille en parlant et signant en même temps.

– Bienvenue, vous avez le contrat ?

Philippe le sort de la poche intérieure de son manteau et le lui tend.

Il vérifie les signatures et nous demande :

– Pas de question ?

Je lui réponds :

– Aucune.

Alors que j'en ai des dizaines.

– Parfait. Alors, suivez-moi.

Philippe me serre la main, je le regarde, il me fait un clin d'œil. Il est avec moi, tout va bien se passer.

Quand le videur détache le cordon pour nous ouvrir le passage, je ne sais pas si c'est pour l'enfer ou le paradis... Bon, OK, j'exagère. Mais je suis envahie de sentiments contradictoires : j'angoisse et, en même temps, je suis impatiente et, je ne peux le nier, terriblement excitée.

Quand on franchit la dernière marche, je suis fascinée. Pas seulement par le décor. Ce mélange de moderne et d'ancien, comme au rez-de-chaussée, est très beau, mais ce sont les citations qui me subjuguent le plus. Comme si Mutine, ne parlant pas, voulait transmettre chacune de ses valeurs, montrer qui elle était vraiment. Tous « ses » mots m'apaisent, et c'est plus sereine que je vois Mutine s'avancer vers nous.

Elle est époustouflante. Elle porte une longue jupe noire et un bustier couleur prune boutonné sur le devant et qui monte jusqu'à son menton. On dirait qu'elle sort d'un roman des sœurs Brontë et, pourtant, elle dégage toujours autant de sensualité.

Elle nous sourit et, d'un signe plein de grâce, nous invite à la suivre. Un long frisson me court le long de l'échine. Philippe s'en rend compte et passe son bras autour de mes épaules pour me coller contre lui.

Nous entrons dans une... chambre. C'est le lit king size qui me saute en premier aux yeux. Il y a aussi une table ronde avec trois chaises. Sur la table sont posés quelques livres, des feuilles et des Bic. Je me mords l'intérieur de la joue pour ne pas rire. Elle va nous donner un cours ?

Elle claque la porte derrière elle, me faisant sursauter.

Quand elle passe à côté de moi, elle me frôle, intentionnellement ? Ma peau me picote. Elle s'assied, prend un bic, un des livres et se met à écrire dedans. Philippe me tire pour qu'on s'installe à notre tour. Mutine nous tend un livre à chacun. Leur couverture brune ne porte aucun titre, je l'ouvre : toutes les pages sont blanches, c'est un carnet.

Philippe me traduit au fur et à mesure que « notre professeur » nous explique.

– *Je voudrais que, dans ces carnets, vous écriviez le compte-rendu de chaque séance. Ce que vous avez ressenti, ce qui vous a plu, déplu. Mais aussi ce que vous aimeriez, vos désirs les plus inavouables, tout. Il vous appartient, personne ne le lira, à moins que vous ne le souhaitiez.*

On va devoir tenir un journal intime ! Mais où suis-je tombée ?

Mutine se lève et nous invite à faire de même. Philippe me tend la main, et nous la suivons au centre de la chambre. Elle détache nos mains et nous place face à face.

Mon mari plonge son regard dans le mien. Il essaie de me rassurer. Je lui souris. Je n'en ai plus besoin. J'ai toujours cette petite voix qui me crie : « casse-toi tant qu'il en est encore temps. »

Mais je ne l'écoute plus, j'ai confiance en lui, en elle. Parce que c'est une mère, une femme, comme moi. Parce qu'elle semble si douce et si sereine. Parce que je commence à comprendre la fascination qu'elle exerce sur Philippe. Elle s'éloigne et revient avec un ruban bleu nuit. Elle me le montre :

– *D'accord ?*

Son visage exprime une demande, cherche une approbation sur mon visage et dans mes yeux. Mes lèvres s'étirent et je signe :

– *Oui.*

Mon homme m'effleure le bras, mais je ne le regarde pas. Je ferme les yeux quand elle pose le tissu sur mon visage, me privant d'un de mes sens. Mon mari m'informe :

– Elle demande que tu ne bouges pas et que tu ne me parles pas, sauf si tu veux arrêter la séance. Il te suffira de faire deux pas en arrière et de signer « *non* ».

Je hoche la tête d'avant en arrière pour montrer que j'ai compris. Des mains me retirent mon boléro. Je me félicite d'avoir opté pour une robe bustier dès que le souffle chaud et mentholé de mon mari effleure mon épaule et remonte jusqu'à l'arrière de mon oreille, me faisant frissonner. Il s'y attarde, mon corps se couvre de chair de poule. Son souffle continue de me caresser, redescendant le long de ma joue, de mon cou, remontant jusqu'à mon autre oreille, dans mes cheveux. Il dégage ma nuque, l'effleurant du bout des doigts... un nouveau frisson... son souffle est chaud... il me brûle. Il s'attaque à mes épaules, frôle le bord de ma robe, elle me gêne... J'ai chaud... trop chaud...

Pendant quelques secondes je ne perçois plus rien, je voudrais dire à Philippe de continuer, je voudrais lui demander de m'ôter ma robe, de...

Je sursaute quand son souffle revient sur moi, à la base de mon mollet. Il remonte lentement, trop lentement pour s'arrêter au bord de ma robe, que je maudis. Il réalise la même douce torture sur mon autre jambe avant de passer devant, sur mon genou. Il plaque ses mains à l'arrière de mes genoux et m'écarte les cuisses tout en continuant, de son souffle de plus en plus rapide et chaud, sa progression vers le bord de cette fichue robe.

Mutine, cela ne peut être qu'elle, ouvre la fermeture Éclair de ce bout de tissu maudit. La gêne me fait avoir encore plus chaud. Les doigts de mon mari remontent le bas de ma robe au-dessus de mes hanches en m'effleurant les fesses, mais sans s'y attarder. Je lève les bras quand la respiration de Philippe se répercute sur mon pubis à travers le tissu de mon string.

Je veux être nue. Je veux sentir son souffle caresser mon ventre, mes seins, mes tétons qui sont déjà tendus, mon dos, mes fesses... partout, je veux le sentir partout sur moi. Mes suppliques silencieuses sont entendues.

Philippe fait glisser mon string jusqu'à mes pieds au moment où Mutine fait passer ma robe au-dessus de ma tête. Et comme s'il avait lu dans mes pensées, il remonte le long de mon bas-ventre, je me tortille au moment où il s'attarde sur mon nombril. Je me mords la lèvre quand son souffle trace un huit autour de ma poitrine. Je voudrais le supplier de me lécher, de me mordiller les tétons, mais la douce torture continue quand il s'attaque à mon dos, le haut puis la raie de mes fesses.

Aucun de nous ne prononce un mot, mais la chambre est envahie de bruits : de frottements, de respirations, des pas de Mutine autour de nous. Mon ouïe s'est développée grâce à Philippe, il m'a appris à quel point le silence n'en était, en réalité, jamais un.

Là, je devine qu'il est en train de défaire sa ceinture. Ce n'est pas elle. Ses bottines claquent sur le sol, sa robe bruisse à chacun de ses mouvements et j'en ressens un profond soulagement.

Je ne suis pas prête à consentir à ce qu'elle le touche. Est-ce que c'est pour cela qu'elle fait autant de bruit en se déplaçant ? Pour me rassurer ? Je l'en remercie mentalement. Elle a dû penser cette séance dans les moindres détails. Mais toutes mes pensées se bloquent au moment où mon amant respire mon sexe. Je l'entends et le sens inspirer contre mon pubis, et ça me rend folle.

Je l'imagine à genoux. Je voudrais que ses mains se posent sur mes fesses, que son souffle soit remplacé par sa bouche et sa langue. J'ai besoin qu'il me touche, qu'il me goûte. Je ne peux m'empêcher de chercher à le toucher. J'effleure ses cheveux.

Puis, c'est le vide. Mes mains le cherchent, mon corps se tend. Son souffle me manque, j'ai froid tout à coup.

J'entends toujours les pas de Mutine et je perçois le son de vêtements s'écrasant au sol.

– Reviens, reviens, reviens...

Mon incantation muette est entendue : le corps chaud de mon mari se plaque contre le mien. Il me serre contre lui, frotte sa belle queue bandée contre mon bas-ventre. Je devrais le maudire de se montrer nu devant elle, et elle de se rincer l'œil, mais j'ai juste envie de les remercier de ce qu'ils sont en train de m'offrir.

Philippe n'a jamais eu beaucoup de patience pour les préliminaires, et cela me convenait, mais là... il prend son temps, et c'est divin.

Sa langue remplace son souffle, glissant le long de ma clavicule, remontant le long de mon cou. Il saisit le lobe de mon oreille et l'aspire entre ses lèvres gourmandes. Je serre les poings, j'inspire profondément, m'imprégnant de nos odeurs et de toutes ces sensations. Sa langue me parcourt, n'épargnant aucun centimètre carré de ma nuque, mon dos, mes fesses.

Ma respiration se fait erratique. Je me mords encore la lèvre pour ne pas gémir.

Imaginer notre « professeur », ma rivale, mon alliée ? Je ne sais plus comment la définir nous observer ne me gêne plus le moins du monde. Au contraire, à l'imaginer, j'ai l'impression de sentir ses yeux sur moi. Et cette idée intensifie la chaleur et l'humidité entre mes cuisses.

Les mains de Philippe glissent de mes mollets jusqu'à mes fesses, l'imaginer à genoux derrière moi me fait gémir. Quand sa langue prend le relais, j'ai l'impression d'entrer en fusion au fur et à mesure de son ascension. J'ai envie d'écarter les jambes davantage en prévision de ce qu'il va me faire ensuite, mais mes pieds sont entravés par mon string. Je soulève un pied et le secoue pour m'en libérer.

Soudain, deux mains féminines se posent sur mes épaules et exercent une pression pour que je me baisse vers l'avant, je me laisse faire. Puis j'entends les pas de Mutine qui s'éloignent, le bruit de la porte qui s'ouvre et se referme. Une légère solitude m'enveloppe, mais je n'ai pas le temps de m'y attarder. La langue de mon homme prend possession de mes plis trempés et s'insinue entre eux. Les sensations sont si fortes que mes jambes se mettent à trembler, je suis obligée de poser les mains au sol pour essayer de maintenir un minimum d'équilibre. Mais cela ne suffit pas.

La langue de Philippe m'explore comme jamais, savourant mes contrées les plus secrètes. Je perds la tête, je perds toute notion de ce qui m'entoure. Je chute, je chute, je...

22
Se redécouvrir

Philippe

Cette séance est une des choses les plus folles et les plus sensuelles que j'ai jamais faite. Et ce n'est que la première.

Au début de notre relation, Nathalie et moi avions fait plusieurs fois l'amour dans des endroits où nous pouvions être surpris : dans une cabine d'essayage, dans un parc, dans les vestiaires de la salle de sport, au cinéma... L'idée d'être surpris, observés, nous excitait. C'était toujours intense, mais très rapide, alors que là...

Mutine m'impose un rythme lent. Elle guide chacun de mes gestes. Pas une seule fois nos regards ne se croisent.

Quand elle signe, ses yeux restent fixés sur mes mains ou sur Nathalie. Je voudrais qu'elle puisse lire à quel point elle me fascine, mais aussi à quel point je lui suis reconnaissant.

J'aimerais pouvoir la cerner, voir ce que ces séances lui apportent. Si elles lui permettent d'oublier ou si, au contraire, cela lui coûte d'être là. Mais elle semble si secrète, si inaccessible. Et elle dégage une telle confiance en elle-même qu'elle en devient intimidante.

Est-ce un rôle ou est-elle devenue ainsi pour surmonter la mort de Paul ?

J'ai du mal à me concentrer sur Nathalie tant j'essaie d'atteindre Mutine... Mais, au fur et à mesure que ma femme réagit à mon souffle sur sa peau, que son corps se couvre de chair de poule, que je vois sa bouche s'entrouvrir et que je devine ses plaintes, toute mon attention se focalise à nouveau sur elle. Quand ma langue prend le relais et que j'atteins son intimité... putain, je crois qu'elle n'a jamais été aussi mouillée... j'occulte la présence de notre hôtesse.

Je goûte ma femme comme si c'était la première fois. Elle est délicieuse. Son goût sucré me rend dingue. Mais, en bon élève qui veut montrer à son enseignante de quoi il est capable, je prends tout mon temps, la savourant encore et encore. Ses jambes tremblent, son sexe se contracte autour de ma langue. Elle jouit. Fort. Je me relève pour la soutenir, elle se laisse glisser dans mes bras. Je la soulève et la porte jusqu'au lit. J'y grimpe avec elle et l'installe au centre.

Je me retourne. Mutine est partie. Pourquoi ? Pour nous laisser de l'intimité ? Parce qu'elle ne reste jamais jusqu'au bout des séances ? Ou la séance est peut-être finie ? Peut-être nous attend-elle au bar ?

Non, sa dernière consigne a été :

« Montre-lui à quel point tu la désires. »

Je me concentre sur celle qui partage ma vie depuis dix ans, qui m'aime et m'accepte tel que je suis. Une bouffée d'amour et de désir m'envahit. Elle m'apporte tellement et elle a une telle confiance en moi.

Je la surplombe et défais son ruban. Je veux qu'elle voie à quel point je l'aime, à quel point j'ai envie d'elle.

Elle cligne des yeux, me sourit, me remercie et se jette sur mes lèvres.

Notre baiser, nos mains sur nos corps, sa peau contre la mienne et notre cœur qui bat à l'unisson parlent pour nous. C'est notre moment : une parenthèse loin de la routine, des soucis du quotidien, et je compte bien continuer à en profiter.

Nos lèvres se quittent. Ses yeux harponnent les miens et ne les lâchent plus, faisant passer tellement de choses. Elle se place au niveau de mon érection, la saisit et la frotte contre son clitoris. Je la laisse diriger, même si l'attente en devient douloureuse tant j'ai envie de plonger en elle. Elle fait descendre sa main le long de ma hampe tout en continuant d'onduler sur mon gland. Elle me caresse les testicules, m'amenant au bord de l'explosion.

Elle relève les fesses et me glisse en elle. Je ne bouge pas, ma queue à moitié en elle, j'inspire profondément pour essayer de contrôler mon excitation. Je veux que cela dure. Encore et encore. Elle bouge. Je fronce les sourcils, ce qui l'arrête net et la fait éclater de rire. Cela ne m'aide pas, mais alors pas du tout.

J'écrase ma bouche sur la sienne, nos langues se cherchent, se trouvent, se caressent. Je m'enfonce jusqu'à la garde et entame des mouvements de va-et-vient lents, très lents. Elle est trempée. En temps normal, je l'aurais pilonnée et nous aurions joui en quelques minutes, mais pas ce soir. Ce soir, tout est inédit. Je voudrais que cela dure toute la nuit, que nous nous aimions encore et encore.

Mais Nathalie n'a pas cette patience: elle nous fait rouler et prend les choses en main, ses coups de reins sont sauvages, si elle continue comme cela, je ne réponds plus de rien. Ses seins au-dessus de moi m'appellent : je les caresse, me relève pour les lécher, en sucer la pointe. Mon amante m'attire à elle pour que je m'assoie et m'enfonce encore plus loin en elle, elle reprend possession de mes lèvres, les suce. Je n'en peux plus. Quand l'orgasme la balaie et qu'elle me mord, je grogne et me laisse glisser dans l'extase.

Elle me lâche la lèvre pour poser sa tête sur mon épaule, j'enroule mes bras autour de sa taille et la serre contre moi.

Nous reprenons notre souffle, peu à peu. Je me laisse glisser en arrière, la faisant basculer avec moi. Et nous restons enlacés, savourant ce moment hors de tout. Je lui caresse les cheveux et elle me frotte le torse du bout des doigts. Je murmure :

– C'était...

Je ne trouve pas les mots tant ce que nous venons de vivre est indescriptible. Elle se redresse pour que je puisse lire sur ses lèvres :

– Fabuleux.

Oui, et bien plus encore. Nous avons pris le temps de nous aimer et j'ai, enfin, pris le temps de la redécouvrir.

– Il est quelle heure, tu crois ?

Je n'ai aucune envie de le savoir, je ne veux pas retourner à la réalité, pas tout de suite. Je ne veux pas refermer notre parenthèse. Alors, je ne réponds pas et la fais rouler sous moi. Je l'embrasse dans le cou, lui mordille le lobe de l'oreille. Je me redresse, elle me dit quelque chose à propos des enfants, mais je ne me concentre pas sur sa bouche, la mienne ayant décidé de goûter à nouveau à son corps. La surdité a quelques avantages...

***

Nathalie

Philippe ne m'a toujours pas rejointe sous la douche, il a dû s'endormir. Il m'a offert trois orgasmes en une soirée. Je ne sais même plus depuis combien d'années ce n'était plus arrivé, alors il a bien le droit au repos du guerrier, enfin quelques minutes, car même si Marion dort à la maison, j'ai besoin de rentrer. Je lui ai envoyé un texto, elle m'a certifié que tout allait bien et que mes bébés dormaient.

Je ne regrette pas cette délicieuse parenthèse, mais justement, c'était une parenthèse, il est temps de la fermer et de redescendre sur terre.

Je me lave rapidement, m'essuie, m'habille et retourne dans la chambre. La respiration profonde de mon mari ne laisse aucun doute : il dort profondément.

Si je m'allonge à ses côtés, je vais sombrer aussi. Je décide donc de le laisser se reposer une petite demiheure et vais m'asseoir à la table. Je prends mon carnet, caresse la couverture et lui parle :

– Je dois donc tout te confier, alors allons-y.

Je prends un Bic et commence à écrire :

Première séance, si je dois la qualifier, je dirai : perturbante...

23
Dancing Queen

Mutine

Je n'ai même pas le temps de m'asseoir sur mon lit que Manu entre déjà.

– Alors ?

– Alors, j'aimerais que tu me laisses le temps de souffler après les séances, si ce n'est pas trop demander.

Et de toute façon, je ne compte pas lui parler de Philippe et Nathalie. J'aurais l'impression de trahir la confiance qu'ils m'ont accordée.

– Désolé, je reviens dans combien de temps ?

– C'est bon, tu es là, reste.

Je m'assieds. Il prend une chaise, la tourne pour s'y installer à califourchon, croise les bras qu'il pose sur le dossier.

Il me dévisage avec un sourire plein de tendresse, je sais qu'il est en train d'essayer de lire en moi pour savoir comment orienter ses questions.

– Manu, ça va, tu sais.

– Oh, mais je n'ai aucun doute, tu gères toujours. Une vraie pro.

– Non, je veux dire, c'est de moins en moins éprouvant.

Son sourire s'élargit.

– Vraiment ?

– Vraiment.

– Ça tombe bien, Jo a demandé si c'était possible que vous ayez une séance.

– Pas de souci.

– Rien que vous deux. Et j'ai dit... oui.

Ma respiration se bloque, j'avale ma salive de travers et je suis prise d'une quinte de toux.

Manu, en ami compatissant qu'il est, éclate de rire.

Je me ressaisis, me lève et, d'un pas hargneux, je me dirige vers le frigo. Je l'ouvre et j'y prends une bouteille d'eau. J'en bois une longue gorgée. Je prends tout mon temps, tournant le dos à Manu. Laissons-le imaginer que je suis en colère.

Bon, je le suis un peu, mais le sentiment qui prédomine, c'est l'excitation. Je n'ai jamais été seule avec Jo, jamais. Je ne me le suis jamais autorisé. Finalement, c'est l'angoisse qui prend le dessus. Est-ce que je suis prête à me retrouver seule avec un homme qui me fait autant d'effet ?

– Tu es fâchée ?

Je ne réponds pas. Je lui fais face et m'approche, j'essaie de ne rien laisser transparaître sur mon visage, mais Manu me connaît trop bien. Il recule d'un pas, mais n'est pas assez rapide. Je l'empoigne par la chemise et déverse sur le sommet de son crâne le reste de ma bouteille d'eau.

Et, en pointant mon doigt à quelques centimètres de son visage, je le menace :

– Tu n'as pas le droit de prendre des décisions sans moi, tu le sais. Tu ne pourrais pas juste me remettre ta démission ? Je vais vraiment finir par te virer.

Il essuie l'eau qui coule le long de son visage du bout des doigts.

– Qu'est-ce que tu ferais sans moi ? Et puis, sois honnête, c'est un joli cadeau que je te fais là. D'ailleurs, je pense que je vais dire à Jo de mettre un gros ruban rouge, uniquement un gros ruban rouge.

– Sur la tête ?

Manu rigole :

– Tu vois, tu te projettes déjà.

Je sens le rose me monter aux joues. Une image très nette de Jo nu, avec un ruban rouge autour de son large sexe, s'imprime sur ma rétine. Pfiou, j'ai vraiment chaud. C'est cette robe, il fait bien trop chaud ici pour porter une tenue pareille.

Autopersuasion... Autopersuasion. Bon, OK, laissons tomber ça ne fonctionne pas. Je suis cuite... dans tous les sens du terme...

– Mais c'est que tu rougis, ma belle.

Je lui tire la langue et concède :

– D'accord, j'avoue que ça me plaît de me retrouver avec lui.

– On dit merci qui ?

– Ne va pas trop loin.

– Oui j'exagère, surtout que...

Qu'est-ce qu'il va encore me sortir. Je m'attends au pire.

– ... vu le fantasme choisi, je ne suis pas sûr d'obtenir un merci un jour.

– Vas-y, je m'attends au pire, de toute façon.

– Il veut que tu danses pour lui.

– Putain.

– Votre vocabulaire, Madame !

– Oh, va te faire voir ! Tu sais bien que je n'ai plus dansé depuis...

Mon cœur se serre.

– Deux ans, je sais, mais justement, cela ne te manque pas ?

Si, terriblement. La danse a toujours fait partie de moi, j'ai commencé comme la majorité des petites filles par de la danse classique (j'avais six ans) sauf que, contrairement à mes petites copines qui sont parties très vite sur de la danse moderne, je me suis accrochée.

Pendant neuf ans, puis j'ai fait de la danse contemporaine. Quand j'ai commencé mes études supérieures, je n'ai plus eu le temps d'aller aux cours, mais j'ai toujours continué à danser, même enceinte. Quelques mois après la naissance de Célia, Paul m'avait fait une magnifique surprise pour mon anniversaire : ils nous avaient inscrits à des cours de danse de salon, lui qui avait horreur de ça...

Ma gorge se noue aux souvenirs de toutes nos danses.

Car, contre toute attente, mon mari s'était pris de passion pour la danse, surtout les danses latines. Mes lèvres s'étirent dans un sourire mélancolique, on se demande pourquoi...

Mais, maintenant, les seules fois que je danse, c'est avec les enfants, Célia me demandant de danser pour qu'elle puisse me photographier. Je la soupçonnais de le faire aussi parce qu'elle savait à quel point j'en avais besoin. Je ne sais pas si je suis encore capable de créer une chorégraphie, en plus en quelques jours. Un problème bien plus grand me frappe.

– Manu, je suis censée être sourde, comment veux-tu que je fasse !

– Demande à Lilas de t'aider.

– Tu sais très bien que je lui ai déjà demandé comment elle faisait, les vibrations, elle se laisse guider par les vibrations. Elle n'a connu que cela. Il faut que tu dises à Jo que c'est impossible, qu'il choisisse autre chose.

– Oui c'est cela, je n'ai qu'à lui proposer que tu chantes à la place.

Je peste :

– Tu m'énerves.

– Essaie, je te l'ai dit, demande à Lilas, je suis sûr que tu peux le faire.

L'idée fait son chemin en moi. J'en meurs d'envie, mais je suis morte de trouille. J'en mourrais de le faire et de me planter, mais j'en mourrais encore plus de ne pas le tenter.

Incapable de parler, je signe :

– *D'accord.*

Il me dépose un baiser sur le coin de la bouche, ça me picote légèrement. Je lui ébouriffe ses cheveux mouillés. Il râle :

– Je vais devoir aller me recoiffer avant de descendre maintenant.

– Pauvre chou, si j'avais le temps je te plaindrais, mais à cause de mon salaud de meilleur ami, j'ai une chorégraphie à préparer. Alors, vas-y.

– Je suis toujours ton meilleur ami ?

– Mouais, on verra ça après la séance avec Jo.

– Oh, mais je suis certain que tu vas encore plus m'aimer après. Je t'envoie Lilas dès qu'elle a fini ? Avant que tu changes d'avis.

Je hoche la tête pour confirmer. Il a raison. J'ai cinq jours. Cinq jours : c'est impossible. Manu est déjà sorti de la chambre.

– Tu peux le faire.

Combien de fois m'as-tu dit cette phrase... « Tu peux le faire... Je crois en toi. »

J'aimerais que tu sois là, que tu me serres dans tes bras pour m'insuffler le courage qui me manque...

Mais si tu étais là, cette situation ne se présenterait même pas.

Je passe mes mains sur mon visage, dans mes cheveux, et secoue la tête pour chasser tous les souvenirs de Paul qui tenteraient encore de s'insinuer en moi.

Je prends mon téléphone, mes écouteurs, et commence à fouiller ma playlist pour trouver la chanson qui pourrait convenir.

« Impossible » et « Faded » me parlent, mais les paroles ne sont pas du tout appropriées, et il en est de même pour presque toutes les chansons de ma playlist.

Pourquoi faut-il aussi que celles-ci ne contiennent que des odes à un amour perdu ?

Je m'énerve, j'ai fait quasi toutes les chansons de ma playlist quand je tombe sur « Dangerous Woman ». Le rythme. Les paroles. Tout y est. Je ferme les yeux et m'en imprègne. J'essaie de faire un battement, mais avec ma robe c'est impossible. Je retire les écouteurs de mon téléphone que je dépose sur mon lit. Je commence à me déshabiller. Une fois en sous-vêtements, je suis enfin libre de mes mouvements. La musique continue de s'infiltrer en moi, les pas me venant au fur et à mesure... La danse c'est comme le vélo, ça ne s'oublie pas.

Je me place en troisième position, effectue une arabesque. Tout me revient, c'est gravé en moi. Je me laisse porter par la musique. Quand j'effectue un jeté, mon cœur bat la chamade et j'ai envie de crier. Je me sens tellement vivante. Je continue d'enchaîner, pas après pas, et j'ai l'impression d'avoir à peine commencé quand la musique se termine.

Pour éviter de devoir m'interrompre pour la remettre à chaque fois, je la copie plusieurs fois de suite dans une playlist que je nomme « Jo ».

La voix d'Ariana Grande résonne à nouveau dans la pièce :

Don't need permission
Made my decision to test my limits
Cause it's my business
God as my witness
Start what i finished
Don't need no hold up
Taking control of this kind of moment
I'm locked and loaded
Completely focused my mind is open[4]...

Les paroles sont tellement justes : je me sens prête.

J'alterne entre des pas classiques et des pas plus modernes. Je m'interromps quand je me rends compte que Lilas et Manu sont entrés dans la pièce. Je suis en sueur et essoufflée tant j'étais habitée. Ils m'ovationnent : Manu en applaudissant et Lilas en agitant les mains au niveau de sa tête.

– Waouh, je ne me doutais pas que tu étais douée à ce point, s'exclame Manu.

Il ne m'a jamais vue danser, contrairement à Lilas avec qui j'ai réalisé plusieurs chorégraphies.

– *Tu n'as rien perdu,* m'assure-t-elle.

– *Merci. Mais là, je vais vraiment avoir besoin de toi. J'ai cinq jours. Je ne suis pas censée entendre la musique, et donc je voudrais vraiment faire comme si c'était le cas.*

Elle sourit, se tourne vers Manu et lui signe :

– *Tu vas devoir aller à la pharmacie de garde chercher des boules Quies et tu nous préviendras quand tous les clients seront partis.*

---

4. Traduction de la chanson d'Ariana Grande : « Dangerous Woman » : Je n'ai pas besoin de permission / J'ai pris la décision de tester mes limites / Car ce sont mes affaires, Dieu m'en est témoin / Je commence ce que j'ai fini / Pas besoin de me retenir / Je prends le contrôle de ce genre de moment / Je suis prête et chargée / Complètement concentrée, mon esprit est ouvert.

Il râle :

– *Oh, mais je voulais vous regarder danser à deux.*

– *Tu en auras l'occasion tantôt. Vas-y,* le presse-t-elle.

Il souffle, mais obéit.

Lilas prend mon téléphone et me demande le titre de la chanson.

Elle fait une moue approbatrice quand je lui épelle :

– *« D. A. N. G. E. R. O. U. S. W. O. M. A. N. »*

Elle lance une version au piano. Je l'observe : elle ne quitte pas des yeux l'écran, sa tête bouge légèrement au rythme des notes. Elle relance encore une fois la mélodie, et cette fois-ci tout son corps se met en mouvement... Comme si elle entendait... Elle est en parfaite synchronisation avec le tempo. Ça me fascine et ça me fascinera toujours.

Elle relance la chanson et baisse le son. Elle me prend la main et emmêle nos doigts. Elle baisse encore le son. Nous nous faisons face. Elle tape du pied et appuie ses doigts sur ma main. Je me concentre non plus sur la musique mais sur la pression qu'elle exerce sur ma main, sur son pied qui martèle le sol.

Elle se met à onduler, je me colle à ses mouvements. Elle ferme les yeux, je l'imite. Nous dansons.

Quand elle s'arrête, je me rends compte qu'il n'y a plus de musique. Je ne sais pas depuis quand, tant j'étais concentrée sur la force et la cadence qu'elle exerçait sur ma main. Elle défait nos doigts et signe :

– *Tu comprends mieux ?*

– *Oui. C'est hallucinant.*

– *Attends de voir ce que je te réserve. Là, tu vas vraiment halluciner. Manu m'a dit que c'était pour une séance avec Jo ?*

– *Oui.*

Du moment que je ne dois pas mettre la cagoule lapin comme Ariana Grande.

Elle éclate de rire et secoue la tête en levant les yeux au ciel. Elle me prend la main et me tire jusque devant ma garde-robe. Elle l'ouvre, dans le bas de celle-ci trônent toutes mes paires de chaussures et de bottes.

Elle saisit mes escarpins les plus hauts, mais surtout les plus originaux: vernis, noirs avec la semelle rouge, une découpe en vague sur le côté et ce qui les rend si spéciaux: des talons argentés où un serpent s'enroule jusqu'à la cheville.

C'est à mon tour d'éclater de rire:

– *Il ne m'a pas demandé de danser SUR lui. Et faire des pointes ou un jeté avec ça aux pieds...*

– *Juste pour ton entrée. Après, tu les retires et...*

Elle réfléchit, mais je sais exactement quoi en faire, je connais les goûts de Jo:

– *Je lui pose sur les genoux en appuyant bien fort.*

Elle rit, puis fait une moue concentrée et me propose:

– *Tu pourrais faire la première partie au sol?*

Je n'y avais même pas pensé.

– *... ça pourrait être très sexy. Surtout si tu portes ça.*

Elle me tend un de mes bustiers noirs en dentelle, transparent sur le ventre, qui se ferme avec des rubans rouges dans le dos.

– *Bon choix.*

– *Attends.*

Elle ouvre mes tiroirs et en sort un ras-du-cou tout en dentelle noire, très travaillé. Il m'a coûté une petite fortune, mais je n'ai jamais regretté: je l'adore. Et ses copines encore plus. Je m'avance, ouvre un autre tiroir et les en sors. Ces mitaines, tout en dentelle, ne couvrent que le dos de ma main. Elles se fixent à mon majeur par une fleur et à mon poignet par un fin ruban de soie noire.

Elle approuve. La musique, la tenue, quelques pas. Finalement, cela s'annonce plus facile que je ne le pensais. Sauf que j'ai un nœud qui se forme dans mon estomac, car le plus dur sera de trouver le courage nécessaire pour franchir ce pas.

24
Dangerous Woman

Lilas

Kristen accepte, sans problème, de rester une heure de plus pour que Mutine et moi puissions préparer la chorégraphie.

Mutine... Je me suis toujours posé des tonnes de questions sur elle. Quel est son vrai prénom ? A-t-elle un métier en dehors du club ? Si oui, lequel ? Est-ce qu'elle est aussi mystérieuse et réservée à l'extérieur ?

Cela fait six ans que je travaille ici, et je la connais si peu. Je sais qu'elle a confiance en moi. Avec Manu, je suis la seule à savoir qu'elle est entendante. Quand elle part en vacances avec ses enfants, elle me laisse gérer l'Alcôve. Pourtant, notre relation patronne-employée n'a jamais évolué.

Cela me pèse parfois, je passe plus de temps ici que chez moi. Le club, c'est tout ce que j'ai. Myron est comme un père pour moi, Phil et Manu des frères, tous ont une place particulière dans mon cœur. Ils sont ma famille. Bon, mis à part Melody, mais elle s'aime assez pour ne pas avoir besoin de mon amour.

J'aimerais que ma patronne devienne mon amie, elle a besoin d'être entourée, surtout depuis la mort de Paul. Mais seul Manu a le droit de traverser le champ de force qu'elle s'est créé.

Quand il est venu m'expliquer ce que Mutine attendait de moi, j'ai été flattée et surprise. C'est une excellente danseuse. Avant, elle supervisait les chorégraphies, je l'avais vue danser et j'en avais été, à chaque fois, époustouflée.

Un soir, avec Paul, ils s'étaient mêlés aux danseurs du *First*. Ils avaient, eux aussi, un casque sur les oreilles, mais la musique devait être très différente de celle que Kristen et Melody mixaient. Ils s'étaient collés comme pour un slow et avaient commencé à onduler. Ils avaient ensuite enchaîné une série de pas. J'avais alors reconnu leur danse. Une rumba.

Ils dégageaient une sensualité incroyable et ils étaient tellement beaux que les autres danseurs s'étaient arrêtés autour d'eux pour les admirer. Moi-même, totalement subjuguée, j'avais interrompu ma chorégraphie. Mais ils ne semblaient pas s'en rendre compte, comme si l'espace que leurs admirateurs leur avaient créé était caché. À la fin de leur danse, Paul avait penché Mutine en arrière, ses cheveux balayant le sol. Il avait glissé sa main le long de son ventre, entre ses seins jusqu'à sa nuque.

Elle le dévorait des yeux. Ils étaient à des millions de kilomètres de la piste de danse, sur une autre planète.

Quand il l'avait ramenée contre lui, en lui faisant faire un arc de cercle, leurs lèvres s'étaient trouvées. Leur baiser aurait pu mettre le feu au club tant il était passionné.

Les applaudissements les avaient ramenés sur terre. Ils avaient salué leur public d'une révérence et main dans la main, riant comme des enfants, ils avaient rejoint l'Alcôve. J'avais eu beaucoup de mal à les quitter des yeux et à reprendre ma danse. Encore aujourd'hui, ma peau se couvre de frissons et une onde de chaleur m'envahit à ce souvenir.

J'ai donné les instructions à Phil et Myron : ils ont placé deux enceintes avec les haut-parleurs à même le sol.

Je ne peux pas m'empêcher de m'esclaffer en les voyant tous les deux se placer à côté de Manu. Ils s'appuient sur le bar et ne nous lâchent pas des yeux. On ne pouvait pas trouver meilleurs juges que ces trois-là.

Je me couche sur le côté au sol, Mutine m'imite en se plaçant face à moi, à quelques centimètres des baffles. Je fais signe à Kristen de lancer la musique. Parfait, elle a suivi mes directives à la lettre et poussé les basses à fond : le sol sous nous se met à vibrer très légèrement, mais assez pour qu'on puisse sentir les vibrations de la musique.

Je lui souris, on dirait une petite fille découvrant le cadeau de Noël qu'elle avait demandé tant ses yeux pétillent et son sourire est éclatant.

Elle s'est équipée des boules Quies et, donc, n'entend rien. Nous essayons plusieurs mouvements pour trouver les plus sensuels, les plus explicites.

Mutine arrive très vite à suivre les pulsations de la musique. Je lui propose plusieurs pas, elle en approuve certains, rejetant les autres. Pour la partie debout, elle a décidé de réaliser une majorité de pas de danse classique. Je m'assieds pour l'observer, l'admirer serait le mot juste. Elle dégage tant de grâce.

Après une série de pas, elle s'arrête et nous demande, aux garçons et à moi, lesquels sont les plus beaux. Je me retourne vers les garçons et éclate de rire : Manu et Phil feraient de parfaits personnages de Tex Avery avec leurs yeux exorbités et leur bouche ouverte. Il ne manque pas grand-chose pour que de la bave dégouline, comme leur langue, jusqu'au sol.

Myron est plus en retenue, mais la fascination peut se lire dans ses yeux.

Manu s'avance et signe :

– *C'était superbe, tu es superbe. De toute façon, tu lui ferais la danse des canards qu'il banderait quand même comme un ours.*

Je lève les yeux au ciel et secoue la tête : Manu et sa délicatesse !

Myron est plus subtil :

– La partie au sol permet de faire monter la température crescendo, tu étais parfaite, peu importé les pas que tu choisis.

Et Phil hoche la tête et lève les pouces.

Kristen, qui nous a rejoints, confirme ce que l'on pense tous : Mutine est une merveilleuse danseuse et dégage une sensualité inouïe.

***

Mutine

C'est le grand soir, il me reste dix minutes. Dix petites minutes. J'ai la nausée, mes mains tremblent quand j'essaie d'accrocher mon ras-de-cou.

– Laisse, je vais le faire. On dirait une casserole sous pression, calme-toi, tente de me raisonner Manu.

– Mais si je me plante, qu'il n'apprécie pas ?

Il me pose un baiser sur mon épaule dénudée, un frisson me parcourt. Ce geste a tant de signification.

Il me propose :

– Je t'aide pour ton bustier ?

– Euh...

– Mutine, je t'ai déjà vue nue, et je les ai même tenus en main, léchés, mordillés.

– Manu, le grondé-je, rougissant à ce souvenir.

Il prend mon bustier en ne me laissant pas vraiment le choix. Je fais glisser une des bretelles de ma nuisette, il fait glisser l'autre : nouveau frisson.

Je suis vraiment à fleur de peau ce soir. Je me trémousse pour que mon vêtement glisse jusqu'à mes pieds. Je me retrouve en culotte de dentelle noire transparente qui ne laisse pas une grande place à l'imagination. Je lève les bras pour que Manu puisse faire glisser le bustier sur ma poitrine. C'est comme une caresse, et mon corps se réchauffe. Mes sens sont démultipliés par l'excitation de ce qui va bientôt se passer.

– Il en a bien de la chance, ce Jo. Moi aussi, j'aimerais bien que tu danses rien que pour moi.

– Peut-être pour ton anniversaire, si tu es sage. Mais, te connaissant, c'est perdu d'avance.

– Tu es injuste, je suis toujours très sage.

– Arrête, on dirait Nathan.

Il termine et me donne une petite claque sur les fesses qui me fait sursauter mais qui est loin de me laisser indifférente. Il a raison : je suis sous pression, prête à exploser. Heureusement, vu comment mes sens sont en ébullition, que Jo ne pourra pas me toucher.

J'enfile mes mitaines et mes escarpins. Manu siffle :

– Il va tomber raide, enfin en tout cas il va l'être. Allez, en piste, ma Mutine.

25
Showgirl

Jo

Quand Manu m'a sonné pour me proposer une séance privée avec Mutine, j'ai d'abord cru qu'il plaisantait.

À ma connaissance, elle n'a jamais accepté de se retrouver seule avec un ou une cliente. Et quand il m'a dit qu'elle danserait pour moi, j'ai vraiment cru que je rêvais. Il a dû insister pour me convaincre que c'était réel. Il s'est même énervé un peu me disant que si je ne le croyais pas et ne le souhaitais pas, il avait une longue liste d'hommes à qui le proposer. Je n'allais sûrement pas laisser passer une opportunité pareille !

J'ai toujours du mal à y croire. Même là, assis sur ce siège, face au miroir, avec la feuille d'instructions dans les mains.

Je dois rester assis : faisable. Ne la toucher sous aucun prétexte. Ça se corse : en temps normal, c'est déjà une torture de me retenir, alors là, seule à seul. En revanche, j'ai le droit de me toucher. Je ne le ferai pas. Je n'ai aucune envie que le cadeau qu'elle me fait devienne une séance de masturbation.

J'ai les mains moites, le cœur qui bat plus vite qu'une Hayabusa[5] à pleine puissance. La porte s'ouvre. BORDEL: ma mâchoire vient de se décrocher. Elle est sublime, époustouflante, magnifique, aucun mot n'est assez fort pour la décrire.

Mes yeux se posent sur ses jambes. C'est la toute première fois que je peux les voir en intégralité. Elles sont... parfaites. Je m'imagine y glisser les mains jusqu'à ses fesses.

Le miroir m'en renvoie l'image: elles sont parfaites elles aussi... Taillées pour mes mains... Et cette culotte est scandaleuse, elle ne sert à rien, je la lui arracherais avec les dents si elle m'en donnait le droit. Ma queue enfle déjà et durcit encore quand mon regard se pose sur ses escarpins.

J'inspire profondément. Je ne peux pas la toucher. Mais putain, s'il y a un dieu quelque part, qu'il me vienne en aide et surtout qu'il expédie Hermès pour qu'il lui souffle à l'oreille de me toucher avec ces merveilles.

Sans un regard, elle se couche de tout son long sur le dos, les bras tendus au-dessus de sa tête, le dos de ses mains posé au sol. Si seulement je pouvais m'étendre sur elle...

Manu entre, le visage fermé, il me tend une télécommande et m'informe sèchement:

– Quand tu veux, tu appuies sur play. La danse dure environ quinze minutes, Cynthia viendra prendre le relais pour...

Ses lèvres s'étirent dans un sourire cynique.

– ... t'achever.

Il tourne les talons et sort en claquant la porte. Il est bizarre ce soir. Je ne m'y attarde pas. Tout à mon impatience.

5. Moto considérée comme la plus rapide au monde.

Nous sommes enfin seuls. Nous: elle et moi. Ma main tremble un peu quand j'appuie sur play. La mélodie débute.

Mutine plie les jambes, relève les fesses et ondule du bassin en vagues ô combien suggestives...

Que la torture commence! Elle roule et se retrouve à moins d'un mètre de moi, sur le ventre. Elle ramène ses mains sous elle et s'appuie dessus pour s'arquer, rejetant sa tête en arrière. Sa poitrine se tend, prête à s'échapper de son bustier.

Oh oui, allez-y, libérez-vous. Mais mon attention est attirée ailleurs, quand, avec une souplesse affolante, elle vient poser ses pieds sur sa tête.

J'essaie d'avaler le peu de salive qui me reste dans la bouche. Elle se relâche et, par une dernière roulade, se retrouve sur le dos à mes pieds. Je crève d'envie de me pencher...

Elle s'assied avec grâce, ramenant ses genoux contre elle.

... de la relever...

Mes pensées se bloquent quand ses mains se posent sur l'intérieur de mes cuisses. Elles exercent une pression pour les écarter. Je la laisse faire, je la laisserai faire ce qu'elle veut de moi. Je n'ai jamais désiré une femme comme je la désire.

Ma belle tortionnaire s'appuie dessus pour se relever, sa poitrine frôlant la mienne. Je plaque mes mains sur mes cuisses et y enfonce les doigts tant le désir de la toucher est fort. Elle pose un pied à côté de ma main, son talon s'enfonçant dans le tissu de mon jean.

Merci à tous les dieux du ciel et à Hermès.

Elle détache sa chaussure et la pose entre mes jambes, tout contre mon érection. Elle fait de même avec la deuxième. Ma respiration se fait erratique. Je suis prisonnier de mon désir pour elle, et elle ne m'en délivre pas, elle ne le fera jamais. Elle ne fait que l'intensifier. Car pour la première fois depuis que je la connais, ses yeux ne glissent pas sur moi, ne me fuient pas. Non, ils cherchent les miens et s'y ancrent.

Et... je dois rêver, encore, je vais me réveiller. J'enfonce tellement mes doigts dans la chair de mes cuisses que cela me fait mal. C'est bien réel.

Ses yeux ne peuvent pas mentir : elle ne danse pas pour un client, elle danse pour moi. Elle a envie de moi. Elle me fait passer un message et maintenant que je m'en rends compte, le choix de la musique prend tout son sens : « Somethin' 'bout you makes me feel like a dangerous woman »

Somethin' 'bout, somethin' 'bout, somethin' 'bout you
Makes me wanna do things that I shouldn't
Somethin' 'bout, somethin' 'bout, somethin' 'bout
Nothing to prove and I'm bulletproof and
Know what I'm doing
The way we're movin' like introducing
Us to a new thing
I wanna savor, save it for later
The taste of flavor, cause I'm a taker
Cause I'm a giver, it's only nature
I live for danger
All that you got, skin to skin, oh my God
Don't ya stop, boy[6].

---

6. Traduction de la chanson d'Ariana Grande : *Il y a quelque chose en toi qui me donne l'impression d'être une femme dangereuse / Quelque chose, quelque chose, quelque chose en toi / Me donne envie de faire des choses que je ne devrais pas / Quelque chose, quelque chose, quelque chose en toi / Rien à prouver, je suis à l'épreuve des balles et je sais ce que je fais / Notre façon de bouger, on dirait qu'on découvre / Une toute une nouvelle chose / Je veux savourer, en garder pour plus tard / Le goût de la saveur, car je suis preneuse / Car je suis donneuse, c'est dans ma nature / Je vis pour le danger / Tout ce que tu as, peau contre peau, oh mon Dieu / Ne t'arrête pas.*

Une femme dangereuse, elle l'est déjà... depuis longtemps...

Elle est preneuse: moi aussi.

Donneuse: je ne demande qu'à recevoir.

Elle s'éloigne, créant un vide intersidéral en moi.

Elle atteint le miroir et y pose les mains et le dos. Elle ferme les yeux. J'ai envie de lui hurler de les garder ouverts, mais ce serait peine perdue. Quand elle se met à descendre en ondulant contre le miroir, mon sang se met à bouillir dans mes veines.

Elle remonte, ses jambes s'écartent l'une après l'autre dans un arc de cercle parfait. Ses mouvements sont tellement gracieux et quelle souplesse... Cela doit faire des merveilles au lit... Je me demande quels sont ses autres talents cachés. Et ça ne m'aide vraiment pas à contrôler ce qui se passe dans mon boxer. Je commence à avoir mal à être serré ainsi.

Elle semble indifférente à ma douleur, car ses mouvements s'intensifient, devenant encore plus sensuels... même provocants. Ses bras, ses jambes battent l'air avec tant de grâce. Elle flotte sur la musique alors qu'elle ne l'entend même pas... Elle se lance en l'air, j'ai l'impression qu'elle reste comme suspendue, qu'elle vole.

La mélodie revient encore et encore, les paroles se répercutent en moi. Puis-je y croire? A-t-elle vraiment envie de commencer quelque chose avec moi, que je l'aide à devenir une femme dangereuse? Oh oui, comme j'aimerais qu'elle soit une mauvaise fille pour moi, avec moi!

Elle enchaîne par des petits bonds latéraux, telle une biche. Je vais me mettre à la chasse dès maintenant. Mon désir est si grand que je ne peux m'empêcher de tendre la main. Un éclat passe dans son regard, mais je n'ai pas le temps de le définir qu'elle s'éloigne de moi d'une pirouette. La distance entre nous me tue.

Je lutte, je me bats contre ce qu'elle me fait ressentir. J'ai envie de reprendre cette putain de télécommande, d'éteindre cette musique. Cela ne changera rien pour elle, mais l'espoir, que chacune de ces paroles tournant en boucle m'apporte, me rend vivant et me tue tout à la fois.

Je n'en peux plus. Je veux que ça dure toute la nuit, je veux que ça s'arrête, je perds la tête, elle me fait perdre la tête. Je ne sais plus ce que je veux vraiment.

Elle est à nouveau allongée sur le sol, sur le côté, elle me fait face. Ses yeux s'agrandissent quand ils se harponnent aux miens. Je pose les escarpins au sol et m'y laisse glisser, à genoux.

J'avance vers elle. Je lui demande grâce, l'implore du regard. Elle s'agenouille à son tour, ferme les yeux. Je m'approche encore. Mes genoux frôlent les siens. Je n'ai qu'à tendre la main pour lui saisir la taille et ainsi réduire à néant l'espace qui nous sépare.

Mais je n'en fais rien. J'attends. Elle a tous les pouvoirs. Celui de me sauver de ce désir si puissant qu'il m'oppresse. Celui de se sauver aussi. Car sa respiration hachée, sa poitrine qui se soulève vite, bien trop vite, ce rouge aux joues et cette sueur qui luit sur sa peau ne sont pas uniquement dus à la danse. Son corps entier me réclame.

Sans ouvrir les yeux, elle tend les mains vers moi. Je les saisis et les pose sur mon torse. Elle y pose sa tête. J'embrasse ses cheveux, j'inspire à pleins poumons pour m'imprégner de son odeur. Un doux mélange de pêche et de papaye. Je fais glisser mes mains le long de ses épaules, elle frissonne et un soupir s'échappe de ses lèvres. Je lui saisis le menton et relève son visage vers le mien. Et ce que je découvre m'étreint le cœur. Ses yeux sont rouges, et une larme glisse sur le bord de son masque.

Ma Mutine.

J'enroule sa taille et la fais glisser sur mes genoux, elle se laisse faire. Elle pleure de plus en plus fort, son corps est secoué par les sanglots contre mon torse. Je lui chuchote des paroles d'apaisement. Elle ne les entend pas, mais elles m'apaisent, moi. Je crois deviner la cause de sa peine.

***

Jo

J'aimerais tant qu'un jour une femme m'aime comme elle aime son mari. Il a beau n'être plus là depuis deux ans, elle l'aime toujours. Il occupe toujours toute la place. Au moment où je me dis qu'il l'occupera toujours, elle me surprend en se redressant et en déposant ses lèvres sur les miennes.

Nous restons ainsi, lèvres contre lèvres. Je ne bouge pas, de peur de la brusquer et qu'elle interrompe ce moment divin. Elle n'en fait rien, ses lèvres s'entrouvrent et elle fait glisser sa langue à l'intérieur des miennes. Je ne peux m'empêcher de grogner et d'ouvrir davantage la bouche. Elle en profite pour amener sa langue à la rencontre de la mienne. Elles se découvrent, se caressent lentement et au moment où elles allaient commencer à danser ensemble, un raclement de gorge me fait sursauter.

Manu est à l'entrée de la pièce, les bras croisés, Cynthia à ses côtés. Mutine s'est relevée d'un bond. Je peux lire la panique dans son regard et, sans me laisser le temps de réagir, elle me signe « *pardon* » et s'enfuit en courant.

Manu me fusille du regard et me demande avec hargne :

– Qu'est-ce que tu ne comprends pas dans « ne pas la toucher » ?

– Elle, je...

Je ne sais pas quoi dire, oui, je l'ai touchée en premier. Mais c'est elle qui m'a embrassé. C'est elle qui a intensifié notre baiser. Je ne peux pas m'être trompé.

Manu ne me lâche pas des yeux, me criblant de balles virtuelles.

– C'est elle qui m'a embrassé, je te jure.

Il secoue la tête et crache :

– Peu m'importe, les règles sont les règles et tu les as enfreintes.

Putain, il ne va quand même pas me virer de l'Alcôve. J'ai signé le contrat il y a cinq ans, mais les règles sont rappelées avant chaque séance. Mais merde, Mutine n'est pas une employée ordinaire et notre séance n'en était plus une dès qu'elle a commencé à danser.

Manu sort de la pièce. Cynthia s'avance, je lève les mains :

– La séance est finie. Cynthia, rassure-moi, il ne va quand même pas me virer.

– Ce n'est pas lui qui prend les décisions et vu ce qu'on a surpris, je crois que Mutine aura plutôt envie de te garder dans ses clients privilégiés.

– Il y en a d'autres ?

Mais quel con, elle a peut-être décidé de s'éclater et...

– Je ne la connais pas, Jo, je ne sais pas ce qu'elle fait avant et après ses soirées ici. Mais tout ce que je peux te dire, c'est que je ne l'ai jamais vue être seule avec quelqu'un dans une des salles, à part Manu bien sûr.

Et vu votre baiser, cela m'étonnerait que ça en reste là. Tu es sûr que tu ne veux pas que je te soulage. Parce que là... finit-elle en minaudant et en pointant mon entrejambe.

– Non merci, je peux te demander un service.

– Oui, je suis là pour ça, susurre-t-elle.

– Pas de cet ordre-là...

Elle fait une moue déçue.

– ... si tu croises Mutine, dis-lui que je dois lui parler.

– Je ne sais pas si...

Je la coupe :

– Dis-lui, c'est tout. Merci.

Elle hausse les épaules et sort.

Je reste là avec mes doutes.

Et cette attente... Toujours cette cruelle attente.

26
Sex friends ?

Mutine

Je cours jusqu'à ma chambre, claque la porte, m'appuie dessus et me laisse glisser au sol. Je suis en transe, mon cœur bat la chamade et j'ai une douleur atroce dans la poitrine.

– Paul.

Les larmes ne coulent pas, mais c'est encore pire. Si je pouvais évacuer cette douleur, cette peine, je me sentirais mieux. Non c'est faux.

Parce que la culpabilité qui m'étreint est trop forte. J'ai adoré ce moment avec Jo. Jamais je ne pensais pouvoir ressentir à nouveau cette exaltation, ce désir qui embrouille l'esprit, chamboule le cœur et vous fait faire des choses que vous ne pensiez jamais oser faire.

Je me précipite sur mon lit, ouvre la table de nuit, prends un stylo et écris :

Notre carnet

Mon bonheur, pour la première fois depuis que tu n'es plus là j'ai laissé un autre homme me voir, me voir telle que je suis vraiment. J'ai laissé tomber les barrières et maintenant j'ai l'impression d'être au bord d'un gouffre. Comme si j'allais faire un saut à l'élastique. J'ai peur... Si Manu n'était pas arrivé avec Cynthia, jusqu'où aurais-je été ? Aurais-je sauté ?...

Au fur et à mesure que je me confesse à notre carnet, je me sens moins oppressée, le poids quitte mes épaules.

...Oui, et maintenant, je me demande si j'aurais eu des regrets... Peut-être, sûrement : j'aurais eu l'impression de te tromper... Mais... Si je suis honnête avec moi-même et avec toi, j'ai envie de rejoindre Jo et de terminer ce qu'on a commencé. Mon corps parle pour moi. Et rien que d'y repenser... Tu ne pourrais pas m'envoyer un signe ?

La lumière qui clignote m'empêche de me laisser aller à la frustration qui envahit mon corps et mon esprit.

Je me lève et vais ouvrir, Cynthia se tient sur la porte. Elle a l'air visiblement embarrassée.

Je me recule et lui fais signe d'entrer. Elle avance de deux pas, juste ce qu'il faut pour pouvoir refermer la porte derrière elle.

Elle n'a dû venir ici que deux ou trois fois quand Lilas n'était pas disponible. C'est peut-être pour cela qu'elle reste là, à se triturer les mains.

Je signe :

– Qu'est-ce qu'il y a ?

Cynthia me répond :

– Jo a besoin de te parler.

Si c'est cela, le signe que j'attendais...

– OK. Il est où ?

– Toujours dans la salle, je pense.

Si on se retrouve rien qu'à deux, j'aurai envie d'un tas de choses, mais sûrement pas de parler.

– Dis-lui de m'attendre au salon.

Son visage s'éclaire d'un sourire qui en dit long. Elle ne me répond même pas et se précipite hors de ma chambre. Eh bien voilà, on y est. Je ne peux plus reculer... Je ne veux plus reculer... Nuance.

Je n'aimerai plus jamais quelqu'un comme j'ai aimé Paul, mais ce moment avec Jo m'a rappelé à quel point j'aimais me sentir désirée, à quel point les caresses d'un homme me manquaient. Et Jo me fait vibrer, je le connais assez pour savoir qu'il a un grand respect des femmes. C'est un homme bien... Il est l'homme de la situation. Sans sentiments, juste du plaisir.

J'ouvre ma garde-robe. J'hésite un court instant... Les chaussures l'excitent à mort... Je choisis donc de mettre une de mes paires de cuissardes noires à hauts talons. Avec un short noir. Je veux qu'il sache que j'ai soigné ma tenue pour lui. Je fais rouler mes épaules pour essayer de me détendre... Peine perdue. Ce que je m'apprête à faire va tout changer, et cela me terrifie. Je m'équipe de ma ceinture et de mon collier-carnet. Je joue quelques secondes avec mon alliance et, pour la première fois en deux ans, je me dis que je devrais la retirer. Ne pas la quitter, non, j'ai besoin de la garder sur moi, mais au moins l'ôter de mon annulaire.

Je dois en parler aux enfants d'abord, je ne voudrais pas qu'ils pensent que je déshonore la mémoire de leur père. Célia porte en permanence la chevalière de son « papa » à son cou et je dois avouer que si un jour elle arrêtait de le faire, ça me ferait quelque chose.

Je secoue la tête pour éviter de penser à mes raisons de vivre, cela risquerait de me faire changer d'avis, et je me dirige vers le salon.

Jo est assis sur une des méridiennes, les mains sur les cuisses. Quand je passe devant lui, je sens son regard se poser sur moi et suivre chacun de mes mouvements.

Je m'adosse au bar et signe à Jonas de me servir une coupe de champagne et un verre de pouilly fumé. Il s'empresse de me servir. Je prends les deux verres et je vais m'asseoir à côté de Jo. Je lui tends la coupe en souriant. Il me fait un petit sourire crispé.

Je ne sais pas trop comment l'interpréter. Je bois plusieurs petites gorgées de cette merveille.

Jo ne me quitte pas des yeux, je soutiens son regard. Il fronce les sourcils et plisse les yeux. La tension entre nous est tellement palpable que j'ai du mal à respirer. Je signe :

– *Merci.*

Il hausse un sourcil et, doucement, avance la main vers ma poitrine. Ma respiration se bloque. Sa main reste suspendue, attendant une réaction de ma part. Je la prends et la pose sur mon carnet.

Respirant à nouveau. Vite, bien trop vite. Il le détache et se met à écrire. Puis il me le montre.

« *C'est à moi de te remercier. Tu étais sublime. Tu danses merveilleusement bien et j'espère avoir encore l'occasion de t'admirer.* »

Le rouge me monte aux joues sous le compliment, mais aussi à la perspective des futurs moments qu'on aura... Car on en aura, ma décision est prise.

Je reprends le carnet, effleurant ses doigts. Ce simple contact crée une boule au creux de mon ventre. J'ai envie de lui, tellement que ça en devient douloureux.

Je serre les jambes et baisse les yeux, de peur de lire qu'il ressent la même chose et de ne pas pouvoir me contrôler. Car là, je n'ai qu'une envie, lui grimper sur les genoux et goûter à nouveau à ses lèvres et à chaque parcelle de son corps.

Après avoir écrit quelques mots, je me lève, lui dépose un baiser sur la joue et pose le carnet à côté de lui.

Je me précipite vers ma chambre. J'ai chaud, tellement chaud. Je me débarrasse de mes bottes, de mon short et essaie de retirer mon bustier. Je m'acharne, puis finis par abandonner, je me jette sur mon lit, glisse ma main dans ma culotte. Je repense à la chaleur du corps de Jo contre le mien, à sa bouche sur la mienne. Je glisse deux doigts en moi, je suis trempée. Dès que je commence mes va-et-vient, les sensations qui m'envahissent ne me laissent aucun doute. Je vais jouir et fort. Comme je n'ai plus joui depuis ce qui me semble, à ce moment précis, être des siècles.

La porte s'ouvre. Je retire mes doigts et roule sur le côté pour me soustraire au regard de Manu.

Il fait vraiment chier !

– Putain, Manu !

– À ce point-là ? me demande-t-il sèchement.

– Oui, c'était intense !

– C'est bon, épargne-moi les détails, j'ai déjà eu un aperçu, ça m'a suffi, continue-t-il sur le même ton.

Qu'est-ce qu'il lui prend ? Je crois comprendre :

– Manu, ça se passera bien, ce sera juste du sexe. Deux adultes consentants qui s'éclatent ensemble.

– Si c'est juste pour du sexe, je suis dispo moi, plaisante-t-il, mais le rire qui suit sa proposition sonne faux et jaloux.

– Manu, on sait très bien que ça risque de gâcher notre amitié. Et puis, maintenant, tu es comme un frère pour moi. Les relations incestueuses, très peu pour moi.

Il rigole, mais son rire sonne toujours aussi faux.

– Je ne souffrirai pas. Pas d'attache, pas de sentiments, donc je ne risque rien... Si ce n'est aller mieux.

– Tu le crois vraiment ?

– Oui, j'en suis certaine.

– OK, si tu le dis. Bon, je t'aide à te préparer ?

Oh, j'avais complètement oublié : j'ai une séance avec Nathalie et Philippe.

– Oui, aide-moi à défaire mon bustier, pour le reste je me débrouillerai, merci. Tu iras les accueillir. Merci.

– À vos ordres, patronne.

Je ne relève pas. Vu le ton sarcastique qu'il emploie, je n'ai pas envie de me prendre la tête avec lui. Je suis de trop bonne humeur pour ça, surtout avec ce qui va suivre.

Cette Nathalie est pleine de surprises.

27
À quatre mains

Nathalie

Quand j'ai reçu le mail de Mutine, j'ai été vraiment étonnée. Je pensais que c'était les clients qui la contactaient pour expliquer ce qu'ils souhaitaient pour leur séance.

Elle a réussi à me mettre à l'aise, on s'est envoyé plusieurs mails. Et, au fur et à mesure, on a fini par échanger comme... des copines... Ça me fait bizarre d'utiliser ce terme pour la femme qui fait fantasmer mon mari. Mais, pour la première fois depuis très longtemps, j'ai pu me confier à une femme qui avait traversé les mêmes choses que moi... Qui me comprenait et qui avait réussi à passer au-dessus de tout cela. Elle faisait renaître l'espoir en moi.

Elle m'a demandé ce que je désirais pour cette séance, que c'était à moi de mener la danse cette fois-ci. J'y ai réfléchi longtemps, très longtemps. Pour la première séance, Philippe a pensé à mon plaisir. Cette fois-ci, je vais m'occuper du sien... Même si je sais que cela va m'en procurer aussi... Beaucoup...

Je suis sereine. Mutine et moi avons planifié la séance dans les détails, vu que nous ne pourrons pas nous parler. Elle m'a demandé de nombreuses fois si j'étais sûre que c'était ce que je voulais. Oui, j'en suis certaine.

Depuis notre première séance, j'ai l'impression que quelque chose s'est libéré en moi. Pour la première fois depuis des années, je me suis sentie belle et désirable aux yeux de Philippe. J'ai retrouvé le plaisir de m'apprêter, de prendre soin de moi.

Mon mari s'en est bien rendu compte, il m'a offert un après-midi détente. J'ai eu du mal à y croire quand il me l'a annoncé. Mais c'était bien réel: il a géré les enfants pendant que je me faisais pomponner chez l'esthéticienne après être passée entre les mains de la coiffeuse.

Notre première séance n'a pas tout résolu, il y a encore des tensions entre nous, mais beaucoup moins. Comme si le fait de me sentir mieux dans ma peau me permettait de gérer, de façon plus posée, ce qui d'habitude me contrariait au plus haut point. Philippe fait beaucoup d'efforts pour me soulager avec les petits, lui aussi semble plus serein.

Quand j'ai ouvert la porte, il m'a regardée avec admiration et tendresse. Il est venu m'enlacer et m'a soufflé à l'oreille :

– J'en ai de la chance d'avoir une femme aussi belle.

Ses mots et le baiser que nous échangeons sont des prémices prometteuses pour notre soirée.

* * *

Philippe

J'ai l'impression de retrouver la femme que j'ai rencontrée, dont je suis tombé éperdument amoureux.

Ces dernières années, c'est comme si je l'avais perdue... Qu'elle s'était perdue ou c'était peut-être moi... Je ne sais pas, mais pouvoir nous parler avec complicité, pouvoir à nouveau l'admirer sans qu'elle se cache ou râle en disant qu'elle n'est pas un morceau de viande est un fameux pas en avant.

Depuis la première séance, nous avons refait l'amour. Pas baisé non, nous nous sommes aimés avec passion, retrouvant cette entente sexuelle qui m'avait tant manqué.

Et là, son corps collé au mien, ses lèvres sur les miennes me donnent très envie de lui faire l'amour là, contre la porte ou à même le sol.

Noa nous rappelle à l'ordre en tirant sur mon pantalon. Il tend les bras. Je me baisse à sa hauteur et il me demande :

– Pourquoi moi, je ne peux pas embrasser maman comme toi ?

– Parce que tu es son petit garçon et moi je suis son mari.

– Donc, si je me marie avec maman, je pourrai aussi l'embrasser sur la bouche ?

– On ne peut se marier qu'avec une seule personne.

– Vous avez qu'à divorcer, les parents de Lucas eh bien ils sont divorcés, et Lucas il dit que c'est trop cool parce qu'il a deux fois plus de cadeaux et qu'il est parti deux fois à Eurodisney. Et puis comme ça, je pourrai me marier avec maman.

– On ne divorcera pas, parce que j'aime trop maman pour vivre sans elle.

Il se laisse tomber au sol en ronchonnant :

– Mais moi, personne m'embrasse sur la bouche. Je veux marier maman.

Nathalie pose sa main sur mon épaule et la caresse du bout des doigts.

Noa lève les yeux vers elle, l'écoute attentivement et sourit. Il se relève, entoure mon cou de ses petits bras et repart s'asseoir près de Florine qui joue, assise sur son tapis. Il lui dit quelque chose que je ne peux comprendre.

Je me redresse pour faire face à Nathalie et lui demande :

– Qu'est-ce que tu lui as dit ?

Elle rit :

– Je lui ai dit que les mamans aimaient toujours beaucoup plus leur petit garçon que leur mari.

Je fais semblant de le prendre mal :

– Merci.

Elle m'enserre la taille :

– Tu es jaloux ?

– Oui.

Et c'est vrai... C'est ridicule d'être jaloux de l'amour qu'elle porte à nos enfants, mais je ne peux pas m'en empêcher.

– Je ne les aime pas plus... C'est juste que ce n'est pas le même amour.

– Je sais.

Elle se détache :

– Je vais m'habiller, puis on va conduire les enfants ?

– Prends ton temps, je vais les déposer chez maman et je reviens te chercher. On a le temps, peut-être même assez...

Elle pose sa main sur ma bouche pour m'empêcher de continuer et me signe :

– *Non, ce soir...* (Elle continue en parlant.) Tu dois garder toutes tes forces.

Elle embrasse les enfants et leur dit quelques mots, puis va dans notre chambre.

***

Nathalie m'a abandonné avec une coupe de champagne au bar de l'Alcôve. Apparemment, je dois attendre qu'elle et Mutine se préparent. Je me demande ce qu'elles me réservent, ma femme n'a rien voulu me dire. Mutine ne s'est même pas montrée. Je suis dans l'incertitude la plus complète et j'adore ça : c'est grisant et excitant.

Une des hôtesses sort de la chambre dans laquelle Nathalie a disparu et s'approche de moi. Elle m'informe :

– *Elles vous attendent. Bonne soirée.*

Pressé de les retrouver, je finis ma coupe d'une traite. C'est parti. Quand j'entre dans la chambre je reste figé : Mutine et ma femme sont époustouflantes. Elles sont habillées à l'identique, enfin habillées est un bien grand mot vu qu'elles ne portent qu'un body en cuir noir sans manches avec une tirette ouverte jusqu'à la naissance de leur poitrine. Rien d'autre... Et le regard de ces deux femmes sublimes sur moi suffit à déclencher chez moi un début d'érection.

Leur tenue est la seule chose qu'elles ont en commun. Mutine est toute en courbes pulpeuses alors que ma femme, malgré ce qu'elle en dit, est toute menue. Le regard de Mutine est neutre, je ne peux rien y déceler, alors que celui de Nathalie brûle d'impatience et de désir.

Elle s'avance vers moi d'une démarche chaloupée et tellement sûre d'elle. Mais où est passée ma femme ?

Elle me prend les mains et recule, m'entraînant avec elle jusqu'au lit, et m'invite à m'y étendre. J'obéis et je m'allonge au centre, sur le dos. Elle s'agenouille à mes côtés et me demande :

– Tu me fais confiance ?

– Oui.

Bien sûr que je lui fais confiance, ça me peine qu'elle puisse penser le contraire et se sente obligée de me le demander.

Elle commence à déboutonner ma chemise. Je tends les mains pour l'aider, mais elle secoue la tête pour m'en empêcher, je la laisse donc faire.

Mutine s'agenouille de l'autre côté. Je remarque qu'elle a enfilé des gants en cuir noir et qu'elle tient un masque de nuit qu'elle tend à Nathalie. Elle me l'enfile.

Mon cœur s'emballe, je serre les poings. Je ne me sens pas bien. Je transpire et cela empire quand elles saisissent mes mains et les attachent aux barreaux du lit. Je suis déjà privé d'un sens en permanence, alors en perdre encore deux autres est très désagréable. Une odeur douce que je n'arrive pas à déterminer s'infiltre dans mes narines et me détend un peu, mais cela ne suffit pas. J'ouvre la bouche pour le dire quand leurs mains se posent sur le bas de mon visage et mon cou. La chaleur des mains de Nathalie d'un côté contraste avec la fraîcheur du cuir de l'autre. C'est très déstabilisant.

Leurs mains glissent sur mon torse, m'apaisant encore. Je lui ai dit que j'avais confiance en elle. C'est le cas, et je me demande si elle n'a pas justement décidé de créer cette situation qu'elle sait angoissante pour moi pour me tester.

J'inspire profondément et ferme les yeux sous le masque. Je tente de me focaliser sur leurs mains, mais aussi sur toutes ces odeurs qui se mélangent : celle d'une huile de massage sans doute, vu la chaleur humide des mains de Nathalie. Celle de son parfum que je connais par cœur, doux et léger, et de celui de Mutine, plus affirmé, celle des draps, de la pièce. Cette cacophonie olfactive ne me dérange pas, au contraire, je me raccroche à elle pour ne pas sombrer dans ce sentiment d'oppression qui me comprime la cage thoracique.

Je respire profondément. J'ai l'impression de sentir mon cœur se démener contre ma poitrine comme s'il tentait de s'en extirper. Il faut que je me calme, sinon je vais finir par faire une crise d'angoisse.

Des mains viennent se poser de part et d'autre de mon visage, et des lèvres que je reconnais instantanément se posent sur les miennes. Un baiser doux qui se veut rassurant. Nathalie me connaît par cœur.

Les mains de Mutine se mettent à me masser avec force les bras. Ma femme caresse mes lèvres du bout de sa langue, je les entrouvre pour que la mienne puisse la rejoindre.

J'aimerais glisser mes mains dans ses cheveux, la caresser, mais les liens autour de mes poignets me privent de toute liberté. J'essaie de les occulter.

La langue de Nathalie délaisse la mienne pour descendre le long ma mâchoire, de mon cou. Une de ses mains suit le même parcours. Elles rejoignent les mains de Mutine revenues sur mon torse, et leurs mouvements se synchronisent.

Trois mains et une langue qui glissent sur moi... Je desserre mes doigts... Tout va bien, tout va bien. Je me répète cette litanie en boucle. Mes muscles se relâchent, tous sauf un qui se tend de plus en plus.

Elles entreprennent de déboutonner mon pantalon et le baissent, retirant mon caleçon pour libérer mon érection qui commençait à être douloureuse. Je les en remercie mentalement.

Elles me débarrassent de ma chemise, de mes chaussures et de mes chaussettes. Je me retrouve nu, à leur merci. L'appréhension laisse sa place à l'excitation et à l'attente.

Je sens le lit bouger sous moi. Leurs mains, leur chaleur m'ont quitté. Ne supportant pas ce vide soudain, je vais pour me redresser, mais le lien qui m'entrave et leurs mains qui claquent simultanément sur mon torse me font retomber sur le lit.

Je ne bouge plus. Je perçois qu'elles reviennent sur le lit à mes côtés. Quand leurs mains se posent à nouveau sur mon torse, je frissonne.

Elles sont enduites de, ce que je suppose être de l'huile de massage chaude. Je ne peux plus distinguer lesquelles sont à ma femme, lesquelles sont à Mutine.

Elles parcourent mon torse de long en large, puis descendent le long de mes cuisses jusqu'à mes pieds.

Elles les massent, exerçant des pressions qui finissent de me détendre tout à fait. Ce massage à quatre mains est divin, j'ai l'impression de planer. Mais je redescends très vite sur terre quand leurs mains remontent et que le bout de leurs doigts frôle mes testicules et effleure ma queue. Je voudrais qu'elles la saisissent et la massent elle aussi, mais leurs mains sont déjà remontées sur mon torse, le long de mes bras. Elles redescendent...

Même effleurement, même envie, même espoir... Et même déception. Encore et encore... Douce torture. Belles et cruelles tortionnaires.

Quand je me dis que ce supplice n'aura jamais de fin et que je vais les supplier d'y mettre un terme, elles m'abandonnent. Et ne reviennent pas... Je halète... Je perds pied...

Leur désertion est la plus cruelle des tortures. J'ai perdu toute dignité, je tire sur la corde, me redresse, mais je n'ai pas le temps de réclamer leur clémence qu'un corps chaud et nu se pose sur moi.

J'hallucine quand je me rends compte qu'il s'agit de celui de Mutine. Sa poitrine généreuse, dont les tétons durcis se frottent contre mon torse et descendent frôlant mon érection, menace de me faire exploser. Je dois rêver, je vais me réveiller. La femme qui me fait fantasmer depuis des mois est sur moi, et cela devant ma femme. Ma femme.

Je ne peux pas... J'en crève d'envie... Je pourrais, c'est Nathalie qui a mis tout cela en scène.

28
Comprendre

Nathalie

Confiance... Je lui ai demandé de me faire confiance, et il l'a fait. Il a surpassé ses peurs pour me le prouver.

Je dois surmonter les miennes à présent... Laisser Mutine poser ses mains sur Philippe a été très difficile... Au début, ensuite voir Philippe se détendre sous nos doigts, voir l'effet que cela lui faisait m'a excitée, plus que je n'aurais pu l'imaginer.

Mais là, devant le corps de Mutine, la jalousie me dévore. Il est tellement parfait. Sa poitrine semble si ferme, son ventre plat, ses hanches, ses longues jambes musclées, elle a bien quelques vergetures sur les hanches, mais comparé à moi... Mes seins sont trop petits et ils s'effondrent, j'ai du ventre, mes cuisses ressemblent à du pudding tellement elles sont molles et pleines de cellulite, et mes hanches sont comparables à une carte routière tellement elles sont zébrées. Je déteste mon corps. Je ne peux rivaliser... À quoi cela sert-il de me battre pour le garder? Comment puis-je lui prouver que je suis mieux qu'elle alors que je ne lui arrive même pas à la cheville ? Elle me dévisage :

– *Ça va ?*

Je lui mens :

– *Oui.*

– *C'est OK ?*

– *OK.*

Que puis-je faire d'autre ? Arrêter la séance là ? Mutine m'a répété encore et encore que je pouvais tout stopper quand je le voulais. Mais affronter ensuite la déception de mon mari. Car je suis sûre qu'il espère, qu'il la désire. Il suffit de le regarder. Non, je le déçois assez au quotidien. Je prends sur moi et essaie d'étirer mes lèvres pour lui sourire. Je suis pathétique.

Elle ne me lâche pas des yeux quand elle grimpe sur lui. Je voudrais tant fermer les miens et me soustraire à ce spectacle, mais si je le fais, elle va tout arrêter. J'ai l'impression de recevoir un uppercut quand il grogne, tant son désir pour elle est puissant. Ma gorge se noue et mes yeux me piquent, je lutte contre les larmes. Je vous en supplie, que cela se finisse vite.

– Non.

J'ai crié ?

Ce n'est pas moi, c'est Philippe ! Mutine est déjà en train de le libérer. Il répète plus fort :

– NON... Nathalie.

D'une voix que je ne le lui reconnais pas. J'éclate en sanglots et me précipite sur le lit. Il s'est assis et a retiré son masque. Il m'accueille dans ses bras, me caresse les cheveux, tout en déposant une pluie de baisers sur mon front, sur mes joues baignées de larmes.

Il nous fait basculer sur le matelas et me serre à m'en briser les côtes. Mon corps tremble contre le sien : j'ai du mal à respirer, je pleure et je ris en même temps.

Toute la tension, toutes mes peurs se perdent dans la chaleur de ses bras, dans les mots d'amour qu'il me chuchote. Il me caresse doucement le dos. Je m'apaise enfin. Il me souffle :

– Pourquoi ?

– Je pensais que c'était ce que tu voulais.

– Tu as raison je le croyais aussi. Mais je n'ai pas pu. Je n'avais que toi en tête, ce que cela allait te faire. Je me suis mis à ta place. Si un autre homme te touchait, je ne pourrais pas le supporter. Je t'aime. Tu es ma femme et je ne veux aimer que toi, ne faire l'amour qu'avec toi.

– Mais elle t'obsède.

– M'obsédait... La première fois que je l'ai vue, je ne peux pas le nier, je l'ai trouvée sublime, douce, tellement mystérieuse et désirable, mais c'était la femme de Paul. Donc, je ne me permettais pas de la voir autrement. Puis, quand il est décédé...

Il fait une pause, je sais que Paul lui manque, quand je vois à quel point Mutine est attachante, je comprends mieux leur coup de foudre amical.

– ... j'aurais tellement voulu que tu aies l'occasion de le rencontrer, de le connaître. Mais j'avais tellement honte de te mentir et de venir ici alors que j'étais censé être coincé au boulot.

– On en a déjà parlé, c'est du passé. Et puis, si tu ne l'avais pas fait, tu n'aurais pas rencontré Paul, nous n'aurions pas rencontré Mutine et commencé tout ceci, et nous n'en serions pas là. C'est le destin.

– Oui.

– Tu penses qu'elle va y arriver ? Qu'on peut l'aider ? Si cela devait nous arriver, je ne sais pas si je m'en remettrais.

Je ne peux empêcher mes larmes de couler, rien qu'à envisager que je pourrais perdre Philippe.

– Elle va déjà mieux, Manu me l'a certifié. Il est sa plus grande aide. Il pense que tu devrais continuer à communiquer avec elle. Elle s'est totalement isolée, une oreille féminine pourrait l'aider.

Je plaisante :

– Une oreille... Alors, il va falloir que j'améliore mon langage des signes.

– Je ne crois pas que ce sera nécessaire. J'avais des doutes, mais là j'en suis sûr : Mutine n'est pas sourde.

Je ne comprends pas ce qui lui fait dire cela.

– Mais...

Il m'interrompt :

– Elle a entendu quand j'ai dit non. Je n'ai pas bougé la tête, je l'ai juste dit.

– Tu es sûr ?

– Certain. Déjà sa manière de signer, fort scolaire, m'avait fait douter, mais je n'avais aucune autre preuve. Là, il n'y a plus aucun doute.

– C'est étrange de jouer ce jeu.

– C'est une bonne manière de se protéger.

– Oui, c'est vrai. J'ai vraiment de la peine pour elle, la vie ne l'épargne pas.

– Raison de plus de profiter de la chance que nous avons d'être ensemble. Je t'aime et je veux profiter de toi comme si tout devait finir demain.

– Moi aussi, mais...

– Pas de mais, pas ce soir, tu veux qu'on rentre, on a la maison pour nous tout seuls.

Non, j'aime être ici, loin de tout ce qui me rappelle mon rôle de maman. Rôle que j'ai trop laissé empiéter sur celui d'épouse, de femme.

– J'aimerais rester ici.

– Alors, on pourrait continuer ce qu'on a commencé.

Il se tend pour prendre la corde et m'ordonne :

– Attache-moi.

– Tu es sûr ?

Il me la tend sans un mot, mais son sourire parle pour lui.

Il lève les bras au-dessus de sa tête en me souriant avec tendresse.

Je l'attache au bord du lit, sans serrer trop fort, de façon à ce que, s'il le désire, il puisse se libérer.

– Tu peux serrer, je n'ai aucune envie de fuir, me taquine-t-il.

– Non. Je veux que tu puisses me toucher si tu en as trop envie.

– Oh, mais je crois que pour une fois, je vais m'abstenir et me laisser gâter, enfin pour le premier round en tout cas.

Je ris. Qu'il pense à un deuxième round m'excite encore plus que je ne le suis déjà.

Je prends le masque, il ancre ses yeux aux miens. Je peux y lire tellement d'amour et de désir que j'en suis émue.

– Alors, qu'est-ce que vous attendez, Madame, que je perde toute ma vigueur ?

– Peut-être, juste pour avoir le plaisir de la réanimer, je minaude.

J'étouffe son rire par un baiser profond. Je pénètre sa bouche, sa langue vient caresser ma lèvre inférieure avec douceur, me laissant explorer sa bouche, caresser son palais, l'intérieur de ses joues, sa langue. Il l'enroule autour de la mienne, notre baiser se fait plus sauvage.

Je me presse, me frotte contre lui. Il grogne dans ma bouche.

Je me détache de sa bouche pour reprendre mon souffle. J'en profite pour lui ôter le masque des mains et le lui enfiler. Cela me permet de me soustraire ainsi à son regard noirci par le désir.

Je m'assieds sur son ventre. Son gland posé contre mes fesses me donne des idées, mais chaque chose en son temps. Et je sais à présent que du temps, on en aura. J'ondule, tout en descendant la tirette de mon body pour libérer ma poitrine. Je la frotte contre son torse et descends un peu, sentir à quel point il est excité me fait mouiller davantage. Je veux le sentir en moi, mais avant, je veux pouvoir goûter chaque parcelle de son corps, le voir au bord de l'orgasme. Jouer avec lui, encore et encore. C'est un sentiment si puissant de le voir s'abandonner avec autant de confiance. Je suis, pour la première fois, la seule à décider. Je veux faire durer ce pouvoir le plus longtemps possible.

Ma langue remonte le long de sa mâchoire jusqu'au lobe de son oreille que je mords avec force.

– Aie...

Mais son « sauvage » qui suit me prouve qu'il aime ça. Je continue mon exploration, redescendant sur son torse... plantant mes dents dans ses pectoraux et anesthésiant ma morsure d'un coup de langue. Quand j'arrive le long de son aine, il se tortille, je ne peux pas lui ordonner de ne pas bouger, alors je m'allonge sur ses jambes et pose une main sur son autre aine. La pression que j'y exerce lui fait clairement comprendre ce que je veux : il ne bouge plus. Ma langue descend vers ses testicules, les frôle, je souffle dessus. Philippe se tend pour tenter de venir à la rencontre de ma bouche. Je me dérobe et je m'assieds sur ses cuisses.

Mes mains montent et descendent sur son torse et effleurent sa queue qui se tend à chacun de mes passages. J'ai envie de m'empaler dessus pour la sentir au plus profond de moi. Mais l'envie de la goûter est encore plus forte. Bien plus forte.

Elle est tellement tendue, cette queue. Je pose mes lèvres sur son gland, y passe la langue et récolte la goutte translucide qui me signale que mon homme ne tardera pas à exploser. Je m'appuie sur le matelas avec une de mes mains et glisse l'autre sous ses couilles. Je lèche, mordille, aspire, suçote son gland tout en effectuant, du bout des doigts, des cercles doux sur ses bourses et autour de son anus.

Sa respiration est de plus en plus saccadée. Il laisse échapper un gémissement quand je le gobe le plus loin que je peux. Je glisse ma langue le long de sa bite. Je l'observe, et chacune de ses réactions déclenche une décharge électrique dans mon bas-ventre. Je le suce lentement, prenant tout mon temps. L'admirant.

Sa poitrine qui se soulève, sa bouche entrouverte, ses mains qui serrent les barreaux du lit et ses plaintes de plus en plus fortes me rendent folle. C'est moi qui lui fais cet effet, uniquement moi. Je le suce de plus en plus vite, mes doigts continuent leur danse. Délaissant toute douceur, je malaxe ses couilles et resserre les lèvres autour de sa queue, l'aspirant de plus en plus fort.

– Nathalie, je vais...

Les mots qu'il allait prononcer sont remplacés par un cri et une injure : j'ai pressé ses testicules et j'accueille avec un sentiment de triomphe sa jouissances dans ma bouche. Je ne lui laisse pas le temps de se remettre, je le lèche encore pour ôter toute trace de son orgasme.

Je me relève, j'ai chaud, bien trop chaud. Je me débarrasse de mon body, cela ne change rien. Au contraire, l'idée qui vient de me traverser l'esprit en l'observant me donne encore plus chaud. Il est à ma merci... Totalement.

Je m'agenouille de part et d'autre de ses épaules. Il passe sa langue sur ses lèvres, me signifiant qu'il a très bien compris ce que j'attends de lui. J'avance mon intimité jusqu'à ce qu'elle effleure sa bouche, me tirant une plainte.

Je reste immobile. Je le laisse prendre les commandes. Sa langue trace des sillons sur mes lèvres trempées. Je crie de surprise quand je sens une de ses mains se plaquer sur ma fesse pour me pousser davantage contre sa bouche.

Mais ma surprise est très vite remplacée par le plaisir dans lequel je plonge quand sa langue s'insinue en moi. Elle m'explore, caresse chaque recoin de mon intimité.

Je me raccroche à la barre du lit, ferme les yeux. Je souris quand la deuxième main de Philippe vient me caresser la cuisse. S'il ne s'était pas détaché, je l'aurais fait. J'ai besoin de sentir ses mains sur moi.

Elle remonte sur ma fesse, rejoignant son autre main. Ensemble, elles continuent leur ascension sur mes reins, mon dos, ma nuque. Elles se plaquent sur mes seins, les malaxent. Philippe fait rouler mes tétons, tendus par l'excitation, entre ses doigts, les pince.

Sa langue se fait plus féroce, titillant mon clitoris, replongeant en moi, se retirant. Quand ses lèvres se posent à nouveau sur mon clitoris, l'extase monte, tourbillonne. Et quand elles le sucent avec ardeur, il prend possession de tout mon corps et je glisse dans un orgasme fulgurant.

Mon mari ne me laisse pas le temps de m'en remettre, il me bascule sur le lit en déposant une pluie de baisers sur mon pubis, mon ventre, mes seins, mon cou, mon menton. Il cherche ma bouche, l'atteint et en prend possession avec douceur, mon goût sur ses lèvres me fait gémir.

Il me pénètre de sa langue et de son sexe au même moment. Je lui mords la lèvre sous l'effet de la surprise et du plaisir que cela me procure.

Il grogne et murmure contre ma bouche.

– Tu me rends dingue.

Je lui lâche la lèvre pour plonger mon visage dans son cou. Il s'insinue plus profondément en moi, se retire, revient, se retire, revient : de plus en plus vite, de plus en plus fort.

Les sensations sont indescriptibles. Il ne peut pas entendre mes cris de jouissance, je veux qu'il voie à quel point mon plaisir est intense. Je lui retire son masque et harponne son regard. Ce que j'y lis fouette mon désir d'un sang neuf. Il sourit et murmure un « je t'aime » qui m'émeut encore.

Mais sa bouche contre la mienne, ses caresses, ses coups de reins chassent cette émotion. Plus rien ne peut enrayer la puissance de l'orgasme qui monte à nouveau en moi, en nous.

Nos gestes disparaissent, il n'y a plus ni lèvres, ni mains, ni corps, juste ce puissant courant qui nous tisse l'un à l'autre, nous lie, nous enchaîne. Lui en moi, moi en lui, je me perds, me noie, crie le prénom de celui que je croyais avoir perdu...

– Philippe.

Mon amant. Mon mari. Mon tout.

29

S'autoriser à tourner la page

Mutine

Je referme la porte de ma chambre et essuie mes larmes. Quand Philippe a mis fin à la séance et que Nathalie s'est jetée dans ses bras, l'émotion m'a submergée. Les voir se retrouver, voir à quel point ils s'aiment. C'était tellement beau. J'en ai ressenti un soulagement et une joie intense.

J'étais sûre que Philippe n'irait pas jusqu'au bout. J'ai vu à quel point il aime Nathalie. Mais si je m'étais trompée, je ne sais pas comment j'aurais géré. J'éclate de rire, il était quand même moins une.

La soirée a vraiment été riche en émotions. Jo, Philippe et Nathalie. Mais je me sens sereine, comme je ne l'ai plus été depuis si longtemps que j'ai l'impression de ne même plus m'en souvenir. En réalité, si, je le sais très bien... Mais je ne veux pas y penser, pas maintenant, pas ce soir.

Je file sous la douche, me lave en vitesse. Je suis en train de me sécher quand Manu entre. Je lui souris puis lui tourne le dos, je finis de me préparer, choisissant une robe longue décontractée que j'enfile.

– Pas de sous-vêtements ? me demande Manu.

– Non, je rentre à la maison.

– Déjà ? s'étonne-t-il.

– Il est passé minuit. Je vous fais confiance pour gérer la fin de soirée, il n'y a plus de séance de toute façon.

– D'accord, je vais gérer.

– Je n'en doute pas. Qu'est-ce que je ferais sans toi ?

– Oh, je suis sûr que tu te débrouillerais très bien. Et puis un comptable, ça se trouve facilement.

Je me retourne pour lui faire face. Il semble las, triste même. Cela me fait un pincement au cœur. Comment peut-il penser ça?

– Manu, tu es bien plus que mon comptable, voyons. Tu es mon meilleur ami.

– Je sais... Bon, je retourne travailler. Embrasse Célia et Nathan pour moi.

Et il s'en va, sans m'embrasser. Il est vraiment bizarre depuis quelques jours.

Je ne m'y attarde pas, trop impatiente de rentrer à la maison et de retrouver mes amours.

***

Célia

– Bonjour, ma grande.

Putain, qu'est-ce qu'elle me fait ? Je jette un coup d'œil à mon réveil. 6H16, elle se fout de moi là !

– Mam, je peux encore dormir une heure !

– Je sais, mais je me disais qu'on pourrait faire une heure de gym ensemble ?

Elle a bu ou quoi ? J'adore faire du sport avec elle, mais pas à six heures du mat, merde.

Elle s'est assise sur le bord de mon lit et attend. Je m'assieds à mon tour, enroule mes genoux de mes bras et y pose mon menton.

Elle argumente :

– J'ai besoin de toi pour... chronométrer.

Je connais maman mieux qu'elle ne le pense. Je l'ai vue sombrer à la mort de papa, je l'ai vue essayer de donner le change, je sais quand elle fait semblant et, surtout, quand elle me ment. Et là, clairement, elle ment.

– C'est nouveau, ça ? Mam, arrête ton baratin. Qu'est-ce qui se passe ?

Elle cherche ses mots, hésite. Oui bon, si elle ne se lance pas, c'est sûr, on va y passer l'heure. Elle inspire puis, sans me regarder, me lance :

– Je pense juste qu'il est temps que j'aille de l'avant. Que je m'autorise à rencontrer quelqu'un.

– C'est une bonne idée.

Ma voix sonne faux, je suis tiraillée entre la joie de la voir aller mieux et la colère que quelqu'un puisse prendre la place de papa.

– Tu es sûre ?

– Oui, je serais ravie que tu trouves le nouvel homme de ta vie.

– C'est ton père, l'homme de ma vie, et il le sera toujours.

– L'homme avec qui tu passeras du bon temps, si tu préfères.

– Célia !

– Quoi ? Je n'ai pas dit baiser.

Elle éclate de rire.

– Mam, tu es censée me gronder pour mon vocabulaire.

– Tu vas t'en plaindre, peut-être ?

– Non.

Maman me serre dans ses bras en me disant merci.

– Allez, va faire ta gym, moi je vais lire un peu vu que tu m'as bien réveillée.

– Pas de gym ? me taquine-t-elle.

Je prends un de mes oreillers et je fais semblant de le lui balancer :

– Ouste !

– Je t'aime aussi, ma grande, minaude-t-elle en sortant de ma chambre.

Elle va mieux, et si un homme peut lui rendre toute sa joie de vivre, je m'y ferai.

***

Mutine

– Sylviane, vous voulez bien aller distribuer ces papiers aux professeurs. Ils doivent être remplis et signés pour la fin de la semaine.

– Oui, Madame. Les parents de Maxime sont là, je les fais rentrer ?

– Ils sont bien en avance. Proposez-leur un café en attendant. Je voudrais relire son dossier avant. Vous les ferez entrer à l'heure dite, ça vous laisse le temps de faire ce que je vous ai demandé.

– Oui, vous voulez aussi une tasse de café ?

– Non, ça ira, merci.

Maxime est un cas classique de ce que l'ancien directeur avait l'habitude d'appeler les irrécupérables, les futurs délinquants... Il ne leur laissait aucune chance.

Ce n'est pas mon cas, et cela commence à se savoir.

J'ai eu la chance d'obtenir un poste de professeur de français-histoire, dans ce collège catholique privé, dès la rentrée qui a suivi l'obtention de mon diplôme. Il faut dire qu'à l'époque, il y avait une grande pénurie de professeurs de secondaire. Pendant onze ans, j'avais enseigné et j'avais adoré cela. La seule chose que je ne supportais pas, c'était la politique élitiste de ce collège. Le directeur, fort du système de quotas, refusait tous les élèves qui, selon lui, n'avaient pas le niveau ou créeraient des problèmes et donc feraient descendre la cote de SON école.

La direction m'avait toujours fait de l'œil. J'avais donc, avec l'appui de Paul, entamé la formation. Quand Monsieur Fourdin avait pris sa retraite, j'avais postulé et mon ancienneté dans l'école avait joué en ma faveur.

J'avais pu, enfin, changer progressivement la politique de l'école. Je visais toujours le meilleur pour mes élèves, mais pour tous. J'avais instauré des études dirigées, études que j'imposais aux élèves en difficulté. Quand je sentais que l'enfant était en perdition, je poussais les parents à le mettre à l'internat dont le directeur avait les mêmes idéaux que moi.

À présent, les parents dont l'enfant est en difficulté scolaire, peu importe la raison, n'hésitent plus à venir inscrire leur enfant ici. Et quand je vois certains élèves dits « en difficulté », « bons à rien », « difficiles », « ingérables » et j'en passe, finir leurs études, devenir des adultes motivés et trouver leur voie, c'est là ma plus grande réussite et ma plus grande fierté.

Et ce Maxime semble être un de ceux-là.

***

Mon entretien avec les parents de ce garçon m'a confirmé mon impression. Et voir la joie de ses parents, quand j'ai accepté qu'il intègre l'école à la rentrée, m'a mise, moi aussi, en joie pour le reste de la journée. Nous avions passé une agréable soirée en famille et je suis arrivée au *Silence* d'excellente humeur.

Surtout que ce soir sera sûrement le grand soir... Jo m'attend. J'ai la boule au ventre, mais je ne saurais pas dire si c'est d'angoisse ou d'excitation... Un peu des deux mélangés, sans doute. Je me suis répété, des centaines de fois, que je suis prête et là, à quelques minutes d'être confrontée à ce « passage », je ne sais plus trop.

J'en ai envie. Terriblement.

Mais je sais aussi que si je franchis ce cap, je ne pourrai plus revenir en arrière. Je tente donc de bloquer toutes les pensées qui pourraient me faire changer d'avis et répète chacun des gestes que je vais effectuer.

30

Une chanson et une danse qui changent tout

Jo

Manu m'avait informé que Mutine désirait, le plus vite possible, une nouvelle séance avec moi et me demandait de choisir la musique. Après m'être remis de la surprise, j'avais planché sur le choix de la chanson. Un vrai casse-tête chinois. Au départ, je m'étais dit qu'une musique rythmée, sans son texte, serait plus facile à trouver. Mais après avoir passé une nuit à écouter des morceaux de musique classique, regarder des chorégraphies, faire des recherches, j'avais abandonné cette option. Ce « rendez-vous » (qui n'en était pas un, j'en étais conscient, mais je me plaisais à le nommer comme tel) était déterminant.

J'avais le souvenir de notre baiser échangé, du regard de Mutine, de la chaleur de son corps collé au mien. Et, chaque fois que j'y repensais, je bandais comme un fou. Imaginer ce qui aurait pu se passer si Manu n'avait pas débarqué, m'obligeait à me soulager. La jouissance qui en découlait me laissait à chaque fois pantois, mais jamais satisfait et encore moins rassasié. J'avais faim de Mutine, je voulais goûter chaque parcelle de son corps, me délecter de son goût, m'imprégner de son odeur, l'entendre gémir grâce à moi, pour moi. J'imaginais sa danse, la façon dont je la toucherais, dont je l'embrasserais, sa manière de répondre à mes caresses, le plaisir que nous nous offririons.

Espoir ?

Illusions ?

Ébauches mentales ?

Je ne savais plus. J'aurais beau me questionner encore et encore, je n'aurais mes réponses qu'au moment où je fermerais la porte et où Mutine déciderait de ce qu'elle était prête à m'offrir. Mais, quoi que ce soit, je le prendrais, le savourerais comme le plus précieux des présents.

Il fallait que je lui fasse passer un message, qu'elle comprenne ce que j'étais prêt à faire pour elle, à lui offrir.

Je tapai plusieurs phrases dans Google et je tombai sur la chanson idéale : « Cry to me » de Solom Burke... Bon, ce qui se passait dans la chambre de Patrick Swayze dans le film *Dirty Dancing* m'avait aidé à me décider, j'avoue. Mais c'est surtout les paroles qui m'avaient convaincu. Je voulais être celui qui la consolerait, être l'épaule sur laquelle elle pourrait pleurer. Son sauveur.

* * *

Mutine

La dernière touche – mais non moins la plus importante – mise en place, j'entre dans la pièce.

Je n'évite pas le regard de Jo, au contraire, je le harponne pour lui montrer ma détermination. Je suis morte de trouille, mais sûre de moi. Il m'a fait passer un message on ne peut plus clair par le choix de sa chanson et je suis, enfin, prête à y répondre positivement.

Ses yeux me dévorent du regard, ne me laissant aucun doute sur son désir. Il porte un jean noir et une chemise blanche qui mettent en valeur sa peau caramel que j'aime tant. Je me demande quel goût elle peut avoir, et une onde de chaleur m'envahit. Je me colle dos contre le miroir, et sa fraîcheur couvre mon corps de frissons mais ne m'aide pas à éteindre le feu qui monte en moi.

Sans lâcher Jo du regard, je lève les bras l'un après l'autre au-dessus de ma tête. J'effectue un lever de jambe style Balanchine, faisant ainsi glisser ma robe sur le haut de mes cuisses et dévoilant, sans aucune pudeur, ma culotte. Les yeux de mon spectateur quittent les miens pour glisser le long de ma jambe jusqu'à se braquer sur le bout de dentelle blanche. Sa bouche s'entrouvre quand je fais glisser ma main le long de mon mollet, de ma cuisse. Je frôle mon entrejambe du bout des doigts.

Une caresse furtive, presque irréelle. Mes doigts remontent sur mon ventre en même temps que je déplie ma jambe. Ils passent sous mes seins, les saisissent et les malaxent. Je ferme les yeux pour m'imprégner des sensations qui prennent possession de tout mon corps, mais surtout pour me détourner du regard de Jo. Je peux y lire bien plus qu'un pouvoir de possession, et cela m'effraie.

Je veux que rien ne m'empêche d'aller jusqu'au bout. Je balaie ces pensées en me laissant glisser en ondulant au sol. Assise, j'écarte les jambes, une à une, en un grand écart qui lui offre une vue imprenable sur mon intimité que je sens devenir de plus en plus humide. Je fais de petits mouvements avec le haut du corps, de droite à gauche. Puis, avec le plus de sensualité possible, je me couche sur le sol et m'arc-boute. Je ramène mes jambes devant moi et me relève d'un pont. Je me tourne vers le miroir en évitant de croiser son regard, car c'est maintenant que tout se joue.

Maintenant que je décide si je suis prête à laisser mon ancienne vie derrière moi, maintenant que je laisse un autre homme prendre ce qui t'appartenait jusque-là, Paul, maintenant que je laisse mes désirs passer au-dessus de la raison, maintenant que je redeviens femme.

Je sors le rouge à lèvres que j'avais glissé dans mon soutien-gorge, l'ouvre et en fais tourner la base. Mon cœur s'emballe, ma raison essaie de s'en mêler, mais je ne la laisse pas gagner, pas cette fois-ci.

Raison, déraison, peu m'importe à présent. Seule mon envie de Jo prime.

J'écris sur le miroir :

« Danse avec moi. »

***

Jo

Je cligne des yeux pour être certain que les mots qu'elle a tracés au rouge à lèvres rouge vif ne sont pas une illusion.

« Danse avec moi. »

Je ne sais pas danser, mais cette demande, c'est un pas qu'elle fait vers moi, une chance qu'elle m'offre, je ne peux pas la laisser passer.

Je signe :

– *Oui.*

Mais ne bouge pas.

Elle sourit, s'approche, prend mes mains et les place sur ses hanches. Ma gorge s'assèche. Elle pose sa tête sur mon menton et m'entraîne dans un slow langoureux. Je me laisse guider, savourant la chaleur de son corps contre le mien. Je ne sais pas ce que je dois faire, si je peux me laisser guider par mes envies ou si je dois attendre qu'elle prenne les choses en main. J'inspire et m'imprègne de son odeur.

Si seulement elle pouvait me parler, m'entendre, je lui dirais à quel point j'ai envie d'elle, que je ferai tout ce qu'elle voudra.

La chanson change. « Digital Love » des Daft Punk. Les mains de Mutine qui retire ma chemise de mon jean et les paroles qui emplissent la pièce sont la réponse que j'attendais.

Elle pose ses mains dans mon dos, les fait glisser jusqu'à mes épaules. Elle s'y accroche et se love encore plus contre moi, se frotte contre mon sexe, tendu à m'en faire mal. Je n'hésite plus, glisse mes mains jusqu'à ses fesses, les caresse, les palpe. Ses lèvres se posent sur mon cou. Un frisson me parcourt quand ses mains passent sur mon ventre, dessinant des arabesques. Quand ses pouces se faufilent sous l'élastique de mon caleçon et viennent caresser mon gland, je perds tout contrôle.

Je la saisis sous les fesses et la plaque contre le miroir. Elle relève la tête en gémissant. Son regard attise encore davantage mes ardeurs, je me jette sur sa bouche.

Nos langues se retrouvent, se reconnaissent, se goûtent. Mutine tire sur ma chemise, arrachant plusieurs boutons au passage. Mes mains s'insinuent sous sa robe, sentir sa peau si chaude me rend dingue, je détache son soutien-gorge, elle déboutonne mon pantalon.

Je la repose au sol pour lui enlever sa robe. J'ai l'impression que si ma peau n'entre pas en contact avec la sienne, je vais crever. Nos lèvres se détachent juste pour pouvoir passer ses dessous et sa robe par-dessus sa tête, pouvoir faire glisser mon jean et mon caleçon jusqu'à mes pieds et les envoyer valser en même temps que mes chaussures.

Nos corps, tels des aimants, s'entrechoquent, nos lèvres se retrouvent avec douceur comme si le fait de nos peaux nues enfin unies nous apaisait.

Mutine plonge ses yeux dans les miens, les enchaîne. Leur couleur irréelle me donne l'impression de plonger dans un lac baigné de lumière, et le désir que j'y lis menace de me faire couler. Elle glisse ses doigts le long de ma hampe tendue et commence un mouvement de va-et-vient tout en suçant ma lèvre inférieure. Les sensations sont tellement fortes que je ne peux retenir un grognement.

Je glisse ma main dans sa culotte. Bordel, elle est trempée. Mes doigts découvrent ses lèvres humides, les explorent, les parcourent. Elle est tellement ouverte que je glisse directement deux doigts en elle. La main de Mutine serre ma queue puis reprend ses caresses. Elle se colle au rythme de mes doigts.

Je la fouille de plus en plus loin, de plus en plus vite. Elle quitte mes lèvres pour poser sa tête contre le miroir. Elle gémit. Elle gémit pour moi, grâce à moi.

Je me laisse tomber à genoux. Une de ses mains fouille mes cheveux. De ma main libre, je saisis le talon du pied merveilleux de Mutine et le pose sur mon épaule. Ma belle maîtresse s'y appuie, une légère douleur m'irradie, mais l'excitation est bien plus forte.

Je vais enfin pouvoir la goûter, assouvir cette faim d'elle qui me tenaille depuis si longtemps. J'écarte ses cuisses.

Je lève les yeux pour chercher son approbation, mais elle ne me regarde pas, sa tête est inclinée en arrière. Sa main libre a emprisonné un de ses seins et en torture la pointe dressée. Cette femme est la sensualité incarnée.

Mes doigts toujours en elle, mais immobiles, j'écarte son bout de dentelle et souffle sur sa chatte ainsi offerte. Il suffirait que je passe la langue et je pourrais enfin me délecter de sa saveur, mais je ne bouge pas, j'attends.

Une autre femme m'aurait supplié de mettre un terme à cette attente que je sais cruelle. Mais Mutine ne parle pas... Son corps parle pour elle. Sa poitrine qui se soulève frénétiquement, son buste qui s'avance vers moi et sa main qui se resserre sur mes cheveux, poussant ma tête vers elle.

Muette, mais si belle invitation.

J'y réponds avec reconnaissance.

* * *

Mutine

Jamais, jamais je n'aurais cru cela possible. Tous mes sens se sont enfin réveillés quand nos peaux se sont trouvées, ils se sont enflammés. Je me consume sous les caresses de sa langue, sous les mouvements de ses doigts en moi. Je suis obligée de me mordre la lèvre pour ne pas crier à Jo de me prendre là, tout de suite.

Il retire ses doigts. Je gémis de frustration, plainte qui s'étouffe quand sa langue prend le relais, effectuant des cercles en moi qui me mènent au bord de l'orgasme. Mais Jo se retire, prend son temps. Il me lèche avec lenteur, dépose un baiser tendre sur mon clitoris. Ma main quitte mon sein pour empoigner ses cheveux. Si je pouvais, je le supplierais de mettre fin à cette torture. Je n'en peux plus, j'ai été privée trop longtemps de cette sensation, je veux retrouver ce lâcher-prise, basculer de l'autre côté : maintenant !

Ai-je dit cela à voix haute ? Car il répond à ma supplique en suçant mon clitoris. Le plaisir déferle en moi, je me cambre contre sa bouche. C'est trop puissant, je veux qu'il s'arrête, qu'il continue, je n'en peux plus. Mes jambes tremblent, mais Jo n'en a pas fini avec moi, ses lèvres, ses doigts, sa langue sur moi, en moi, il m'emmène au-delà du plaisir. Je me tortille, m'agrippe plus fort à ses cheveux, me mords la lèvre tellement fort que je ne peux retenir un cri de douleur et de plaisir mêlés.

Je ne lutte plus, abandonne et laisse Jo me mener vers un orgasme tellement puissant que mes jambes ne me portent plus, je me laisse glisser sur les genoux de mon amant. Je halète, mon corps tremble. Mon désir de Jo est si puissant que je ne laisse pas le temps à mon corps ni à mon esprit de se remettre.

Je cache mon visage contre son épaule. Je ne veux pas qu'il voie à quel point je suis vulnérable à cet instant, à quel point je lui suis reconnaissante. Mais je veux le remercier de m'avoir offert cette renaissance.

Reprenant peu à peu possession de mes sens, je me relève. Jo va pour me suivre, mais je signe « *Non !* » en appuyant sur son épaule pour qu'il reste agenouillé.

Je vais chercher un préservatif dans un des tiroirs et reviens devant lui. Sans le regarder, je fais glisser ma culotte jusqu'au sol et retire mes chaussures. J'ouvre le petit carré d'aluminium, en sors le préservatif et m'agenouille pour le glisser avec ma bouche sur la queue tendue de mon beau métis. Je me penche, mais Jo encadre mon visage de ses mains et m'oblige à me relever et à le regarder.

– Non.

31
Comblée

Jo

Elle se relève sans me regarder. Je me mets debout à mon tour et quand elle se tourne pour ramasser sa robe, je comprends qu'elle a mal interprété mon « Non ». Je lui encercle la taille et pose une main sur sa nuque et une main sur le bas de son dos, l'obligeant à rester courbée. Je frotte ma queue dressée contre ses fesses : je veux qu'elle sache que si j'ai refusé qu'elle me suce, ce n'est pas par manque d'envie. Non, je crève d'envie de sentir sa bouche autour de ma queue, qu'elle m'avale jusqu'à ce que j'explose dans sa bouche. Mais lui faire plaisir, m'enfouir au plus profond d'elle, est bien plus urgent, j'attends cela depuis tellement longtemps.

Elle se retourne pour me faire face, je peux lire sur son visage sa perplexité. Je la plaque contre moi, elle sourit. Je nous fais reculer jusqu'à ce que son dos touche le miroir. Elle gémit, mais ses yeux et son sourire me prouvent que ce n'est pas de douleur. Elle relève une jambe qu'elle enroule autour de ma taille. Je réponds à son invitation en m'enfonçant jusqu'à la garde en elle. Ses yeux s'agrandissent, mais ne me lâchent pas. Jamais je n'aurais imaginé qu'on puisse dire autant de choses avec le regard. J'y lis un désir intense, une confiance et une reconnaissance qui m'ébranlent. Mais Mutine ne me laisse pas le temps de m'y attarder : elle s'accroche à mes épaules et ses mouvements de bassin m'invitent à les suivre. Être en elle, la posséder, la voir perdre pied sous le plaisir que mes coups de boutoir font monter en elle est une sensation tellement puissante. La mystérieuse et inaccessible Mutine a laissé tomber toutes ses barrières pour moi, uniquement pour moi.

J'ai l'impression d'être un super-héros. Je veux lui prouver qu'elle a eu raison de me faire confiance. Je fais remonter mes mains le long de ses cuisses jusqu'à ses fesses, je la soulève. Elle cache son visage dans mon cou, sa langue le parcourt. Je nous fais tourner jusqu'au lit, au son de la musique que j'avais totalement occultée. Je me retire pour la projeter sur la couche. Elle éclate de rire, je voudrais pouvoir enregistrer ce son : il vaut les plus belles des mélodies.

Je reste debout, admirant cette femme sublime. J'ai imaginé son corps des centaines de fois, mais j'étais bien loin de la beauté qui se trouve étendue devant moi. Ses courbes généreuses invitent à la gourmandise. J'ai tellement faim d'elle que je sais déjà que je ne serai jamais rassasié. Je saisis son pied et la tire vers moi. Je le porte à ma bouche et en lèche la plante, elle se tortille en riant. Je remonte sur sa cheville, son mollet, la tire de plus en plus vers moi. Elle se redresse sur ses coudes, s'appuie sur une main, et de l'autre m'agrippe la queue et me tire vers elle. Elle s'appuie sur son pied libre, lève les fesses pour que je puisse me glisser dans sa chatte, loin très loin, au plus profond du bonheur.

***

Mutine

J'ai égaré mon esprit et mon corps quelque part entre ici et ailleurs. J'ai perdu tous mes repères. Je ne suis plus qu'un jouet entre les mains expertes de Jo. Le deuxième orgasme qui m'assaille menace de me faire complètement perdre la raison. J'ai dû mordre tellement fort ma lèvre inférieure pour ne pas le supplier, hurler son nom, que j'ai un goût de sang dans la bouche. Il ne me laisse aucun répit comme si nous allions mourir demain. Il tire sur ma jambe pour m'inviter à me retourner. J'obéis, je n'ai plus aucune volonté sauf celle de le laisser me mener encore et encore vers cet état de semi-conscience qui me comble. Il m'abandonne enfin, un instant. J'essaie de profiter de cette pause pour reprendre mes esprits, mais il revient déjà, s'assied sur mes cuisses, me caresse les épaules, le dos, les fesses pour tenter de calmer mes tremblements. Il dépose une pluie de baisers suivant le même tracé, comme pour apaiser le feu qu'il a semé en moi.

C'est peine perdue, il a éveillé en moi un feu trop longtemps éteint et je ne veux plus qu'il s'éteigne : jamais. Je me mets à quatre pattes, impudique, lui offrant ma croupe. Je veux qu'il me possède encore, je veux qu'il alimente encore ce brasier qui brûle en moi. Je veux, je veux, mais je n'exprime aucune exigence, mon corps le fait pour moi et Jo y répond avec ardeur. Il plonge sa virilité triomphante en moi, s'agrippant à mes hanches et me pilonnant comme si sa vie en dépendait. Une de ses mains vient cueillir un de mes seins, le caressant doucement puis le pelotant de plus en plus fort, je ne peux retenir mes plaintes. Quand il tire sur mon téton, je pousse un cri tellement puissant qu'il me vrille les oreilles et nous fait basculer dans un orgasme qui, enfin, nous apaise. Nous restons emboîtés un moment, reprenant notre souffle, nos esprits.

Il se retire doucement, m'embrasse les cheveux et s'éloigne. Je me tourne, j'ai besoin de le voir, de constater qu'il est bien là, que ce n'était pas un rêve. J'admire ses épaules, son dos, ses fesses. Je ne pouvais choisir meilleur amant. Et le sourire qu'il m'offre en se retournant vers moi me le confirme. Quand il revient vers le lit, je me lève, trop vite, prise d'un vertige, je suis obligée de m'appuyer au barreau du lit. Jo est déjà à mes côtés, enroulant son bras autour de mes épaules et me forçant à m'asseoir, il m'attire contre lui. Je retire sa main lentement. Je me lève et, cette fois-ci, mon corps accepte de me porter. Je ramasse ma robe et l'enfile.

– Mutine.

Mon prénom dans sa bouche sonne comme une caresse, me donnant envie de revenir vers lui, de le laisser me posséder à nouveau, mais j'ai besoin de me retrouver. J'ai l'impression de m'être perdue entre ciel et terre et de devoir m'éloigner pour retrouver la terre ferme.

Il est toujours assis sur le bord du lit. Je m'approche, lui dépose un baiser sur la joue, me recule et lui signe : « *Merci* ». Un mot qui ne traduit pas assez fortement l'infime reconnaissance que j'ai envers lui. Mais cela semble lui suffire, car ses lèvres s'étirent dans un sourire éclatant. Je sais comment lui prouver que ce moment a été exceptionnel :

– Lundi prochain ?

Ses yeux pétillent tellement que je m'attends à ce qu'il saute sur ses pieds pour battre des mains comme un gosse. Mais il me répond juste :

– *OK.*

Je me dirige vers la porte et quand je pose la main sur la poignée, son cri me fait sursauter.

– YOUHOU.

Je mords l'intérieur de ma joue pour ne pas éclater de rire. Quand je referme la porte de ma chambre, je me jette sur mon lit et m'enroule dans les couvertures en riant. Vivante, je me sens vivante. J'observe le plafond un sourire sur les lèvres.

Je pense à Paul, mais pour la première fois depuis qu'il n'est plus là, l'horrible boule dans ma gorge n'est pas là. Aucune culpabilité, aucune douleur. Juste ce sentiment de solitude qui m'enveloppe et me pousse à prendre un de mes cahiers. J'ai besoin de me confier à lui, pas au mari disparu, à celui qui prenait toute la place, non, à celui qui était mon meilleur ami, pour qui je n'avais aucun secret. Au fur et à mesure que je pose les mots sur les pages, l'euphorie me quitte doucement pour laisser place à un sentiment de douce paix. Je suis sereine, pour la première fois en deux ans, je n'ai pas ce poids qui m'écrase les épaules ni cette douleur dans la poitrine. Je saisis mon téléphone, il faut que je le dise à Manu, que je le remercie de m'avoir poussée dans les bras de Jo.

Il ne répond pas.

32
Gagner du temps

Mutine

– Madame, pour le conseil de classe, est-ce que je dois passer une commande chez Antoine ? me demande Sylviane.

– Oui, commandez. Ça durera sûrement assez tard, et un estomac rempli est un esprit apaisé.

Ce conseil de classe tombe vraiment au mauvais moment, je voulais passer voir Manu. J'essaie encore de le joindre dès que Sylviane quitte la pièce. Je tombe à nouveau sur sa messagerie vocale.

– Manu, j'ai besoin de te parler, juste pour entendre que ça va. Rappelle-moi. Bisous. Tu me manques.

Et c'est vrai. Hier soir, après avoir écrit dans mon carnet, j'ai essayé de le joindre à plusieurs reprises, il n'a répondu ni à mes appels ni à mes sms. J'avais besoin de le remercier. Je me suis dit qu'il devait dormir et ce matin son texto pour me dire simplement, « Malade, au lit, absent toute la semaine », ne m'a guère rassurée.

Il n'a jamais été absent plus de deux jours et ce n'est plus la saison des grippes et compagnie qui pourraient expliquer qu'il doive rester une semaine alité.

Je lui envoie un texto :

« Ça va quand même ? Besoin de rien ? »

La réponse ne se fait pas attendre.

« Non, merci, juste de repos. »

« Pourquoi tu ne réponds pas à mes appels. »

« Plus de voix. »

Là, il se fout de ma gueule.

« Appel visio. »

« Trop sale gueule, pas envie que tu me voies comme ça. »

« Je vois ta sale gueule tous les jours, je m'y suis faite. »

« HAHA, une semaine sans ton humour pourri va me faire du bien, vais me pieuter. A+ »

Je ne réponds pas. Il y a quelque chose de bizarre. Qu'il soit malade, OK, mais de là à abandonner ses « bisous » et émoticônes, smileys… dont il est si friand, cela ne lui ressemble pas et m'inquiète.

Il me faut quinze minutes pour aller chez lui, j'ai donc tout le temps d'y aller pendant ma pause de midi, la paperasse attendra un peu.

* * *

Manu

Je balance mon téléphone sur le fauteuil et je prends mon visage dans les mains. Il va falloir que je trouve une solution. Je ne vais pas pouvoir rester terré indéfiniment dans mon appartement, à tourner en rond et me noyer sous l'alcool et les séries de Netflix. Mais j'ai beau penser et repenser la situation dans tous les sens, je ne sais pas comment faire.

J'aime Mutine. Je sais depuis longtemps que je suis très attaché à elle. Mais il a fallu que je la voie s'intéresser à Jo, poussée par moi, pour que la vraie nature de mon attachement me saute aux yeux et commence à me ronger. Quel con j'ai été de croire que si elle allait mieux, elle ouvrirait les yeux et verrait que c'est moi l'homme qu'il lui faut. Au lieu de cela, je l'ai jetée dans les bras de Jo.

Quand je les ai vus enlacés, leurs lèvres scellées, j'ai cru mourir. Je ne savais pas que cela pouvait faire aussi mal. Alors, écouter son récit de leur nuit de sexe, voir ce que cela lui a procuré, la voir épanouie par un autre homme que moi, c'est au-dessus de mes forces. Je pourrais lui avouer mes sentiments, lui demander de me laisser une chance, mais ce serait prendre le risque qu'elle me repousse, que cela change tout entre nous.

Je pourrais supporter qu'elle ne m'offre pas son amour, mais perdre son amitié, perdre ce lien, la perdre ? Jamais. Plutôt crever.

Je me penche et reprends une des bouteilles de Martini qui traîne sur la table. J'en bois une longue rasade. Myron et Philippe sont venus finir la nuit hier et je n'ai toujours pas dessaoulé, et encore moins trouvé le courage de mettre de l'ordre.

Ils ne voulaient pas me laisser seul, ils savaient à quel point voir Mutine avec Jo me bouffait. Je n'avais pas eu besoin de me confier à eux. Le jour où on avait regardé Mutine et Lilas danser, Phil m'avait donné un coup de coude et m'avait demandé :

– Alors, quand passez-vous le cap, Mutine et toi ?

J'avais essayé de donner le change :

– Le jour où elle aura une paire de couilles et une grosse queue. Vous savez bien que, moi, ce sont les hommes qui m'excitent.

Myron avait souri et ajouté :

– À d'autres Manu. Tu en es dingue, ça crève les yeux. Si tu ne te décides pas à te déclarer, au lieu de la pousser dans les bras d'un autre, tu vas laisser passer ta chance. Jo, lui, ne la laissera pas passer. Il désirait déjà Mutine bien avant que tu la connaisses. Il l'a connue avec Paul. Tu la trouves fascinante maintenant, mais comparée à ce qu'elle a été...

Il avait secoué la tête avec tristesse, Phil avait continué à sa place.

– Elle était rayonnante, pleine de vie, son sourire a fait fondre bien des cœurs. Il y avait le double de clients à l'Alcôve. Beaucoup venaient uniquement pour elle et pour Paul. Quand il est mort, Mutine a tout lâché pendant des mois. Si nous ne nous étions pas tous serrés les coudes pour maintenir la boîte à flot, elle aurait coulé.

Je connaissais cette histoire, Mutine me l'avait racontée quand elle m'avait fait signer mon contrat. Elle voulait que je comprenne que travailler pour *The Silence*, c'était entrer dans une famille, et cela m'avait plu. Ma famille n'en était plus une depuis des années. Je n'en cherchais pas, mais le destin avait mis sur ma route la plus belle dont on puisse rêver. Et aujourd'hui, j'avais peur de tous les perdre. Je n'avais plus nié et Myron et Phil, en vrais amis, étaient devenus les gardiens de mon secret. Mais si eux s'en sont rendu compte, ils ne doivent pas être les seuls. Est-ce que Mutine le sait, elle aussi ?

Je bois une longue gorgée.

Si cela était le cas, cela confirmerait que mon amour était à sens unique.

Je bois encore et encore. L'alcool n'anesthésie pas ma peine, mais il me plonge dans un état qui me permet de sombrer rapidement dans le sommeil.

Après ce qui me semble une minute, une cloche sonne... dans mon crâne, suivie de coups de marteau frappés directement sur ma tête.

– Manu, ouvre ! Je t'ai apporté de la soupe et des sushis.

Putain ! Qu'est-ce qu'elle fait là ? J'ai besoin de temps et elle, elle se pointe à ma porte !

33

Se battre ou renoncer ?

Manu

J'ai la nausée quand je me lève. Un connard est en train de forer un trou dans mon crâne. Je ne peux pas la voir, je ne veux pas la voir. Menteur ! Cela ne fait même pas un jour et son visage, son sourire, son corps. Tout me manque. Mais ce qui me manque le plus, et ce que j'ai le plus peur de perdre, c'est notre complicité : nos conversations, nos fous rires, nos moments avec les enfants.

– MANU, OUVRE.

Elle va ameuter tout l'immeuble. Je me dirige en chancelant vers la porte, je suis complètement pété, il va falloir que je fasse attention à ce que je dis.

J'ouvre et m'appuie à la porte. Elle entre en trombe et dépose une boîte en carton sur le bar.

– Je mange avec toi, car je vais être en retard sinon.

Elle s'active dans la cuisine tout en tchatchant.

– Ça va, quand même ?

Elle revient au salon, armée de deux assiettes et de deux bols.

– Mais c'est quoi ça ? dit-elle en me fusillant du regard et en désignant du menton les cadavres de bouteilles sur la table.

J'ai refermé la porte, mais je n'ai pas bougé de l'entrée. Je dois rester appuyé contre le mur, parce que j'ai la tête qui tourne et que chaque mot que Mutine prononce se répercute dans ma tête comme l'écho au sommet d'une montagne.

Je ferme les yeux pour essayer de me reprendre et quand je les ouvre, Mutine est devant moi.

Elle vocifère :

– Mais tu pues l'alcool ! Putain, Manu, ne me dis pas que tu es absent parce que tu t'es offert une soirée beuverie.

– Je ne te le dis pas, alors.

– Quoi ? Tu es aphone d'avoir trop gueulé ?

Je décide de signer, car je sais que ma voix risque de trahir l'effet qu'elle me fait. Car Murielle est encore plus belle que Mutine que je côtoie chaque soir. Ses cheveux roux rassemblés en un chignon sage, ses grands yeux bleus et son visage couleur porcelaine. Elle semble plus fragile, elle me donne encore plus envie de la protéger.

– Non, j'ai mal à la gorge, vraiment. Eh oui, les garçons sont venus cette nuit voir si j'allais mieux. C'est bien connu : l'alcool, c'est bon quand on est malade.

– Un grog. Pas deux bouteilles de Martini et une de whisky. Donc là, tu vas mieux ?

– Non, tu le vois bien.

– Oui, allez, on va manger avant que la soupe refroidisse.

Elle débarrasse la table et dépose les bouteilles vides dans l'évier. Ensuite, elle sert la soupe et s'installe à genoux devant la table basse.

– Bon, tu te décides ? Dans vingt minutes maximum, je dois y aller.

Un pas devant l'autre, enfin presque, j'arrive à la rejoindre et m'assieds sur le fauteuil derrière elle. Elle me tend mon bol, je bois quelques gorgées. Avoir autre chose que de l'alcool dans l'estomac me requinque.

Elle se lève et apporte les sushis que nous dégustons dans un silence pesant. J'ai tellement de choses à lui dire, tellement de choses que je devrais taire... Je ne sais plus comment me comporter. Elle rompt le silence de la plus cruelle des façons.

– Tu ne me demandes pas comment ça s'est passé avec Jo ? Toi qui veux toujours tout savoir dans les moindres détails.

NON, là tout de suite, je rêve d'être sourd et aveugle pour ne pas avoir à connaître ce que je redoute le plus.

– *Oui.*

Si j'avais dû le dire, je ne suis pas sûr qu'il aurait réussi à passer mes lèvres ou alors il m'aurait écorché toute la bouche.

Elle se tourne vers moi et, sans s'en rendre compte, creuse un trou dans ma poitrine avec ses mots.

– Jo a été incroyable, tu avais raison, j'ai perdu des mois au nom d'une culpabilité qui n'avait pas lieu d'être. Je me suis privée de ces sensations indescriptibles. Car, franchement, je ne pourrais trouver les mots exacts pour t'expliquer à quel point c'était incroyable. Oui, voilà, incroyable est le mot parfait pour résumer ce qu'il m'a fait vivre. Je me sens à nouveau femme. Et je crois que personne d'autre que lui n'y serait parvenu. Tu sais, sentir ses mains...

Ce n'est plus un trou qu'elle a creusé mais un abîme sans fin. J'ai mal comme je n'ai jamais eu mal. Je ne peux en entendre davantage, mon estomac se soulève, je me précipite dans la salle de bains pour vomir : tout l'alcool ingurgité, la nourriture, mais aussi ce qu'elle vient de me dire, son bonheur d'avoir retrouvé ce que je crevais d'envie d'être le seul à lui apporter, je vomis ma connerie de ne pas lui avoir montré que c'était moi celui qu'il lui fallait.

– Manu, ça va ?

Je n'ai pas besoin de faire semblant d'avoir la voix cassée, elle se brise d'elle-même quand je réponds :

– Mouais, me suis vomi dessus, je vais prendre une douche. Merci d'être venue.

– Tu es sûr ? Je peux repasser ce soir, mais il sera tard : j'ai conseil de classe.

– Non.

– Tu es certain ?

Je ne réponds pas et fais couler la douche pour qu'elle s'en aille. Je veux qu'elle s'en aille, qu'elle reste. Encore ce dilemme, encore cette torture.

Je dois me décider : renoncer ou me battre. Devant la douleur qui me tord à nouveau les boyaux, la décision s'impose à moi. Je sais à présent, exactement ce que je dois faire. Reste à en trouver le courage.

34
Être soi-même

Mutine

J'essaie de me concentrer, mais Manu revient sans cesse s'imposer à mon esprit. C'est la première fois que je le vois ivre et il m'a semblé si... distant. OK, il est malade, mais il n'a répondu à mes textos que par un :

« Je te téléphone dès que cela va mieux, je vais essayer de dormir un max pour me retaper le plus vite possible. »

Après, je l'ai laissé tranquille. J'espère vraiment qu'il va aller vite mieux et revenir, car j'ai besoin de lui. Pas seulement pour faire tourner la boîte, non : je me sens perdue sans lui. Savoir qu'il ne sera pas là ce soir, avant et après ma séance avec Monsieur Dark, m'angoisse. Il trouve toujours les mots pour me détendre, me rassurer.

Le conseil de classe a été très éprouvant. Pas facile de faire accepter à certains de sortir des sentiers battus et de laisser une chance à des enfants qui ne rentrent pas dans les cases qu'ils veulent établir pour eux. Mais c'est enfin terminé. Je n'ai même pas le temps de rentrer à la maison embrasser les enfants. Je suis obligée de m'arrêter sur une aire d'autoroute pour me changer dans la voiture. C'est énervée et épuisée que j'arrive en retard au club.

Mes employés m'attendent devant la porte. J'ouvre et les laisse entrer. Phil reste en retrait et me demande :

– Ça va ?

– Oui, grosse journée. Mais ça va aller. Merci.

Je file dans mon bureau, lis les mails, écris la liste des choses à prévoir pour ce soir.

Irène a une invitée, elle a demandé une liste de matériel et d'avoir la chambre Two, sauf que cette chambre était prévue pour Louise et Matthias. Ce qui fait que je vais devoir demander à Cynthia de préparer la chambre One. Je me rends compte, devant le temps que je consacre à essayer de tout organiser, que je compte sur Manu pour beaucoup plus que gérer la comptabilité.

Quand je m'apprête à monter à l'Alcôve, Myron m'interpelle.

– Des nouvelles de Manu ?

– Je suis passée le voir, il s'est bien arrangé, le pauvre.

– Oh oui, il est vraiment mal. Mais il ne tient qu'à lui d'aller mieux.

Je n'ai pas le temps de lui demander ce qu'il veut dire par là que Lilas débarque et se met à signer :

– Monsieur Dark ne vient pas seul et il a demandé s'il pouvait avoir la chambre Four.

Je tombe des nues, en six ans je ne l'ai jamais vu accompagné et demander autre chose qu'un massage ou mater les autres.

Mais qu'est-ce qui se passe aujourd'hui ? Ils ont décidé de se liguer tous contre moi pour me compliquer les choses ?

J'inspire un grand coup.

– *Pas de souci, tu viens m'aider à me préparer, et on fait un récapitulatif.*

Lilas me suit dans ma chambre, je prends une robe bustier, me déshabille en quatrième vitesse, l'enfile.

Elle serre les lacets de mon bustier et me demande :

– Pas de dessous, pas de chaussures ?

– Non, rien. Pas de temps à perdre. Bon, on fait le point.

En deux minutes, je donne les ordres à transmettre. Quand Lilas quitte la pièce pour aller transmettre les instructions à ses collègues, je me retrouve seule. Manu me manque. Je me rends compte que depuis presque deux ans il a toujours été là, sa présence se faisait parfois pesante, mais là je donnerais beaucoup pour qu'il soit près de moi.

Je vais au bar aider Jonas à préparer les boissons pour les différentes chambres.

Monsieur Dark arrive le premier, comme à son habitude. À ses côtés, une femme de son âge qui semble terrorisée. Il lui prend la main, la porte à ses lèvres. Elle lui sourit avec tendresse, mais la peur est toujours là.

Je prends mon carnet et écris quelques mots. J'arrache la page et la tends à cette inconnue qui semble beaucoup compter pour Monsieur Dark.

Elle le lit, hoche la tête pour me confirmer qu'elle a compris et m'offre un sourire plus serein.

Mon plus ancien client me demande ce que j'ai écrit. Je ris et signe :

– *C'est un secret entre femmes.*

– *Fabienne me le dira.*

Il se tourne vers Fabienne :

– Qu'est-ce qu'il y a d'écrit ?

– Ça ne te regarde pas.

Je me retiens de rire et Fabienne, qui me plaît déjà beaucoup, me fait un clin d'œil auquel je réponds.

« La confiance, le respect de l'autre et le droit de dire NON sont ce qui compte le plus ici. Fais-le et prends-y du plaisir, uniquement, si c'est ce que tu veux vraiment. »

Je les laisse pour pour préparer la chambre pour Louise et Matthias. J'aime beaucoup ce couple. J'aime tous mes clients, c'est vrai. Mais ce couple est la preuve vivante qu'il y a des dizaines et des dizaines de façons d'aimer. Pendant des années, l'un comme l'autre ont joué un rôle, essayant de rentrer dans le moule du gentil petit couple fidèle, ce moule que la société prône et impose. Chacun dans son coin fantasmait sur d'autres hommes ou d'autres femmes, s'empêchant de répondre à leurs envies. Plus les années passaient, plus le fait de ne pas pouvoir être soi-même créait des tensions entre eux jusqu'au jour où Louise a ce que beaucoup appelleraient « fauté » avec un de ses collègues. Elle m'avait expliqué avoir eu l'impression de sortir d'une prison dorée et cela l'avait tellement grisée qu'elle aurait recommencé le jour suivant si le fait de le cacher à son mari n'avait pas été aussi pénible. Pendant des mois elle avait culpabilisé. Pas tellement d'avoir trompé Matthias. Non, mais d'avoir à lui mentir, de ne pas pouvoir lui dire ce que cela lui avait fait, de ne pas pouvoir partager avec lui toutes les sensations que cela lui avait apportées.

Quand on aime, on ne devrait jamais avoir à faire semblant, à jouer un rôle. Et c'est ce qu'ils avaient fini par comprendre quand Louise, excédée des tensions qui ne faisaient qu'augmenter entre eux au fil des mois, avait avoué à Matthias ce qu'elle avait fait. Elle lui avait confié ce qu'elle avait ressenti, ses envies de recommencer, de pouvoir s'épanouir dans une sexualité qui lui correspondait. C'est avec soulagement qu'elle et Matthias s'étaient rendu compte qu'ils avaient les mêmes attentes, les mêmes fantasmes. Depuis ils essaient de rattraper les années qu'ils ont perdues au nom de codes, de « règles », d'idées préconçues qui, au final, auraient pu détruire leur couple.

Ils étaient heureux : heureux de pouvoir être libres de s'aimer selon leurs règles, heureux de pouvoir être eux-mêmes. Matthias disait souvent qu'ils n'avaient qu'un regret, c'est de ne pas pouvoir en parler librement autour d'eux.

La journée, je m'évertuais à essayer de montrer à mes professeurs, à mes élèves qu'ils n'avaient pas à accepter d'entrer et de rester prostrés dans ces boîtes bourrées de stéréotypes qu'on leur imposait. Quand un élève essayait d'en soulever le couvercle, d'en fissurer les parois, je ressentais une fierté. Bien souvent, il ne le faisait pas de la meilleure des façons. Mais voir un enfant se battre pour ce en quoi il croyait me faisait reprendre confiance en l'avenir de notre société. Un enfant qui se démène pour imposer ses valeurs, pour être lui-même, sera pour moi un adulte plein de bon sens et tolérant.

C'est ce que j'apprécie quand je suis au club : voir tous ces hommes et femmes libres d'être eux-mêmes. Et aujourd'hui, c'est ce que je ressens aussi, j'ai accepté de faire mon deuil, accepté d'être femme à nouveau, de revivre pour être celle que je veux être.

J'ai pendant des mois envié Manu. Il se moquait de ce que les autres pouvaient penser de lui, d'être catalogué, jugé. Il était lui, entier et il acceptait les autres comme ils étaient.

Il me manque, c'est atroce. Je voudrais tellement pouvoir lui parler de tout cela.

35
Découvrir

Nathalie

J'observe mon mari se préparer. Je mesure aujourd'hui tout le chemin que nous avons parcouru. J'ai un seul regret : tout ce temps perdu à nous faire des reproches, à nous fuir, alors que nous avions les mêmes doutes, les mêmes attentes. Mais je ne m'attarde pas sur ce constat, le temps perdu ne se rattrapera pas. Je savoure encore plus chaque moment de notre complicité retrouvée. Je suis heureuse comme je ne pensais plus pouvoir l'être à nouveau. C'est en grande partie grâce à Mutine et au club. Nous avons décidé de continuer à y aller une fois toutes les deux semaines. Nous en avons besoin.

– Qu'est-ce que tu regardes comme ça ?

– Toi. Tu es beau.

Il prend le petit bourrelet qui est apparu au bas de son ventre et se plaint :

– Tu parles, regarde tout ce gras, il faut que je me remette à la salle de sport.

– À moi, elle me plaît, ta petite bouée.

– Mouais.

J'enroule sa taille :

– Je t'aime comme tu es.

– Moi aussi je t'aime.

Il m'embrasse longuement. Les enfants dorment chez mes parents, nous passons la soirée au club.

– Tu as des nouvelles de Manu ? je lui demande.

– Aucune, c'est bizarre.

***

Mutine

– *Manu a déposé cela pour toi avant de partir et je devais attendre son signal pour te la donner,* m'informe Lilas en me tentant une grande enveloppe brune.

– *Tu l'as vu ? Comment il va ?*

Pourquoi il ne me l'a pas donnée en main propre ? Il m'énerve ! Cela fait plus d'une semaine que monsieur se terre et m'ignore. Je conçois qu'il ait besoin de repos, mais décider de partir comme cela sur un coup de tête...

– *Il n'a rien dit ?*

Je me rends compte que je ne laisse pas Lilas répondre et m'arrête.

– *Il semblait vraiment fatigué.*

– *Mais on l'est tous ! Et cela ne l'excuse en rien.*

Lilas pose l'enveloppe sur mon bureau et sort sans rien ajouter. Je sais que je suis injuste : cela fait plus d'un an que Manu n'a jamais manqué un jour, n'a pas pris de vacances. J'aurais accepté, sans soucis, s'il ne m'avait pas mise au pied du mur et, surtout, s'il ne l'avait pas fait par sms, et quel sms !

« Je pars quelque temps en Italie, je ne sais pas exactement pour combien de temps j'en aurai. Je ne serai pas joignable. Désolé. »

Pas joignable ? L'Italie, ce n'est pas le fin fond du monde ! Et pourquoi ne pas être venu m'en parler, m'expliquer ce qu'il allait faire là-bas ? Je ne lui connais aucune famille, en réalité je me suis rendu compte que je ne connais rien de lui. Pendant tout ce temps, j'étais tellement centrée sur les enfants, Paul, le club et mon travail que je ne me suis jamais réellement intéressée à la vie personnelle de Manu. Je sais juste qu'il est fils unique et qu'il ne s'entend pas avec ses parents.

Cynthia débarque au moment où j'allais ouvrir l'enveloppe.

– *Jo est là, il te demande.*

Je sens le rouge me venir aux joues, des images très nettes de nos étreintes revenant s'imprimer sur ma rétine.

– *J'arrive, non, fais-le venir ici. Seul.*

– *OK.*

Je vois bien qu'elle est surprise. Je ne reçois jamais aucun client, en tête à tête, dans mon bureau. Justement, j'ai envie de faire savoir à Jo qu'il n'est plus seulement un client. Mais qu'est-ce qu'il est exactement pour moi ? Pourrait-il devenir plus qu'un sex friend ? Je n'en sais rien. Pour le moment, j'ai juste envie de me laisser aller à mes envies, de profiter de ce qu'il m'offre. Mais lui ? Ne risque-t-il pas de s'attacher ? Il veut déjà me revoir alors que j'avais dit lundi. Ou alors, il est là justement pour me dire de vive voix qu'il n'a pas envie de réitérer l'expérience. Si c'est le cas...

Mes réflexions sont interrompues par Cynthia qui le fait entrer et s'éclipse, non sans un sourire et un regard lourd de sens.

Qu'est-ce qu'il est beau! J'ai des papillons dans le ventre et le visage en feu. Une vraie collégienne, je me fais honte. Jo s'approche d'une démarche sûre et envoûtante. Il doit en faire chavirer des cœurs. Je suis fière d'avoir pu goûter à ce que des dizaines de femmes rêvent sûrement d'avoir. Et j'y regoûterais bien sur-le-champ, sur mon bureau plutôt.

Il se penche par-dessus le bureau, je m'avance pour... Je l'embrasse? Je lui fais la bise? Si je ne fais rien, que va-t-il penser? Ses lèvres se posent doucement sur les miennes, mettant fin à mes tergiversations. Si je n'avais pas aussi chaud, je pourrais croire qu'il vient de me transformer en statue de glace, tant je suis figée.

Il tire doucement sur ma lèvre inférieure avant de s'écarter, provoquant des picotements dans tout le bas de mon visage et dans ma chatte.

Il articule:

– Ça va?

Si ça va? Je n'en sais rien? Un seul de ces baisers et je ne sais plus quoi dire, enfin écrire, signer... Est-ce que je suis prête à me livrer totalement et à lui avouer que je parle et ne suis pas sourde? Non, j'ai besoin de cette distance, de cette bulle de protection. Je ne suis pas prête. Manu est le seul homme en qui j'ai une totale confiance... Mais ce n'est vraiment pas le moment de penser à lui.

Jo contourne du bout de son doigt mon masque (encore une protection) et me fixe en fronçant les sourcils.

Je lui offre un sourire que je veux rassurant, pose ma main sur sa nuque et scelle nos lèvres à nouveau. Jo n'approfondit pas notre baiser, il se détache, se recule et s'assied, me laissant frustrée.

– Tu as une séance?

– *Oui, pourquoi?*

– Je me disais on pourrait se faire un cinéma? Demain?

– *Un cinéma?*

– *Oui. On est sex friends non? Donc mê me si le se xe avec toi je ne m'en las se rai jamais, on peut se voir en amis.*

Sa maladresse à essayer de parler en détachant les syllabes me fait sourire et me touche. Je n'y avais pas pensé. Pour moi, Jo était celui qui allait me permettre de renouer avec la sexualité. Est-ce que j'ai envie qu'il devienne plus que cela: un ami?

Oui, cette idée me tente. Surtout que Manu m'a lâchement abandonnée. Quand il va revenir, lui! J'ai beau être énervée contre lui, il me manque vraiment, et aux enfants aussi.

– *Ok. Mais je n'ai pas beaucoup de temps.*

Je prends une feuille. Jo arrive à comprendre quelques signes et qu'il fasse autant d'effort pour signer me touche beaucoup. Mais ce que j'ai à lui dire, je préfère lui écrire:

« *On pourrait se voir ici avant nos séances. Se regarder un dvd, manger un morceau.* »

Puis je tourne la feuille vers lui et pose le stylo à côté. Ses lèvres s'étirent dans un sourire plein de malice.

Il écrit, puis pivote la feuille vers moi.

« *Oui, ce serait sympa. Cela permettra de prendre des forces avant. Bon, pour le choix du programme et du menu, il faudra faire attention. Rien de trop aphrodisiaque, sinon le côté "friends"*, on n'y arrivera jamais. »

J'éclate de rire et j'écris:

« *Un entracte ou un dessert coquin, ça ne devrait pas nous empêcher de devenir amis.* »

Il rit à son tour quand il lit ce que j'ai noté.

« *J'y ai pensé très fort, je ne voulais pas que tu penses qu'il n'y a que ton corps qui m'intéresse. Mais je suis un gourmand, j'avoue.* »

Là, de suite, devant son sourire charmeur et ses yeux qui pétillent, j'ai très envie d'un amuse-bouche.

* * *

Jo

J'avale ma salive et pose mes mains sur le bureau pour essayer de paraître indifférent quand ma sex friend grimpe sur le bureau. Je découvre qu'elle ne porte qu'un string de dentelle blanc sous son bustier. Je serre le bord du bureau pour me contrôler. Mais je ne contrôle en rien ce qui se passe dans mon caleçon. Mutine est vraiment la femme la plus bandante que j'ai jamais vue. Et elle le confirme encore lorsque, d'une démarche féline, elle réduit à néant la distance qui nous sépare.

Elle me tire par la chemise, pose son front contre le mien et sa main sur ma nuque. Je prends cela comme un signal. Je saisis l'arrière de ses cuisses et la tire d'un coup sec. Ses jambes balaient ce qui se trouve sur le bureau, et une multitude de feuilles s'envolent jusqu'au sol. Elle en rit contre ma bouche avant de la prendre en otage. Ses lèvres sur les miennes, sa langue qui s'insinue et s'enroule autour de la mienne, la caressant, l'invitant à danser avec elle. Pitié, qu'elle ne la libère jamais !

Mutine se plaque encore plus contre moi, elle se frotte contre mon érection. Je la serre dans mes bras, approfondissant encore notre baiser. Elle défait ma ceinture, déboutonne mon jean et libère ma queue en baissant mon caleçon.

Mon envie est aussi urgente que la sienne.

Sans lâcher ses lèvres, je saisis les bords de son string : elle relève les fesses et une jambe pour que je puisse le lui ôter. J'essaie de quitter sa bouche, mais elle resserre sa pression sur ma nuque. Le message est clair. Je prends une capote dans la poche arrière de mon jean, l'ouvre, m'en équipe. J'entre en elle, doucement, savourant les sensations de son sexe qui se serre autour du mien. Elle plaque ses mains sur mes fesses, enfonçant ses ongles dans ma chair et me poussant plus loin en elle.

Nous restons quelques secondes sans bouger. Je me retire doucement et reviens en elle avec force. Elle gémit dans ma bouche. Je recommence encore et encore. Elle me suce la langue au rythme de mes coups de reins. Puis elle impose la cadence, accélérant sa succion, poussant son bassin contre le mien de plus en plus vite, de plus en plus fort. Quand l'orgasme la submerge, elle me mord la langue, me faisant plonger à mon tour.

Elle ne me laisse pas le temps de savourer cette plénitude post-coïtale. Elle me repousse, se relève.

Elle ne me regarde toujours pas. Est-ce que j'ai fait quelque chose de mal ? Sans la quitter des yeux, je me débarrasse, prends quelques mouchoirs dans la boîte et jette le tout dans la poubelle. Elle a remis ce minuscule bout de tissu, contourne le bureau, se baisse. Je referme mon pantalon, ma ceinture. Allez, Mutine, regarde-moi !

Et c'est ce qu'elle fait, enfin, pour me demander :

– *Tu m'aides à fermer ma jupe ?*

– *OK.*

Et quoi ? On fait comme si on ne venait pas de baiser violemment sur son bureau ?

Elle s'approche, pose une main sur ma joue, et de l'autre me signe :

– *Merci, c'était bien.*

Je laisse échapper un soupir de soulagement. Elle sourit et m'embrasse doucement.

– *On se voit lundi.*

– *OK.*

– *Tu apportes le repas ?*

– *OK, et toi le DVD ?*

– *Parfait. Toute une soirée.*

– *Toute une soirée.*

Toute une soirée, j'ai vraiment du mal à y croire.

– *À lundi.*

Sa main quitte doucement, tout doucement ma joue. Ses yeux sont emplis de tendresse. Elle se tourne, je noue sa jupe et dépose un baiser sur son épaule. Je fais mine de l'enlacer, mais elle se dégage et me pousse hors de son bureau.

36

On ne connaît jamais vraiment les autres

Mutine

Je claque la porte derrière moi et m'appuie dessus. J'incline la tête en arrière pour empêcher mes larmes de couler, mais c'est peine perdue.

Un baiser sur l'épaule, ce n'est qu'un baiser sur l'épaule. Mais quand Paul le faisait, cela était bien plus qu'un simple geste de tendresse. Il montrait ainsi son amour, sa confiance et le fait que quoi qu'il arrive, nous étions liés, je lui appartenais.

Je ne veux pas que Jo ait ce genre de geste, c'est trop intime, cela représente trop... Putain, Murielle, tu couches avec lui ! Tu veux encore coucher avec lui, tu en as envie, mais aussi besoin !

Il veut qu'on soit amis. Oui, voilà, c'est un geste amical. J'accepte que Manu m'embrasse ainsi parce qu'il est mon meilleur ami.

S'il était là, je l'engueulerais de m'avoir abandonnée puis le laisserais trouver les mots qu'il faut pour que ce poids qui m'oppresse s'envole. Il me taquinerait, me ferait rire. Qu'est-ce qu'il me manque !

Mais il n'est pas là, et je vais devoir accueillir mes clients, énervée. Merde, l'enveloppe ! Je n'ai plus le temps de descendre pour voir ce qu'elle contient. Je dois accueillir Nathalie et Philippe, puis je pourrai, enfin, rentrer chez moi. J'ai vraiment besoin de vacances moi aussi, Manu aurait pu me le proposer d'ailleurs. L'Italie me manque. Nous y avons vécu tellement de merveilleux moments en amoureux et en famille. Je souris quand les images de ces souvenirs heureux me reviennent à l'esprit.

La lumière près de la porte me tire de mes réminiscences. Je me frotte rapidement les yeux et ouvre la porte.

Lilas entre, me regarde :

– Ça va ?

– Oui, oui, un petit coup de blues, mais ça va. Nathalie et Philippe sont déjà là ?

– Oui, justement. Ils sont déjà dans leur chambre. Apparemment, ils n'auront pas besoin de ta présence finalement. Ils avaient l'air très pressés de se retrouver seuls.

– OK.

– Mais ils ont demandé à te voir après.

– D'accord, j'espère qu'ils n'en ont pas pour des heures alors...

– J'espère pour toi. J'y vais, Monsieur Dark m'attend.

– Il est seul ?

– Oui, Fabienne ne viendra qu'une fois par mois, à ce qu'il m'a dit.

– Dis-lui bonjour de ma part, je vais en profiter pour faire la comptabilité. Pas le choix.

– *Manu va vite revenir,* essaie-t-elle de me rassurer.

Je ne réponds pas. Je vais attendre que l'Alcôve soit vide, et je pourrai enfin découvrir ce que contient cette enveloppe. Tant pis pour mes clients, pour une fois, j'ai besoin de penser d'abord à moi.

Je prends mon exemplaire plus qu'usé d'*Ana Karénine* de Tolstoï et me plonge dedans. C'est ce que j'aime dans la lecture : l'évasion. Je ne suis plus ici mais en Russie, je ne suis plus ni Murielle ni Mutine, mais Ana, Kitty, Daria. Je suis tour à tour femme forte, soumise, jeune, vieille. Je reçois un texto, je finis mon chapitre et le lis. C'est Luisa pour me demander à quelle heure je rentre.

Il est déjà trois heures ! La pauvre, je lui donnerai congé un jour de la semaine prochaine pour compenser.

Je me change rapidement. L'Alcôve est déserte, je dévale les escaliers : la salle du *First* est encore bondée, mais je n'y prête pas plus attention que cela. Myron m'ouvre le passage et me signe :

– *Bonne soirée ? Pas trop fatiguée ?*

Vu son air moqueur, Lilas lui a sûrement dit que j'avais passé la soirée dans ma chambre. Après tout, je suis la patronne : je fais ce que je veux ! Alors, je souris et ironise :

– *Si, je suis épuisée.*

Il rit. Je fonce chercher l'enveloppe dans mon bureau et cours jusqu'à ma voiture. Je la jette sur le siège passager, j'effectue le trajet en un temps record tout en me demandant ce qu'elle peut bien contenir.

Quand j'entre dans la maison, l'enveloppe dans les mains, Luisa est en train de s'activer dans la cuisine.

– Je suis désolée, vraiment, je n'ai pas vu le temps passer. Je sais que j'avais dit que je rentrais tôt, prends congé mardi et je te paierai un dédommagement, et...

Elle m'interrompt :

– Madame, tout va bien. Je vous ai fait des gaufres pour demain matin.

– Tu es une perle. Merci. Sinon, rien de particulier ?

– Nathan a eu du mal avec son devoir de calcul. Cela l'a énervé. Il s'est disputé avec Célia, car elle n'arrivait pas à lui expliquer. Mais Manu a réussi à le calmer et à lui faire comprendre.

Mon cœur fait un bond :

– Manu est venu ?

– Non, Célia l'a appelé en visio.

– Ah ! OK, et...

J'allais demander comment il allait... Je ne comprends pas pourquoi il m'évite, moi uniquement, et pourquoi cela me fait aussi mal. Je serre l'enveloppe que je tiens toujours dans mes mains. Louisa la fixe, cligne des yeux et me demande d'une voix inquiète :

– Il a demandé comment vous allez.

– Hum.

Il pense quand même un peu à moi, c'est déjà cela.

– Merci Luisa, vas-y, je t'ai assez retenue.

Et j'ai surtout une envie folle de pouvoir enfin découvrir ce que contient cette enveloppe. Je me dirige vers la chambre et passe la tête dans la chambre de Nathan. Je souris, mon petit enfant perdu. Je me demande dans quel monde imaginaire son subconscient l'a emmené, mais cela semble beau, vu le sourire qu'il arbore. Je dégage une mèche de son front et y pose doucement les lèvres.

Je me redresse et vais voir Célia. Elle dort sur le côté, me tournant le dos. Je remonte la couverture sur ses épaules. Elle se tourne vers moi, entrouvre les yeux.

– Mam ?

– Dors.

Elle s'assied en se frottant les yeux et me demande :

– Ça va ?

– Oui, oui, rendors-toi.

– J'ai eu Tonton au téléphone, il sera de retour pour mon anniversaire ce week-end et il a une méga-surprise pour moi.

– C'est chouette.

– Ça n'a pas l'air de te faire plaisir.

– Si, si je suis très contente pour toi.

– Tu ne sais pas ce que c'est ?

– Quoi ?

– Eh bien, sa surprise ?

– Non.

– Qu'est-ce que tu as dans tes mains ?

Je tiens toujours l'enveloppe dans une main... depuis tellement longtemps qu'elle y semble greffée.

– Des documents de travail. Allez, rendors-toi.

– Bonne nuit.

– Bonne nuit.

Je quitte sa chambre, l'estomac noué. Pourquoi cela m'énerve-t-il autant que Manu joue au silence radio avec moi. Si seulement je savais pourquoi ! Les réponses sont probablement dans cette enveloppe. Je m'installe sur mon lit et l'ouvre.

Elle contient une feuille manuscrite, où je reconnais l'écriture de Manu, et une enveloppe blanche standard.

Je lis la lettre de Manu :

« *Bonjour ma belle,*

En ce moment, tu dois me maudire de t'avoir laissée sans plus d'explications et de ne pas te donner de nouvelles. Tu m'en voudras encore plus quand tu ouvriras l'enveloppe. Tu l'as peut-être déjà fait et tu es en train d'imaginer mille et une manières de me tuer. Toutes les excuses que je pourrais essayer de te donner ne serviraient à rien.

J'ai fait une erreur, j'ai été égoïste et je m'en veux. Mais le mal est fait. Je ferai tout pour que tu me pardonnes et j'espère que tu en trouveras la force. Je t'aime et je ne veux pas te perdre. On se verra à l'anniversaire de la baronne... Si tu me laisses entrer.

Pardonne-moi... »

Qu'est-ce qu'il a encore fait, qui me vaut cette lettre d'excuses ?

Je la pose, puis prends et ouvre l'enveloppe. Mes mains se mettent à trembler quand je déplie la lettre qu'elle contient et reconnais l'écriture de Paul.

37
Lettre d'adieu

Je tente d'avaler la boule qui se forme dans ma gorge. Je passe mes doigts sur les mots que Paul a couchés sur cette feuille. Je prends une grande inspiration pour me donner du courage et contenir l'émotion que je sens s'insinuer en moi, mais c'est peine perdue. Parce que j'ai l'impression d'entendre la voix de mon mari prononcer chacun des mots que je lis et cela me fait monter les larmes aux yeux.

« *Mon bonheur,*

Si tu tiens cette lettre entre tes mains, c'est que le destin a décidé de nous arracher l'un à l'autre. Et si je le tiens un jour celui-là, je vais lui faire sa fête... (Je souris entre mes larmes.)... *J'ai écrit, griffonné, raturé... cette lettre encore et encore. Comment trouver les mots à mettre sur notre histoire, sur ce que je ressens pour toi, sur ce que je te souhaite ? Aucun mot n'est assez fort. Alors, j'ai triché et me suis inspiré d'un de tes auteurs préférés pour que tu comprennes...*

Aimons toujours ! Aimons encore !

Quand l'amour s'en va, l'espoir fuit.
[...]
L'amour fait songer, vivre et croire.
Il a pour réchauffer le cœur,
Un rayon de plus que la gloire,
Et ce rayon c'est le bonheur !
Aime ! Qu'on les loue ou les blâme,
Toujours les grands cœurs aimeront
[...]
Je préfère aux biens dont s'enivre
L'orgueil du soldat ou du roi,
L'ombre que tu fais sur mon livre
Quand ton front se penche sur moi.
[...]
Et l'on se dit : « C'est donc fini ! »
L'amour seul reste. Ô noble femme
Si tu veux dans ce vil séjour,
Garder ta foi, garder ton âme,
Garder ton Dieu, garde l'amour !
Conserves-en ton cœur, sans rien craindre
Dusses-tu pleurer et souffrir,
La flamme qui ne peut s'éteindre
Et la fleur qui ne peut mourir[7] *!*

Je sanglote à présent, ce poème m'a toujours touché. Mais là, chacun de ces vers me frappe en plein cœur. Et la façon qu'à ensuite Paul de les interpréter finit de m'anéantir.

... Voilà mon amour, je n'aurais jamais été à la hauteur de ton Victor. Il traduit exactement ce que je veux que tu gardes de nous. Nous avons eu la chance de nous trouver très tôt, nous avons appris ce qu'était l'amour, comment aimer ensemble. Nous avons construit notre couple, notre famille petit à petit. Nous avons eu des

7. L'intégralité du poème de Victor Hugo est en fin d'ouvrage.

épreuves à affronter, nous avons dû nous battre, mais cela ne m'a jamais semblé difficile parce que tu étais là, parce que nous étions nous. Tous les deux, nous étions tellement forts que je pensais que rien ne pouvait nous arriver... Notre amour nous rendait invincibles.

Mais, en écrivant ces mots, je me mets à ta place et j'ai mal. Je ne fais qu'imaginer ce que ma perte a pu te faire et doit te faire chaque jour. Si c'était toi qui avais dû m'être arrachée, je pense que je ne m'en serais pas relevé s'il n'y avait pas eu les enfants. Je remercie le destin de nous avoir laissé le temps de concevoir ces parties de nous avant de m'arracher à toi. Ils seront les ailes qui te porteront, mais peut-être sont-ils déjà grands et ont-ils quitté le nid à l'heure où tu lis ces lignes et j'ai peur... Peur que tu penses ne plus avoir besoin de tenir le coup, que tu te laisses couler pour me rejoindre. Je te l'interdis. Parce que nos enfants auront toujours besoin de toi. Mais aussi parce que te faire du mal serait nous trahir. La vie nous a offert ce que tant de personnes cherchent parfois toute leur vie : quelqu'un à aimer, avec qui tout partager : une âme sœur. Tu es mon âme sœur et tu le seras toujours, rien ne pourra changer cela...

J'interromps ma lecture, les larmes brouillent ma vue. Je tiens la lettre de mon âme sœur contre mon cœur et, de ma main libre, je prends un mouchoir sur ma table de nuit. J'essuie mes larmes et essaie de contrôler les battements frénétiques de mon cœur et les hoquets de sanglots que les mots de Paul ont provoqués.

Même si je sais que je ne sortirai pas indemne de ma lecture et que les mots de mon mari sont en train de rouvrir la plaie qui commençait à peine à cicatriser, je ne peux m'empêcher de reprendre ma lecture.

... Mais maintenant, je suis persuadé que l'on peut avoir plusieurs âmes sœurs. Je serai toujours ton premier

amour, personne ne pourra prendre cette place, mais je refuse d'être ton seul et dernier amour. Quand nous nous sommes rencontrés, ni toi ni moi ne savions quelle était notre place dans ce monde. Puis nous avons compris : notre place était d'être auprès de l'autre. Quelque part autour de toi se trouve sûrement quelqu'un qui était comme moi avant que je te rencontre. Il n'attend que toi. J'en suis sûr parce que je refuse de croire que plus jamais tu ne connaîtras ce bonheur de donner et de recevoir. Alors, je t'en supplie : fais-moi cette promesse. Continue de croire en l'amour, ne perds pas l'espoir, ne te ferme pas. Aime ! Tu ne pourrais me rendre plus bel hommage.

Ni toi ni moi ne sommes croyants, mais qui sait, on se trompe peut-être. Si c'est le cas, alors je veillerai sur toi et nos amours de là-haut. Après avoir botté le cul à saint Pierre, Dieu et toute sa clique de m'avoir appelé bien trop tôt.

Tu as fait de ma vie un paradis, je n'aurais pu être plus heureux, alors je te souhaite de trouver un homme ou une femme que tu pourras combler tout autant. Mais surtout qui te rendra ton amour au centuple. Tu le mérites tellement. Je t'aime et aujourd'hui l'expression "même après ma mort" prend tout son sens. »

Je serre les derniers mots de Paul contre mon cœur et laisse le flot de larmes que j'ai réussi à contenir pour finir sa lettre se déverser sur mes joues. Mais ses mots n'ont pas rouvert ma plaie comme je l'appréhendais. Non, ils sont comme un baume qui la soigne... Ils traduisent tellement bien ce qui nous a unis, mais surtout ils me libèrent. C'est le signe que j'attendais. Paul me donne sa bénédiction. Il me pousse même à aimer à nouveau. Je sais que je n'aimerai jamais comme je l'ai aimé, mais je pourrai m'autoriser à aimer sans culpabilité, en sachant que c'est ce qu'il escomptait pour moi.

Je caresse sa lettre, c'est le plus beau dernier cadeau que Paul pouvait me faire.

Et Manu me l'a cachée. Une bouffée de colère transforme mes larmes de reconnaissance en larmes de rage. Comment a-t-il pu me priver de cela ? De quel droit ? Et depuis combien de temps ? Et comment se l'est-il procurée ?

38
Révélations

Mutine

Je prends mon téléphone en tremblant. Il va m'entendre. Les tonalités résonnent dans la pièce, je coupe la communication quand j'entends son répondeur s'enclencher et sa voix de traître emplir la pièce.

Quel lâche !

Je jette mon téléphone sur mon lit et trace des tranchées à travers ma chambre pour essayer de me calmer.

Il sait que je sais et il continue de fuir. Trois jours. Je vais devoir attendre trois jours pour pouvoir lui flanquer la baffe qu'il mérite et lui dire à quel point je le déteste de ce qu'il a osé me faire.

Célia !

Il a préparé son coup, le salaud, il sait que je ne priverai jamais Célia de sa présence pour son anniversaire et que je ne gâcherai jamais sa fête avec une engueulade. En plus, il lui réserve une surprise. Je me retrouve prise au piège. Mais il ne perd rien pour attendre.

Non seulement je vais le virer mais, avant cela, je vais me venger. Sa petite séance d'épilation lui semblera bien douce à côté de ce que je vais lui faire subir.

Je n'ai jamais été aussi en colère de toute ma vie et aussi déçue! Il sait à quel point j'aime Paul, à quel point cette lettre était importante. Elle était ouverte, il l'a donc lue. Une traîtrise supplémentaire. Il n'avait pas le droit! Ces mots, et quels mots... (Mon ventre se noue...) m'étaient destinés à moi, uniquement à moi.

Je n'arriverai pas à me calmer et encore moins à dormir. Je dépose avec délicatesse la lettre de Paul sur ma table de nuit. Puis j'ouvre mon armoire, prends une de mes tenues de fitness et me change. Je reprends mon téléphone, descends dans le garage, enfile mes gants et branche ma playlist sport sur mon téléphone.

À nous deux: pas besoin de coller une photo de Manu sur mon sac de frappe. J'imagine très bien son visage angélique devant moi et je frappe, encore et encore. Je me déchaîne, sautant, tapant de plus en plus fort. Je déverse ma colère contre Manu, contre ce qu'il m'a fait, mais aussi contre le destin et ce qu'il m'impose encore...

Le silence me sort de mes pensées: ma playlist est terminée. Une heure que je déverse ma haine, je suis trempée, à bout de force, mais toujours aussi furieuse. Je remonte dans ma chambre, reprends ce qui désormais sera ma lecture préférée. Je m'allonge sur le lit et la pose sur ma poitrine. Je dois prendre une douche, mais je me sens basculer dans le sommeil et ne lutte pas.

Quand le réveil sonne, je me lève d'un bond. La lettre de Paul glisse sur le matelas, je la reprends, la caresse et la glisse dans le tiroir de ma table de nuit, au-dessus de nos carnets.

Je souris.

« Merci, mon amour. »

Cette lettre change tellement de choses. Je me sens apaisée et, en songeant que j'aurais pu l'être bien avant, la colère grimpe à nouveau en moi. Je dois l'endormir quelques jours. Personne d'autre n'a à pâtir des conneries de mon ex-meilleur ami.

Mais j'ai beau essayer de donner le change, je n'arrive pas à chasser Manu et sa traîtrise de mon esprit. Je comprends mieux sa fuite à présent. Moi qui pensais le connaître... Jamais je n'aurais pu l'imaginer être capable de me faire tant de mal. Parce que j'ai mal, j'ai envie de pleurer sans cesse et je dois me contrôler pour ne pas mordre le nez de tous ceux qui m'adressent la parole. Et cela doit clairement se voir, parce que tout le monde marche sur des œufs autour de moi. Je ne sais pas comment je vais gérer les deux soirées qu'il reste au club. Là-bas, tout me rappellera Manu.

Je passe une matinée difficile à essayer de me plonger dans la paperasse administrative, mais je dois relire je ne sais combien de fois les mêmes phrases. Je me retrouve avec un mal de tête qui menace de se transformer en migraine. Je prends un antidouleur et, pendant la pause de midi, réussis à faire une micro-sieste qui me soulage un peu.

Je ne peux en parler à personne. La seule personne à qui je pouvais tout dire est un Judas. J'ai une illumination : Nathalie... Je sais qu'on n'est pas vraiment amie, mais on s'envoie des mails presque chaque jour pour parler de tout et de rien.

Je tape un mail anodin lui demandant comment elle va et s'ils ont finalisé leur voyage en Grèce pour les vacances de printemps, qui sont déjà dans moins de deux semaines. Elle va sûrement me demander comment je vais à son tour et je pourrai me libérer, en partie, du poids qui s'est abattu sur mes épaules depuis cette nuit.

L'après-midi s'égrène tout aussi doucement : je décide de faire un passage dans chaque classe puis de vérifier les réservations pour le voyage des secondes à Londres. Je prends sans cesse mon téléphone pour voir si Manu m'a contactée ou si Nathalie m'a répondu. Rien. Je n'arrive pas à me sortir mon soi-disant meilleur ami de la tête. Le seul moment où j'y parviens, c'est lorsqu'un élève m'est envoyé pour insolence. Je passe plus d'une heure à discuter avec lui : du divorce de ses parents et de ce que cela lui fait, des autres moyens qu'il pourrait trouver pour extérioriser sa colère et sa peine.

La sonnerie de fin de journée met fin à notre conversation. J'ai juste le temps d'éteindre mon ordinateur que Célia débarque, excitée comme une puce.

– Mam, je sais ce que je veux pour mon anniversaire. Ça ne coûtera rien et je ferai tout ce que tu veux. DIS OUUUUIIII.

Son « oui » strident et sa voix qui monte dans les aigus menacent de transformer mon mal de tête en migraine. Je prends mon sac, non sans jeter un rapide coup d'œil à mon téléphone, et sors, ma grande déchaînée sur les talons.

– J'ai déjà acheté ton cadeau d'anniversaire et...

– Mais je t'ai dit : ça ne te coûtera rien, rien du tout. Si tu dis oui, ce sera le plus bel anniversaire que j'aurai jamais eu.

– Allez, dis-moi.

– Dis oui d'abord.

– On va chercher Nathan, tu m'expliqueras en chemin.

– C'est oui ?

Mais elle est têtue, tout le caractère de Paul.

– Pourquoi tu souris comme ça ?

Je ne réponds pas et me dirige vers la sortie. Célia débitant une série d'arguments, de promesses allant jusqu'à parler de repasser… Je ne sais toujours pas pourquoi, mais c'est le moment le plus amusant de ma journée, alors je la laisse continuer sa campagne pour « son plus bel anniversaire de sa vie ». Elle continue pendant tout le trajet jusqu'à s'énerver devant mon mutisme.

– Mam, réponds-moi.

– Tu m'as posé une question ?

– Oh, tu m'énerves… euh pardon, je voudrais juste que tu me dises si tu es d'accord.

OK là, Célia qui s'excuse, c'est qu'elle tient vraiment à ce que je dise oui.

– Célia, je ne sais toujours pas pourquoi.

– Oh, mais pour la fête que mes amis m'ont prévue samedi. Les parents de Claire nous prêtent leur maison et on dormirait sur place. S'il te plaaaîîîît.

– Mais, samedi, on a déjà prévu une fête à la maison.

– Je sais, mais on a pensé à tout. On fait d'abord la fête à la maison comme prévu. On a donné rendez-vous aux autres à vingt-trois heures chez ma Best. Ça nous laisse de la marge.

– On en parle ce soir, je vais réfléchir.

Elle me saute au cou.

– Oh merciiiii, mam.

– Je n'ai pas dit oui.

– Oui, oui, je sais.

Célia : 118. Maman : 0.

Après tout, c'est son anniversaire… Et puis son bonheur et le sourire qu'elle m'offre valent bien quelques défaites.

***

Je suis dans mon bureau depuis une heure, à me casser la tête sur cette comptabilité. Il va falloir que je mette une annonce pour trouver un nouveau comptable parce que ce n'est vraiment pas mon fort. Manu gère cela de main de maître. Enfin, gérait. Je ne trouverai plus un associé comme lui. Ni un ami... Mes yeux me brûlent et j'ai la gorge sèche. Je suis toujours en colère, mais à ce moment précis, c'est la peine qui prend le dessus. Je vais à nouveau me retrouver seule... Je me prends la tête entre les mains. Je ne pleurerai pas, j'ai assez pleuré, et puis est-ce que ce serait si terrible d'être seule? Le destin ne m'offrirait-il pas une occasion de vivre une vie différente, d'être différente? Une vie où la seule personne sur qui je puisse compter soit moi-même. En y réfléchissant bien, j'ai toujours eu quelqu'un sur qui me reposer: Paul et, quand il nous a quittés, Luisa et Célia, puis Manu. J'ai deux métiers où je dois tout prendre en charge, prendre des décisions (pour les autres), donner des ordres. À l'école et au club, je dois me montrer sûre de moi, être sans failles. Alors qu'en vérité, j'en ai tellement. Je ne suis pas une femme forte, j'ai toujours peur de faire les mauvais choix, de blesser les autres, de ce que les gens pourraient penser de moi. Je me cache derrière le fait que mon poste de directrice ne me permet pas de montrer mon vrai visage au club. Mais, après tout, il y a une chance sur un million qu'un de mes parents d'élèves fréquente le club, étant donné que je filtre les inscriptions.

La lumière clignote, ma séance avec Louise et Matthias n'est que dans (je jette un coup d'œil à mon téléphone, vérifiant par la même occasion si Nathalie ou Manu se sont décidés à me donner des nouvelles: rien)... plus d'une heure.

J'enclenche l'ouverture de la porte. Nathalie et Philippe entrent, je me lève.

Ni l'un ni l'autre n'entament la conversation. Ils restent là, plantés, à me regarder avec un regard... triste. Cela m'inquiète.

– Tout va bien?

Ils se regardent, gênés ?

– Tu vas bien? s'inquiète Philippe.

– Je mentirais en te disant que je suis heureuse, que sa lâcheté ne me fait rien, mais c'est ainsi... J'ai connu pire !

Nathalie me regarde en fronçant les sourcils. J'ai signé trop vite, elle a dû ne rien comprendre.

– Tu peux lui parler. Nous savons que tu n'es pas sourde, me dit Philippe.

De rage, je cligne des yeux de façon frénétique et tape des poings sur le bureau. Même là-dessus, Manu m'a trahie.

– Manu vous l'a dit. Il n'est plus à une traîtrise près, celui-là !

– Non, Philippe l'a deviné à ta façon de signer, de réagir aux bruits.

– Pourquoi vous avez continué à jouer le jeu, alors ?

– Cela semblait important pour toi et cela nous convenait.

Je me laisse tomber dans mon fauteuil et me passe les mains sur le visage.

– Mutine, tu ne te demandes pas pourquoi il est parti ? m'interroge Philippe en me souriant.

– Si, mais j'ai beau tourner la question dans tous les sens, je ne comprends pas. Je le vois samedi, j'espère enfin avoir les réponses à mes questions.

– Oui, tu les auras.

– Tu sais quelque chose ?

– Il n'est pire aveugle que celui qui ne veut pas voir.

Il prend la main de Nathalie et s'en va, laissant cette phrase flotter dans la pièce...

« *Il n'est pire aveugle que celui qui ne veut pas voir.* »

Et si...

Non. Manu préfère les hommes. Il a bien eu deux, trois aventures avec des femmes, dont moi. Mais plus après... Il plaisantait en disant que je l'avais à tout jamais rassasié des femmes. Se pourrait-il ?...

Toutes les fois qu'il m'a proposé, en plaisantant, d'être mon sex friend me reviennent à l'esprit. Et puis, sa froideur par rapport à Jo, son comportement après la séance...

Il était jaloux, il ne voulait juste pas me perdre. Il a dû se dire que si je lisais la lettre de Paul, je m'autoriserais à rencontrer quelqu'un et il n'aurait plus sa place. Auprès de moi, mais des enfants aussi. Il leur est si attaché, bien plus qu'un tonton. Il a dû vraiment avoir peur de perdre tout cela, que je n'ai plus autant besoin de lui. J'essaie de me mettre à sa place en l'imaginant en couple, ne venant plus après les séances, espaçant ses soirées à la maison, et cela me noue directement l'estomac. Je détesterais cela.

Je me rends compte que la colère m'a quittée. Je lui en veux toujours de m'avoir menti, privée du dernier cadeau que Paul m'a fait, mais je commence à comprendre. C'était tellement évident... Je repense aux mots de Philippe : « *Il n'est pire aveugle que celui qui ne veut pas voir.* »

39
Gourmandise

Mutine

Je ne veux pas y penser maintenant. Je quitte mon refuge pour aller me préparer, enfin surtout préparer les ingrédients et le matériel nécessaire au fantasme du jour de Louise et Matthias.

* * *

Je tends la main à ma cliente pour la conduire à côté de la table. Son amant est confortablement installé dans un fauteuil et il ne nous lâche pas des yeux.

Je prends un élastique dans une des pochettes de ma ceinture et rassemble les cheveux de Louise en un chignon. Je promène mes doigts sur sa nuque. Elle porte un chemisier gris perle en dessous duquel on peut deviner un soutien-gorge noir.

Je lui fais face et lie nos regards. J'ouvre deux de ses boutons, dévoilant sa lingerie. J'y introduis un doigt et le passe sur chacun de ses tétons. Louise bat frénétiquement des cils et entrouvre la bouche. J'en profite pour en dessiner le contour du bout de la langue, mes yeux toujours ancrés aux siens. Je continue de déboutonner son chemisier alors que ma langue vient caresser la sienne. Je ne me retiens plus, me laisse aller à mes envies, et les sensations qui s'insinuent en moi me prouvent que je ne le regretterai pas. Je remonte mes mains sur son ventre, qui se couvre de chair de poule, sur sa poitrine, ses épaules, la libérant de son vêtement. Lorsqu'il tombe sur le sol, du bout de ma chaussure, je le pousse vers mon client.

Alors que je défais son soutien-gorge et l'envoie rejoindre son chemisier au pied de son compagnon, ma langue quitte sa bouche pour remonter le long de sa joue, jusqu'au lobe de son oreille que je mordille.

Je m'agenouille à ses pieds pour lui retirer ses escarpins. Je remonte, baladant mes mains sur ses mollets, ses genoux, ses cuisses, je prends plaisir à la toucher. Elles se faufilent sous sa jupe jusqu'à ses fesses, puis à l'élastique de ses collants que je fais glisser, emportant son string au passage, jusqu'à ses pieds. Louise lève un pied après l'autre pour m'aider à l'en libérer.

Je tape sur la table pour qu'elle y grimpe. Elle s'y allonge sur le dos. Nue et à ma merci. Ce pouvoir est toujours grisant et m'excite. Du dos de la main, j'effleure sa nuque, ses seins, son ventre, passe sur son pubis qu'elle a épilé totalement. Je souris quand, instinctivement, elle écarte légèrement les jambes. Elle est prête.

En évitant le regard de Matthias, que je sens me suivre, je me dirige vers un placard dans lequel un frigo est encastré. Je l'ouvre, prends le plateau que j'ai préparé, referme la porte. Je me tourne vers mon client.

Il est temps de passer à table.

Je lui tends une des coupes de champagne. Je trempe mon doigt dans la crème Chantilly et le porte à ma bouche, je le suce doucement.

Il ne cille pas. Il se lève, me contourne en me frôlant, déclenchant un long frisson d'excitation le long de ma colonne vertébrale. Je me tourne pour lui faire face. Il va s'appuyer contre le mur, au pied de la table de massage, et croise les bras.

Il m'a toujours impressionnée. Il ne laisse jamais paraître aucune de ses émotions. Heureusement que son corps parle pour lui : son érection est bien visible sous son pantalon.

Il suit mon regard, le visage toujours fermé. Je bénis mon masque de cacher mes joues, rougies d'avoir été prise sur le fait.

Je pose le plateau sur la desserte à côté de la table. Je prends la coupe de champagne destinée à Louise, y trempe deux doigts et les porte à sa bouche. Elle cligne des yeux, hésite, tourne légèrement la tête. Je n'insiste pas. Je déverse doucement le contenu du verre sur sa poitrine et son ventre. Ma cliente se cambre et frissonne. Je grimpe à ses côtés et me penche vers elle. Je l'interroge du regard. Elle me sourit, me donnant son assentiment.

Je récolte de la langue le champagne, dessinant des arabesques sur le ventre et la poitrine de Louise dont la respiration devient erratique. Quand je saisis un de ses tétons, elle laisse échapper un gémissement qui se répercute dans ma chatte.

Je perçois les mouvements de Matthias, je ne lève pas les yeux vers lui, je ne suis pas censée l'avoir entendu. Je l'observe du coin de l'œil.

Il se place au niveau de la tête de sa compagne et pose les mains sur ses épaules. Il pose un baiser sur son front, sur son nez, avant de prendre possession de ses lèvres. Je m'interromps pour les observer. Matthias détache leurs lèvres.

– Chérie, ferme les yeux et ne les ouvre pas avant que je te le dise.

Elle obéit. Il se penche vers le plateau, je suis chacun de ses mouvements tout en caressant les seins et le ventre de sa compagne. Il prend une fraise, la trempe dans la chantilly, la porte à la bouche de son amante qui la suce avant de la croquer. Mon entrejambe déjà humide me picote. Il plante son regard dans le mien, porte le reste du fruit à sa bouche, l'avale en passant son pouce sur sa lèvre inférieure. Les picotements ont envahi le reste de mon corps. Putain, j'ai envie de lui.

Ses lèvres s'étirent dans un sourire victorieux, il l'a senti. Il se penche à nouveau vers le plateau et y prend un glaçon, j'avale ma salive, anticipant ce qu'il va faire. De sa main libre et sans me quitter des yeux, il le fait glisser le long de la mâchoire de Louise jusqu'à ses lèvres. Il en dessine le contour et, quand elle entrouvre la bouche, il y glisse le glaçon. Il le retire et s'approche de moi. Je ferme les yeux. J'ai deux choix : entrer dans son jeu ou reprendre les choses en main et réaliser la séance comme cela était prévu. C'est ce que j'aurais fait hier encore...

Mais la lettre de Paul a fait tomber les dernières barrières.

Je me penche, frotte ma poitrine contre le ventre de ma cliente et me redresse pour me retrouver à quelques centimètres de Matthias. D'un geste brusque, je saisis son poignet. Il cligne des yeux, une seule fois, reprenant très vite le contrôle de son corps. J'attire sa main à ma bouche et, nos regards toujours ancrés, je lèche le bout de glace. Du bout de la langue, je le parcours avant de le suçoter.

– Chérie, ouvre les yeux, il faut que tu ne manques cela pour rien au monde.

Je sens Louise bouger sous moi et, du coin de l'œil, je la vois s'appuyer sur ses coudes pour mieux nous observer. Alors, que le spectacle commence !

Tenant toujours le poignet de Matthias, je le tire pour que le glaçon quitte mes lèvres et glisse le long de mon menton, mon cou, longe le bord de mon bustier. Mon corps s'est couvert de chair de poule, mais je suis incandescente. Puis je viens planter mon regard dans celui de Louise et dirige la main de son amant vers elle pour qu'il reproduise le même parcours sur son corps.

Je lui fais tracer des cercles de plus en plus petits sur un de ses seins puis sur son téton érigé. Je me penche, interroge Louise du regard, elle se mord la lèvre inférieure et hoche doucement la tête pour me donner son accord. Tout en dirigeant la main de Matthias pour qu'il trace les mêmes cercles sur son autre sein, ma langue récolte l'humidité glacée que le glaçon a laissée sur celui-ci. Quand je me mets à aspirer son téton, Louise gémit.

Je me redresse, prends son autre sein humide en main et, d'un regard et d'un signe de tête, invite Matthias à m'imiter. L'étonnement que je lis dans ses yeux intensifie mon désir.

Je lui ôte le glaçon des mains et le laisse tomber au sol. Je prends sa main et viens la poser sous le sein de son amante, notre amante... Je descends de la table pour me placer à ses côtés, face à Matthias. Nos bouches, nos langues sur sa poitrine, Louise s'arque en gémissant de plus en plus fort. Je peux sentir les yeux de Matthias m'espionner. Je lève les yeux vers lui et ma bouche descend sur le ventre de sa compagne, il fait de même. Nous descendons ensemble, de plus en plus bas sur ses hanches, ses cuisses, puis remontons. Mon cœur bat la chamade dans ma poitrine, mes mains tremblent, je saisis le bord de la table pour me calmer. Ce que je m'apprête à faire risque de me faire perdre le peu de contrôle que j'ai encore sur mon corps. J'avance ma langue vers le pubis de Louise, Matthias fait de même. Nos fronts se touchent, nous redressons la tête au même moment. Son regard est noirci et brûle de désir, je ne me laisse pas le temps d'hésiter. Je me jette sur ses lèvres. Notre baiser est sauvage. Nos langues ne se caressent pas, elles se battent, nos dents s'entrechoquent. Je me recule pour reprendre mon souffle.

Nous nous sourions. Je pose la main sur la chatte de ma cliente, elle est trempée. Je l'ai déjà masturbée, mais jamais goûtée, et j'en meurs d'envie. Je ne suis pas bi, mais à cet instant précis, il n'est plus question de préférence de sexe, je n'écoute que mon corps, mes envies.

Matthias pose sa main à côté de la mienne sans la toucher. Les règles... Mais je les envoie promener en prenant sa main de ma main libre et en la posant sur ma joue. Je la glisse jusqu'à ma bouche, l'embrasse. Je la pose sur mon autre main et, ensemble, nous descendons vers l'intimité de notre amante. Elle est surexcitée et écarte davantage les jambes pour nous inviter à la caresser plus encore. Invitation à laquelle nous répondons. Je plie un doigt pour l'introduire en elle, Matthias fait de même, arrachant un cri à Louise. Nous tournoyons en elle sans nous quitter des yeux. Les plaintes de notre amante se font de plus en plus fortes, elle ondule contre nos doigts. Je lui saisis un sein que je pétris, mon client fait de même. Et dans un long cri, Louise chute.

D'un même mouvement, nous retirons nos mains. Matthias lui pose un léger baiser sur les lèvres et contourne la table puis vient se placer dans mon dos. Il pose ses mains sur mes épaules, je frissonne. Il les descend sur le bord de mon bustier et attend. Je mets mes mains derrière mon dos et détache ma jupe qui vient s'écraser au sol. Il comprend ce signal et commence à défaire les lacets de mon bustier.

Louise, qui commence à se remettre de son orgasme, lui demande :

– Tu es sûre qu'elle est d'accord ?

– Regarde-la, elle ne demande que ça.

Oh oui, je ne demande que ça.

Et pour lui prouver, j'empoigne le bras de Louise et la tire vers moi. Elle descend de la table, je me tourne vers elle. Elle pose son pouce sur ma bouche. Son regard s'adoucit comme si elle voulait me rassurer. Elle inverse les rôles, et cela me convient tout à fait. À eux de mener la danse. Je lui souris, ouvre la bouche et suce son pouce. Elle pose une main sur ma hanche. Matthias finit de me libérer de mon bustier et se colle contre moi. Il a retiré sa chemise, la chaleur de son torse, son érection contre mes fesses et ses mains qui se posent sur ma poitrine me rendent folle. Je lâche le pouce de Louise pour l'attraper par la nuque et pour poser mes lèvres sur les siennes. Elle ne répond pas à mon baiser. Elle s'écarte, m'offre un sourire taquin et secoue la tête. Elle me saisit par les épaules et me tourne vers son amant. Elle m'offre à lui.

– Fais-toi plaisir, mon amour. Elle te veut, toi.

Elle a raison, j'ai envie de son homme. J'ai envie qu'il me possède et qu'elle nous regarde. Je sais que cela ne lui pose pas de soucis, qu'elle aime cela. Comme lui aime la voir se faire posséder par d'autres hommes. Ils se sont libérés des chaînes de la conformité et maintenant qu'ils ont goûté à cette liberté, ils ne feront plus marche arrière.

Matthias harponne mon regard et attend que je donne mon consentement. Je pose mes mains sur sa nuque, mon front sur le sien et lève une jambe pour l'enrouler autour du haut de ses cuisses. Il l'attrape, me soulève et me pose sur le bord du lit. J'écarte les jambes pour créer un espace dans lequel il vient se glisser. Il descend ses deux mains le long de mes bras pour venir décrocher mes mains de sa nuque. Il lie nos doigts et pose avec douceur ses lèvres sur les miennes, sa langue se glisse dans ma bouche et l'explore. Elle caresse l'intérieur de mes joues, mon palais, mes dents, ma langue, l'invitant à danser avec elle. Et c'est une danse langoureuse qu'elles entament. Matthias lève nos mains enlacées au-dessus de ma tête, tout en me faisant reculer contre les armoires. Il presse son corps contre le mien et approfondit notre baiser. Je gémis dans sa bouche, il me soulève et me serre contre lui, puis me plaque contre la surface en bois. J'étire mes lèvres toujours scellées aux siennes.

Louise, un préservatif à la main, se positionne derrière son compagnon. Je ne l'avais même pas vue se déplacer. Elle passe sa main entre nous, effleurant ma peau qui me picote et déroule la capote sur la queue tendue de Matthias. Il lâche mes lèvres et se détache un peu plus sans pour autant me lâcher. Louise a toujours la main sur le sexe de son homme. Elle ne s'éloigne pas. Elle plonge ses yeux dans les miens, son regard est rieur : elle joue, et ce jeu l'amuse beaucoup. C'est très déstabilisant, mais je ne peux que reconnaître que cela est surtout excitant. Quand elle guide la bite de Matthias en moi, un doigt l'accompagnant, je ne peux retenir un cri. Mes amants, en parfaite synchronisation, me pénètrent avec une cruelle lenteur. Leurs yeux ne me quittent pas. Ils guettent chacune de mes plaintes, chacun de mes battements de cils, chacun de mes mouvements. Je ne suis qu'une poupée entre leurs mains expertes qui me pressent les fesses, m'écartent. Plus leurs doigts s'approchent de mon anus, plus ils accélèrent leurs mouvements en moi. J'ai l'impression de me déconnecter de mon corps. Je suis tout au bord du précipice. Nos respirations, mes cris, mon dos qui claque contre l'armoire, tous ces bruits bourdonnent dans mes oreilles. La chute est toute proche. Matthias s'en rend compte.

– Vas-y, ordonne-t-il.

Louise introduit un doigt dans mon anus et je plonge dans un gouffre de sensations indescriptibles. Elle se retire sans délicatesse, m'arrachant un cri. Matthias me décolle de l'armoire et me serre dans ses bras. Je pose mon front contre son épaule. Je suis vidée, épuisée, mais comblée. Je lui suis reconnaissante de ne pas me lâcher. Curieusement, je n'ai pas envie de fuir. Je me sens vulnérable, mais, en cet instant précis, je l'accepte avec joie.

Ils se retirent avec douceur cette fois. Après ce qui me semble durer quelques secondes, j'entends Louise s'éloigner sans un mot.

Le bruit de l'eau qui coule me fait relever la tête, elle a enclenché la douche. Matthias appuie doucement sur ma tête pour que je me laisse aller contre lui. Il se dirige vers la cabine et nous glisse sous le jet. Il me pose, prend mon visage en coupe, le caresse des pouces. Il m'oblige à le regarder, fronce les sourcils et ses lèvres miment un « ça va » ? Silencieux. Je souris et hoche la tête pour le rassurer. L'eau dégouline sur nous, mais nous ne bougeons pas. Ni l'un ni l'autre. J'ai un lien particulier avec tous mes clients, mais je ne les laisse jamais traverser ma bulle de protection. Et là, en quelques jours, j'ai permis à Jo, Matthias et Louise d'y entrer. J'en suis heureuse, je n'ai pas, plus, peur. Je sais très exactement ce que je veux à présent, ce dont j'ai besoin.

40
Fête d'anniversaire

Manu

Je n'ai jamais été aussi angoissé. J'ai les mains tremblantes et moites, la nausée. Mutine n'a plus essayé de me joindre, et c'est mauvais signe. J'aurais préféré qu'elle remplisse ma boîte vocale de cris et d'injures et m'inonde de textos incendiaires. Ce silence est une vraie torture.

Je me frotte les mains contre mon jean et essaie de me focaliser sur la joie de les revoir tous. Ils m'ont terriblement manqué. Cela ne m'aide pas, au contraire, et si c'était la dernière fois ? Si Murielle, après ce soir, m'excluait totalement de leur vie ?

Les yeux me piquent à cette pensée. Je me frotte le visage. Allez, vas-y. Mais je reste bloqué devant le pas de la porte. J'entends de la musique et des rires fuser. Je reconnais celui de Murielle, je le reconnaîtrais entre mille. Je pourrais rester là et m'en imprégner encore et encore, le graver en moi.

– *Salut Manu, tu as déjà sonné ?*

Lilas a surgi devant moi, elle me fait la bise.

– *Qu'est-ce que tu fais là ?*

– *Tu n'es pas au courant ?*

– *Non.*

– *Tu n'avais qu'à ne pas partir au meilleur moment.*

– *Je ne comprends rien.*

– *Mutine, enfin Murielle...*

Pause. Comment cela fait-il qu'elle sache le vrai prénom de Mutine ? Et...

– *A organisé une réunion hier soir après la fermeture de la boîte. Il y avait Myron, Phil, Kristen et moi. Elle nous a fait un discours très émouvant. Même Myron avait les larmes aux yeux. Elle nous disait à quel point elle nous était reconnaissante de tout ce qu'on faisait pour le club et...*

Ses yeux rougissent.

– *... combien elle tenait à nous. Que nous étions bien plus que ses employés, que nous faisions partie de sa famille et qu'elle nous aimait.*

Elle essuie une larme qu'elle n'a pu retenir, je sens mon cœur se serrer.

– *... et tu ne devineras jamais ce qu'elle a fait ?*

– *Non.*

Comment pouvais-je le savoir... Je n'étais pas là... Et cela me fait mal. J'ai manqué un moment important pour Murielle. Je me sens déjà comme exclu.

– *Elle nous a demandé deux minutes, s'est éclipsée dans sa chambre et quand elle est revenue... eh bien... elle ne portait plus son masque, elle était rousse et avait les yeux bleus et plus de mouche. Tu aurais vu notre tête ! Parce que Mutine est belle, mais Murielle est sublime.*

– *Je sais.*

– *Ah, toi, tu l'avais déjà vue. J'aurais dû m'en douter, vu votre lien...*

Notre lien. Oui, j'étais le seul là-bas à tout savoir d'elle, et voilà qu'elle m'a privé de cela aussi. Si c'est une punition, elle est réussie, ça me fait mal. Lilas, toute à sa joie, continue :

– ... *Bref, elle nous a invités ce soir. Je meurs d'impatience de découvrir leur maison et de voir Murielle en action. Alors... tu sonnes ou tu restes planté là ?*

J'ai plutôt envie de tourner les talons et de fuir, mais je pose mon doigt sur la sonnette.

C'est une Célia, tout en beauté et en cris de joie, qui nous ouvre.

– Tonton !

Elle se jette à mon cou. Je la serre comme je ne l'ai jamais fait. Je la garde contre moi, longtemps, trop longtemps. Je ne peux me résoudre à la lâcher. C'est peut-être la toute dernière fois que j'aurai cette chance.

– Tonton, tu m'étouffes.

Je la relâche à regret.

Elle arque un sourcil :

– Tout va bien ?

– Oui, oui tu m'as manqué, c'est tout.

Je reprends contenance et essaie de plaisanter :

– Et puis c'est ton anniversaire, tu es vieille, mais pas encore assez pour un câlin de tonton.

– Oh arrête, je ne suis pas vieille, mais toi... tu parles comme un vieux. Mais entrez.

Elle fait la bise à Lilas et elles commencent à signer. Je ne regarde pas. Mes yeux sont focalisés sur la porte qui donne dans le living. Je peux y voir des amis de Célia, je suppose, mais pas ma Mutine.

Luisa sort de la cuisine pour nous accueillir.

– Bonjour Manu, comment allez-vous ?

– Bien et vous ?

– Très bien, merci.

Nathan débarque et me saute au cou, je le jette en l'air. Il devient trop grand et trop lourd pour ça, mais son rire vaut bien un mal de dos. Je recommence.

– Manu, si tu ne veux pas qu'il te baptise de la tonne de chips qu'il a ingurgitée, je te conseille de le poser.

Mon cœur, ma respiration, mon geste restent figés. Comme si quelqu'un avait appuyé sur pause.

Elle est là.

Je pose doucement Nathan au sol, lui ébouriffe les cheveux.

Je n'arrive pas à regarder celle qui est tout pour moi, alors je m'accroupis devant Nathan. Pour cela aussi, il devient trop grand... Mais ainsi, je me soustrais en partie au regard de Murielle. Se servir d'un petit garçon de sept ans comme bouclier... pathétique.

– Je t'ai rapporté des cadeaux d'Italie. Tellement que je n'ai pas pu les porter, tu m'aides ?

– Oui.

Il se tourne vers Murielle :

– Maman, je peux ?

– Oui, quand tonton m'aura embrassée.

Je ne sais pas comment j'en trouve la force, tant je me sens fébrile, mais je me relève et, enfin, ose la regarder.

Elle me sourit presque trop chaleureusement. Je n'arrive pas à déchiffrer son regard. Elle est si belle. Elle s'avance vers moi, pose ses mains sur mes bras et m'embrasse. Pas tout à fait sur la joue ni sur la bouche. Juste sur le coin de la bouche. Ce baiser laisse une brûlure indélébile. Moi qui m'attendais à un accueil glacial, je ne sais pas comment réagir.

Nathan ne me laisse pas le temps d'y réfléchir, il me tire par la manche et ordonne :

– On y va, tonton !

Murielle hausse les épaules, toujours avec ce sourire sur son si joli visage. Sourire qui ne me semble pas si naturel que cela.

***

Murielle

Je peux enfin abandonner le sourire que je m'impose depuis le début de soirée quand Manu et Nathan s'éloignent dans l'allée. Je me précipite dans la cuisine pour boire une longue gorgée de mon verre de vin. Quand je le repose, je manque le renverser tant mes mains tremblent.

Il faut que je me reprenne, je n'ai même pas salué Lilas. Je serre les poings, enfonçant tellement mes ongles dans la paume de ma main que je les sens s'enfoncer dans ma chair. Quand je les rouvre, j'en ai la marque.

Je passe mes mains sous l'eau. Il faut que je tienne le coup. Dans quelques heures, je prendrai une décision qui changera ma vie. Je ne sais pas encore si je la regretterai, mais je ne le crois pas. Je ne peux plus accepter qu'on me cache des choses et je ne veux plus me voiler la face. Peut-être souffrirai-je. Sûrement. Mais cette chape de plomb, qui s'est abattue sur mes épaules depuis la trahison et le départ de Manu, s'envolera. J'aurai, enfin, les réponses à toutes ces questions qui tourbillonnent dans ma tête et je prendrai la décision qui s'imposera à moi. Sans regarder en arrière. Un nouveau départ.

– Madame, tout va bien ?

– Oui, Luisa. J'avais besoin de m'isoler un instant de toute cette agitation. Une bande d'ados, ça en fait du remue-ménage. Finalement, je vais être soulagée de les voir finir leur soirée ailleurs.

– Oui. Justement, maintenant que tout le monde est là, puis-je lancer la cuisson du gâteau ?

– Oui. Une heure, c'est parfait. Ça nous laisse le temps à nous, adultes, de prendre l'apéritif et aux enfants de faire leur partie de Just Dance.

Célia adore les gâteaux au chocolat juste sortis du four et surtout pas assez cuits. Quand nous faisons des muffins, j'en sors toujours quelques-uns avant la fin de la cuisson, pour elle. Seize ans... Dans deux ans, elle quittera la maison pour vivre son rêve à Paris. Il ne faut pas que j'y pense maintenant, je suis déjà assez triste.

Je prends le peu de courage qui me reste à deux mains et replonge dans la fosse aux ados.

Mon living n'en est plus vraiment un. Ils ont décidé que l'espace que je leur avais aménagé entre le fauteuil et la télé pour danser n'était pas suffisant. Ils ont poussé la table de la salle à manger contre la fenêtre, déplacé les chaises pour les aligner contre le mur et porté le canapé dans l'autre angle de la pièce. Et finalement, quand je vois les mouvements qu'ils effectuent, je les en remercie, la télé et mes statuettes en céramique aussi.

Lilas me rejoint :

– *Merci encore pour l'invitation, c'est une belle maison que tu as.*

– *Merci à toi. Tu reviendras pour voir la maison dans son état normal, parce que là...*

– *Oui, quand je vois ça, je me dis que je ne suis pas prête pour avoir des enfants.*

Je ne sais même pas si Lilas a quelqu'un dans sa vie, j'ai vraiment été égoïste toutes ces années. Me focalisant uniquement sur Paul et les enfants, puis sur le club, mais ne m'intéressant à personne là-bas. Même Manu, je ne me suis jamais renseigné sur sa famille, sa vie en dehors du club. Pour Lilas, je peux changer les choses dès maintenant, pour Manu c'est une autre histoire...

– Tu as quelqu'un dans ta vie?

– J'avais, mais mon travail au club ne lui plaisait pas, il n'a pas pu passer au-dessus de sa jalousie.

– Je suis désolée.

– Ne le sois pas. Il ne m'aimait pas vraiment. Si c'était le cas, il aurait accepté. Il m'aurait aimée telle que je suis. Je trouverai un homme qui prendra tout le package. Notre rupture m'a permis d'éviter de perdre de nombreuses années. J'ai encore un peu de marge avant la date de péremption grâce à lui.

– Tu as encore le temps!

– Le temps file plus vite qu'on ne le pense.

Je suis on ne peut plus d'accord.

– C'est vrai. J'espère que tu trouveras.

– MAMAN.

Je me retourne pour voir Nathan débarquer avec, dans les mains, un coffre en bois.

– Regarde ce que tonton m'a rapporté!

Il me tend le coffre, son prénom est gravé sur le dessus. Du bout des doigts, je caresse les lettres.

– *Ouvre*, m'ordonne-t-il.

J'obtempère.

Mes yeux s'embuent quand je découvre ce qu'il contient: une photo de Célia, Nathan, Manu et moi lors d'une journée à la mer, un billet d'un des matchs où Manu avait emmené Nathan, un ticket de cinéma, un petit chevalier en bois et des pièces en chocolat.

– Je peux manger le trésor?

Je ris. Mon petit estomac sur pattes.

– Tu vas être malade, il y a encore le gâteau après et tu vas sûrement grignoter chez Baptiste aussi.

– Je ne serai pas malade! Promis, s'il te plaît.

Comme si mon petit monstre avait une quelconque influence sur son estomac. Mais je ne peux pas résister devant ses mains jointes et ses yeux de chat Potté.

– *Ok.*

– *Merci.*

Il se tourne vers Manu et d'un ton triomphant fanfaronne :

– *Dis oui !*

Manu éclate de rire, nos regards se croisent. Il hausse les épaules en secouant la tête :

– J'avais dit non, vu ce que tu avais dit à propos des chips.

– Tant pis pour lui s'il est malade. Mais, le connaissant il ne le sera pas : c'est un puits sans fond.

– Oui, comme sa maman.

Je suis une grande gourmande, je ne peux le nier. Je pourrais me défendre et me lancer dans un match d'argumentations comme on le fait si souvent, Manu et moi. Mais je veux qu'il comprenne que je suis toujours fâchée contre lui, qu'il m'a blessée.

– Si tu le dis !

Je me tourne vers Lilas et lui demande :

– *Que veux-tu boire ? Vin ? Champagne ?*

– *Champagne, merci.*

– Moi aussi, dit Manu.

Je le fusille du regard et lui crache :

– Tu es assez grand et tu connais la maison, tu n'as qu'à te servir toi-même.

C'était une mauvaise idée de lui avoir dit cela, car il me suit dans la cuisine. Luisa s'éclipse à notre entrée. Nous nous retrouvons seuls. La tension est palpable entre nous. Je prends un verre sur le plan de travail. La musique, les éclats de voix et les rires qui nous parviennent ne suffisent pas à alléger l'atmosphère.

J'ai ce nœud dans l'estomac qui ne m'a pas quittée de la journée et n'a fait que se resserrer davantage depuis que Manu est arrivé. Il ne prononce pas un mot et quand il me frôle pour prendre un verre à son tour, je sens un long frisson courir le long de mon échine. Je me dirige vers le frigo, l'ouvre et reste un moment devant pour essayer de me calmer et surtout de faire disparaître l'onde de chaleur que ce simple effleurement a provoquée. Totalement inutile et idiot. Je pourrais m'enfermer dans le congélateur que j'aurais toujours aussi chaud.

Plus je pense à ce que je compte faire quand tout le monde sera parti, plus j'ai chaud.

– Tu as besoin d'aide ? Je peux...

Je dois avoir clairement l'air ridicule, plantée devant ce frigo ouvert. Je ne le laisse pas finir sa phrase et le coupe sèchement :

– Non, ça ira !

– Murielle, murmure-t-il.

Je prends la bouteille de champagne, claque la porte du frigo et lui fais face :

– Manu, je n'ai aucune envie d'engager une conversation qui risque de mal se terminer maintenant. C'est la soirée de Célia, c'est important pour elle que tu sois là. Alors, je me suis promis de sauver les apparences jusqu'à ce qu'ils soient tous partis. Si tu as quelque chose à me dire, fais-le quand ils seront partis. Donc, je ne te demande qu'une chose et je crois que tu me dois bien cela : joue le jeu toi aussi jusqu'à ce moment-là. Si cela t'est impossible, tu sais où est la porte !

Il cligne des yeux et me tend la coupe qu'il a dans la main :

– Alors, sers-moi, je vais en avoir besoin.

Je remplis son verre et celui de Lilas, je remets la bouteille dans le frigo tout en lui demandant, sans le regarder :

– Tu veux bien apporter son verre à Lilas, j'arrive.

– Bien sûr.

Il prend son verre et celui de Lilas et quitte la pièce.

Je referme la porte du frigo et m'y adosse. Je dois tenir le coup, je n'ai pas le choix. J'arriverai à contenir le flot de larmes et la colère que je sens monter en moi. J'arriverai à jouer un rôle. Je suis très douée pour cela. Je vide mon verre de vin qui traînait sur le plan de travail. J'hésite à m'en resservir un... Non, je dois garder les idées claires. J'aurai toute la nuit pour boire si c'est nécessaire.

– MAMAN !!! braille Célia, me ramenant à l'instant présent.

– J'arrive, j'arrive.

Je retourne dans le living, Célia me tend une manette de Wii.

– J'ai promis à mes amis que tu leur montrerais à quel point tu danses bien.

Je lui souris et saisis la manette avec gratitude, s'il y a bien une chose qui peut me permettre d'éviter de penser, c'est la danse ! Célia sélectionne sans me consulter *Umbrella*.

J'aurais sûrement choisi une chanson moins suggestive, surtout devant des ados de seize, dix-sept ans, mais je n'ai pas envie d'entrer dans un débat avec Célia. Je sais très bien pourquoi elle l'a choisie : je la connais par cœur, elle veut que je fasse bonne impression à ses amis. C'est son jour.

Je me place devant l'écran et, dès les premières notes, je me laisse happer par la musique. Je me donne à cent pour cent. Quand la chorégraphie se termine, toute la troupe m'applaudit. Je me tourne, fais une révérence en riant. Je me redresse et j'ai le malheur de croiser le regard de Manu. J'y lis bien plus que de l'admiration. Je me détourne et propose aux jeunes de sélectionner une autre chanson. Je me place derrière eux et regrette de les avoir laissés choisir quand, à l'unanimité, ils portent leur choix sur Psy et son énervant « Gangnam Style ». Ils réclament à grands cris que tous les adultes participent, ils y mettent tellement d'enthousiasme qu'ils arrivent même à convaincre Luisa. Nous enchaînons les chorégraphies, les moqueries et les fous rires. Il n'y a plus de clivage d'âge, de statut. Nous sommes juste un groupe d'individus qui s'amusent.

Luisa me touche l'épaule. Je m'arrête, une pause qui est bienvenue : je suis essoufflée et en nage.

– Madame, le gâteau est prêt, je peux l'apporter avant qu'il refroidisse ?

Quelle perle ! Si j'avais dû gérer, nous aurions mangé du gâteau carbonisé.

– Oui, merci beaucoup.

Elle s'éclipse dans la cuisine. Je tape dans mes mains, mais les jeunes sont trop pris par la danse pour faire attention à moi. Je suis obligée de venir me placer devant l'écran. Je suis accueillie par un concert de protestations.

– Il est déjà dix heures. Alors, loin de moi l'envie de vous jeter dehors, mais le gâteau attend et il va refroidir.

C'était l'argument à énoncer pour décider Célia.

– Mon gâteau, mon gâteau ! Vous allez voir, c'est une tuerie sans nom ! Dis, mam, j'ai droit à une coupe de champagne ?

J'éclate de rire :

– Pas d'alcool tant que tu vis sous mon toit !

– Bon eh bien, on se casse, les amis, plaisante-t-elle.

– Pas de soucis, je suis sûre que tu as assez d'argent pour payer les taxis.

– Je plaisantais, maman.

– Pas moi. J'espère que vous ne boirez pas, sinon...

Claire intervient :

– Non, Murielle, je te promets. C'est une des conditions que maman et papa ont mises pour accepter que la soirée se finisse à la maison. Et ils rentrent vers une heure, après le cinéma.

– Je sais, Claire, j'ai eu ta maman au téléphone.

– Tu ne me fais pas confiance, râle Célia.

Luisa me sauve encore en éteignant la lumière et en entonnant un « Joyeux anniversaire » que nous reprenons tous.

Ma grande fille souffle ses bougies et, tout en se régalant de son gâteau préféré, déballe ses cadeaux.

Manu s'approche et lui tend une enveloppe. Elle l'ouvre, lit la carte qu'elle contient. Elle éclate en sanglots et se jette dans les bras de son tonton. L'émotion me gagne devant leur étreinte.

Célia se retourne vers ses amis :

– Je passe les vacances à Florence ! Tonton m'a inscrit à un stage artistique !

Elle se lance dans une discussion animée avec ses amis alors que la colère m'envahit de nouveau. Et dire que j'avais réussi à passer au-dessus ! Il n'a rien compris, il continue à prendre des décisions à ma place et le pire, c'est qu'il mêle Célia à tout cela !

41
Confrontation

Manu

Murielle m'a criblé de balles virtuelles une bonne dizaine de fois depuis que j'ai offert son cadeau à Célia. Et maintenant que tous les invités sont partis et que nous nous retrouvons tous les deux, seuls, je panique. Nous remettons les meubles du living en place sans échanger un seul mot ni un seul regard.

Quand tout a retrouvé sa place, elle se dirige vers la cuisine. J'hésite à la suivre. Cuisine égal poêles et couteaux, et vu toute la colère qui émane d'elle, je choisis de ne pas prendre de risque. Je reste donc planté en plein milieu de la pièce.

Elle revient avec deux verres à la main, elle m'en tend un.

– Santé, à tes trahisons !

OK, le ton est donné.

– Mutine.

– Murielle, ici je suis Murielle.

– Excuse-moi, Murielle. Je suis vraiment désolé.

– De quoi ? crache-t-elle.

– Pour tout, de t'avoir menti, d'être parti comme ça.

– Et quoi ? Tu penses que je vais passer au-dessus de tout cela alors que tu n'arrêtes pas d'aggraver ton cas !

– Mais...

– Il n'y a pas de mais ! Tu m'as caché pendant des mois la lettre de Paul, tu m'as menti pendant des semaines au sujet de Nathalie et Philippe, et sûrement d'autre chose !

– Non, je te...

– Tais-toi ! hurle-t-elle. Comment oses-tu offrir un pareil cadeau à Célia sans m'en parler ? Tu ne sais même pas si j'avais prévu quelque chose pendant les vacances, et puis tu penses réellement que je vais envoyer ma fille de tout juste seize ans à plus de mille kilomètres de chez elle ? De quel droit prends-tu sans cesse des décisions à ma place ? Je suis adulte. Bien plus que toi d'ailleurs !

– Je sais.

Que puis-je dire d'autre ? Elle a raison, j'ai tout foiré. À cause de ma jalousie, et puis dans l'espoir de garder le lien avec Mutine, en prenant Célia en otage.

– Non, tu ne sais rien, murmure-t-elle.

Elle semble si lasse tout à coup.

– Je donnerais tout ce que j'ai pour revenir en arrière et agir différemment.

– C'est trop tard. Ce qui est fait est fait.

Un silence pesant s'installe. Il faut qu'elle comprenne mes raisons, c'est ma dernière chance, je n'ai plus rien à perdre.

Je prends une profonde inspiration et me lance :

– J'avais une raison de faire tout cela.

– Je sais.

Elle sait, elle sait depuis quand ? Elle n'en a jamais parlé, c'est bien ce que je redoutais. Elle connaît mes sentiments et n'y a pas répondu. Elle ne m'aime pas. Le couteau qui s'est planté dans ma poitrine, quand je l'ai vue dans les bras de Jo, creuse un trou encore plus profond. C'est tellement douloureux que je suis obligé de reculer d'un pas pour m'appuyer à la table.

Elle ne semble pas s'en rendre compte et continue, ne me laissant aucun répit :

– Tu vois, Manu, quand tu es parti et que j'ai découvert la lettre de Paul que tu m'avais cachée et que tu as lue, je me suis sentie trahie comme jamais. Ça m'a fait tellement mal. Et après tous tes mensonges, je n'avais qu'une idée : me venger et ensuite te rayer de ma vie. Puis j'ai fini par comprendre pourquoi tu avais agi ainsi. Je me suis mise à ta place et je me suis dit que j'aurais sûrement agi de la même manière. J'étais prête à te pardonner. Mais il a fallu que tu joues encore au mâle arrogant qui décide pour la faible femme que tu crois que je suis et pour ma fille. Tu entends ? MA FILLE !

– Murielle...

– Laisse-moi finir ! Je pensais que tu avais compris, que tu ferais tout pour te faire pardonner, que tu ne prendrais plus le risque de décider à ma place et de me mentir. Mais non. Tu n'es qu'un con !

Au fur et à mesure qu'elle crachait ses mots, les larmes se sont mises à couler sur ses joues, ruinant son maquillage mais la rendant encore plus belle à mes yeux. Elle n'est pas seulement en colère. Elle a de la peine. Je compte donc un peu pour elle.

Je tends la main. Elle recule d'un pas, mettant encore plus de distance entre nous. Je dois tout lui expliquer, c'est ma dernière chance.

– Je te demande de m'écouter...

– Parce que tu crois que tu es en position de demander quoi que ce soit ! s'indigne-t-elle.

– ... Après si tu ne veux plus jamais me voir ni me parler, je l'accepterai, argumenté-je. (Même si le simple fait de prononcer cette phrase de non-retour finit de réduire ma poitrine en charpie, je poursuis.) Je sais que, pour toi, j'ai foiré sur toute la ligne, mais je reste persuadé que tu n'étais pas prête au moment où j'ai reçu cette lettre.

– TU...

Je lève la main, elle se tait.

– Puis il y a eu Jo. Et j'ai vu le changement s'opérer en toi. C'était le moment, je devais te donner la lettre de Paul. Nathalie et Philippe m'en ont parlé, pour eux aussi tu étais prête. Il ne restait qu'à te la donner. Mais je n'ai pas pu... Quand je t'ai vue dans les bras de Jo, cela m'a ouvert les yeux.

Une boule d'émotion et l'agitation que je lis au fond de son regard m'empêchent de continuer, je baisse les yeux et signe :

– J'ai cru aimer plusieurs fois : des garçons, des filles. J'ai passé des années à croire que je me cherchais. Mais en fait, ce n'était pas moi que je cherchais : c'était toi. C'est grâce à l'amour que tu portes à Paul que j'ai réalisé ce qu'était vraiment aimer. Un amour que même la mort ne peut éteindre. Et c'est comme cela que je t'aime.

Je fais une pause pour me reprendre. Mes yeux me brûlent et j'essuie furtivement une larme que je ne peux retenir.

– Je pourrais mourir pour toi. Si tu me demandes de partir et de ne plus jamais vous revoir, cela me tuera, mais je le ferai parce que ce qui m'importe, c'est ton bonheur. Je veux que tu sois heureuse et j'ai compris que ce ne serait pas avec moi. Vous allez me manquer. Vous êtes tout pour moi. J'ai acheté un appartement à Florence, Célia n'aurait pas été seule, on aurait pu

y aller tous ensemble, comme une vraie famille. Je sais à quel point tu aimes cette ville. Mais tu as raison : je suis un pauvre con d'avoir pensé que ce serait possible.

Je relève la tête. Murielle pleure, mais elle sourit. Elle sourit !

Elle fait un petit mouvement vers l'avant. Infime. Pas un geste ni un pas. Juste un élan immobile, assez pour que je comprenne qu'elle m'autorise à la prendre dans mes bras...

* * *

Murielle

Je suis incapable de dire à quel moment précis je suis tombée amoureuse de Manu. Je crois que mes sentiments pour lui étaient là, depuis longtemps. Mais que je les ai enfouis sous cette couche de peine et d'inaccessibilité qui m'accompagnait depuis la mort de Paul. J'ai commencé à entrevoir que mes sentiments pour lui étaient plus forts qu'un attachement amical, voire fraternel, quand il est parti. Le manque que j'ai ressenti a très vite surpassé ma colère. Quand j'ai compris que j'étais déjà prête à lui pardonner et surtout quand je l'ai revu. Son air penaud, ses yeux débordant de tendresse, pour moi, pour nous : notre famille. J'ai su, oui, j'ai réalisé qu'il était celui dont Paul parlait. Celui qui m'attendait et que j'attendais. Et là, blottie dans ses bras, cette constatation se transforme en une certitude inébranlable. Je l'aime, rien que de le prononcer dans ma tête accélère encore les battements de mon cœur.

Manu me saisit à l'arrière des genoux et me soulève dans ses bras. J'enroule mes bras autour de sa nuque.

Il nous conduit jusqu'au fauteuil et s'y assied. Je reste blottie contre son torse, la tête enfouie dans son cou. Ses lèvres bougent contre mes cheveux, il me prononce des paroles muettes, mais tellement pleines de sens, je ressens son besoin de me parler. Mais lui, comme moi, savons que le silence qui nous enveloppe est bien plus parlant. Aucun mot ne pourrait égaler ce qu'il crie : notre bonheur d'avoir laissé tomber, l'un comme l'autre, nos barrières.

Il dessine dans mon dos ces trois lettres, ce signe qui veut tout dire et, pas assez en même temps : I L Y.

Je me redresse pour plonger mes yeux dans les siens, et ce que je peux y lire me transporte de bonheur. Je baisse les yeux vers son torse et y trace, à mon tour, un signe : celui de l'infini. Parce que c'est ce que je veux à présent. Je veux l'aimer à l'infini, sans frontières, sans aucune limite. Ses yeux rougis trahissent l'émotion que nous partageons. Celle du bonheur. Quand ses lèvres se posent sur les miennes, je sais que je me trompais lourdement quand je pensais que Jo m'avait ramenée à la vie. Il a réveillé mes sens, m'a insufflé une petite bouffée d'air. Mais Manu, lui, a réveillé mon cœur, mon âme, il m'a poussée à me questionner sur celle que je veux être à présent. C'est lui qui m'a ramenée à la vie. Mon bon Samaritain... depuis le début.

Nous restons bouche contre bouche, ne cherchant ni l'un ni l'autre à approfondir notre baiser. Je ne ressens pas cette urgence, ce besoin irrépressible. Sa déclaration d'amour était la seule urgence qui m'habitait, et il y a répondu. Oh, je sens bien monter en moi ce désir, cette soif de lui, mais je veux d'abord savourer ce que lui seul m'apporte et m'apportera : cet amour non charnel.

Il rit contre ma bouche, je ris aussi.

– Merci, chuchote-t-il.

– Merci à toi.

– Non, à toi. J'espérais juste m'en tirer vivant en arrivant ici. Imberbe, eunuque, au chômage, mais vivant. Et toi...

– Moi... peut-être que je suis en train de t'amadouer pour te faire souffrir davantage après. Comme une mante religieuse.

Il se recule, me dévisage, son visage a perdu toutes ses couleurs. Il cligne des yeux.

Je pose mes lèvres sur le coin de sa bouche et mordille la commissure de ses lèvres.

– Donc, ta torture ultime, c'est de me manger.

– Oui, j'ai bien envie de te dévorer tout cru.

Il éclate de rire.

– J'y ai vraiment cru, vilaine. Tu sais, jamais je n'aurais pu imaginer que tu partageais mes sentiments. Bon, je savais que tu m'aimais, personne ne peut ne pas m'aimer : je suis si beau, si drôle et...

Je le tape et rigole :

– ... si modeste !

Il emprisonne mes mains et reprend son sérieux :

– Mais je pensais que cela se limitait à de l'amitié... Tu ne peux pas imaginer à quel point je suis heureux en cet instant précis.

Il est ému et je le suis à nouveau. Je balbutie :

– Moi... moi aussi.

– Bon, tu attends quoi pour me dévorer ? Parce que je la mérite, cette punition-là !

Je m'esclaffe à nouveau, il est incorrigible, mais c'est comme cela que je l'aime. Je redeviens sérieuse pour le menacer une dernière fois :

– Manu, ne me mens plus jamais ! J'ai besoin de toi, mais tu n'as pas à prendre les décisions à ma place.

– J'ai compris la leçon, j'ai tellement eu peur de te perdre...

Il me serre à nouveau contre lui et poursuit d'une voix enrouée :

– ... de vous perdre. Je t'aime tant, toi, ma baronne et notre petit garçon perdu.

– On t'aime aussi.

Je reprends possession de ses lèvres, avec fougue cette fois. Il répond à mon baiser avec passion. Je me tourne pour l'enjamber et me presser contre lui. Le désir que j'ai de lui est tellement différent de celui que j'ai pu avoir pour Jo ou Matthias. Tellement plus fort, parce que ce n'est pas seulement mon corps qui parle mais tout mon être. Nous nous déshabillons mutuellement avec hâte. Ses mains sur ma peau, mes mains sur la sienne, nos bouches scellées, nous nous redécouvrons comme si c'était la première fois. Ne reste que son caleçon entre nous. Quand je vais pour le lui retirer, Manu m'en empêche.

– Tu as ce qu'il faut.

– Non, bien sûr que non. Ne me dis pas que tu n'as pas...

– Si, je ne m'attendais sûrement pas à finir la soirée ainsi. Tu es sûre de ne pas en avoir un qui traîne quelque part ?

Je pouffe comme une gamine :

– Certaine.

– Dans la chambre de Célia.

Je m'insurge :

– Tu es fou !

– Elle a seize ans...

– Justement, elle n'a que seize ans et elle est à des années-lumière de penser à cela.

Il se moque :

– Mais bien sûr !

Ce n'est vraiment pas la chose à laquelle j'ai envie de penser maintenant.

– Tant pis.

Je veux me relever. Mais il me tient fermement par les hanches.

– Sûrement pas, maintenant que je te tiens, je ne te lâche plus. Il y a des tas d'autres façons de faire l'amour, susurre-t-il avec un sourire gourmand qui ranime le feu que la discussion sur la possible sexualité de ma fille avait tamisé.

Il glisse ses mains sous mes fesses, me soulève puis me fait retomber dans le fauteuil. Il s'agenouille devant moi, et le rire qui montait dans ma gorge s'y bloque. Je déglutis. Il m'écarte les jambes et me dépose une pluie de baisers à l'intérieur des cuisses, de plus en plus haut. Il murmure contre mes lèvres humides de désir :

– Si tu savais combien de fois j'ai imaginé ce moment.

Il replonge entre mes cuisses, me lape, me suce, me mordille. Il dévore ma chatte et c'est moi qui meurt sous cette délicieuse torture. Je m'accroche aux coussins et quand sa langue me pénètre, je m'arc-boute sous la force des sensations qu'il me procure. Il me fait l'amour avec sa bouche, et c'est divin. Je finis de m'embraser tout à fait en criant son nom. Sa bouche est toujours contre ma peau alors que les vagues de l'orgasme me quittent peu à peu. J'empoigne ses cheveux et le tire en arrière pour qu'il s'écarte. Je me laisse glisser au sol face à lui et lui encadre le visage. Nos regards s'enchaînent.

– Merci.

– Merci à toi.

– Non, à toi.

– Non, à toi.

On éclate de rire.

– Merci à nous alors, conclut mon... amant ? Meilleur ami ? Petit ami ?

Il est tout cela à la fois et tellement plus.

– Je t'aime, ma Mutine.

– Ma Mutine ?

– Murielle, Mutine. Peu m'importe.

– Tu es sûr ?

– Oui, où est la différence ? Murielle et Mutine sont la même personne.

La même... Oui et non. J'ai conscience que je suis en train de changer. Comme si je commençais une nouvelle vie. C'est en quelque sorte le cas. J'ai une pensée pour Paul et une envie irrépressible de lui écrire. Il me manque, il me manquera toujours. Sa mort, sa MORT, c'est la première fois que je laisse ce mot pénétrer mon esprit. J'arrive à contrôler l'émotion qui me gagne.

Je tiens toujours le visage de Manu dans le creux de mes mains. Il a froncé les sourcils et s'inquiète :

– Ça va ?

– Oui, très bien.

– Certaine.

Il pose ses mains sur mes épaules et sourit.

– On fait quoi maintenant ? Je fonce à la pharmacie de garde acheter ce qu'il faut pour qu'on puisse continuer ce qu'on a commencé ?

Je lève les yeux au ciel en rigolant.

– Ou on reste ici, à regarder la télé, dans les bras l'un de l'autre.

– J'aime bien quand tu essaies de te la jouer gentleman alors que tu n'as qu'une envie...

Il m'interrompt :

– Je suis sérieux. C'est être à tes côtés qui compte le plus pour moi. Tu fais de moi le plus heureux des hommes.

– Si tu es certain que cela te suffit et que tu sauras te tenir, alors la deuxième option me convient. Pour ce soir en tout cas. Mais compte sur moi pour me rattraper.

– Donc demain matin, sur le plateau du petit déjeuner : juste une boîte de capotes.

– T'es con.

Entrecoupé de petits baisers sur mes lèvres, mon nez, mes pommettes, il affirme avec son air de petit garçon :

– Mais... c'est... comme... cela... que... tu... m'aimes, tu... ne... voudrais... pas... que... je... change...

Il a raison. Son humour unique (et pourri parfois, OK, souvent), ses bouderies d'enfant gâté, ses cheveux en bataille, ses mensonges, et même ses Dr Martens roses, j'accepte tout. Je l'aime tel qui est.

– Tu ne sais pas à quel point je t'aime... Je ne te quitterai jamais.

Je pourrais lui dire que cette promesse, personne ne peut la faire. La vie, le destin, la fatalité, ou je ne sais quoi ou qui, décide pour nous. Mais je n'en ferai rien. Parce que la vie m'a appris une chose : quand on aime, comme j'ai aimé Paul et comme j'aime Manu, rien ne peut anéantir cet amour... même pas la mort.

Je me blottis dans ses bras, il me serre et pose un baiser sur mon front :

– Je n'en reviens pas que tu sois enfin à moi, rien qu'à moi, tu vas pouvoir enfin arrêter les séances au club. Tu vas voir, ce voyage à Florence va être merveilleux, tu vas adorer l'appart. On pourrait partir un week-end à Sienne, et puis...

Je n'entends pas la suite, je me suis crispée dans ses bras à ses premières paroles « tu sois à moi, rien qu'à moi, tu vas pouvoir arrêter les séances au club ». Ces mots s'infiltrent en moi, atteignant cette nouvelle Murielle, celle qui, certes, aime Manu et ne veut plus le perdre, mais surtout celle qui a décidé d'écouter ses envies, d'être elle-même, sans dépendre des autres. Et à cet instant précis, en écoutant Manu parler, je réalise que ce sera encore plus difficile que ce que je pensais.

À suivre...

Notes de l'auteure

Les dialogues en langue des signes sont indiqués en italique.

La langue des signes ne prend pas en compte les nuances et particularités de la langue française. Les traduire tel quel ne donne pas un rendu compréhensible.

Exemple : Je lui verse un verre de vin blanc et lui tends. Les signes indiquent : Verre vin blanc moi servir donner.

Les dialogues ont donc été adaptés pour être en français correct tout en essayant de conserver le caractère direct de la communauté malentendante, sourde.

Aimons toujours ! Aimons encore !

Victor Hugo

Aimons toujours ! Aimons encore !
Quand l'amour s'en va, l'espoir fuit.
L'amour, c'est le cri de l'aurore,
L'amour c'est l'hymne de la nuit.

Ce que le flot dit aux rivages,
Ce que le vent dit aux vieux monts,
Ce que l'astre dit aux nuages,
C'est le mot ineffable : Aimons !

L'amour fait songer, vivre et croire.
Il a pour réchauffer le cœur,
Un rayon de plus que la gloire,
Et ce rayon c'est le bonheur !

Aime ! qu'on les loue ou les blâme,
Toujours les grands cœurs aimeront :
Joins cette jeunesse de l'âme
À la jeunesse de ton front !

Aime, afin de charmer tes heures !
Afin qu'on voie en tes beaux yeux
Des voluptés intérieures
Le sourire mystérieux !

Aimons-nous toujours davantage !
Unissons-nous mieux chaque jour.
Les arbres croissent en feuillage ;
Que notre âme croisse en amour !

Soyons le miroir et l'image !
Soyons la fleur et le parfum !
Les amants, qui, seuls sous l'ombrage,
Se sentent deux et ne sont qu'un !

Les poètes cherchent les belles.
La femme, ange aux chastes faveurs,
Aime à rafraîchir sous ses ailes
Ces grands fronts brûlants et rêveurs.

Venez à nous, beautés touchantes !
Viens à moi, toi, mon bien, ma loi !
Ange ! viens à moi quand tu chantes,
Et, quand tu pleures, viens à moi !

Nous seuls comprenons vos extases.
Car notre esprit n'est point moqueur ;
Car les poètes sont les vases
Où les femmes versent leurs cœurs.

Moi qui ne cherche dans ce monde
Que la seule réalité,
Moi qui laisse fuir comme l'onde
Tout ce qui n'est que vanité,

Je préfère aux biens dont s'enivre
L'orgueil du soldat ou du roi,
L'ombre que tu fais sur mon livre
Quand ton front se penche sur moi.

Toute ambition allumée
Dans notre esprit, brasier subtil,
Tombe en cendre ou vole en fumée,
Et l'on se dit : « Qu'en reste-t-il ? »

Tout plaisir, fleur à peine éclose
Dans notre avril sombre et terni,
S'effeuille et meurt, lis, myrte ou rose,
Et l'on se dit : « C'est donc fini ! »

L'amour seul reste. Ô noble femme
Si tu veux dans ce vil séjour,
Garder ta foi, garder ton âme,
Garder ton Dieu, garde l'amour !

Conserves-en ton cœur, sans rien craindre,
Dusses-tu pleurer et souffrir,
La flamme qui ne peut s'éteindre
Et la fleur qui ne peut mourir !